青春言情,就看纸上偶像剧

俊朗少年，唯美初恋
懂你时不懂爱，懂爱时你不在

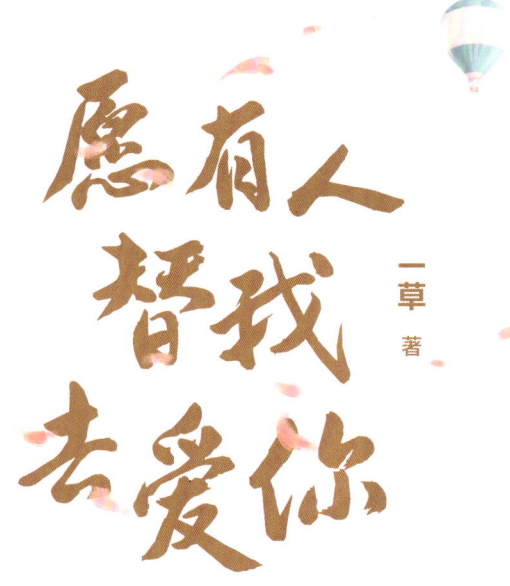

愿有人替我去爱你

一草 著

草莓·终场

浙江文艺出版社

 故事的开头是萍水相逢,故事的后来是患难与共
鹿安和草莓,两个同样因为原生家庭而灵魂受伤的人,相遇在遥远的荷兰
他们是一起沉沦,还是相互拯救?

他保护她,她陪伴他;他们互舔伤口,彼此温暖
就像两束光,照进了对方寂寥的生命里,照亮各自人生的方向
他们是密友,是伴侣,是天空的悠悠星辰,是深深相爱的同路人

 然而命运的考验刚刚开始,分离是他们必然的宿命
他不愿认命,辗转反侧,从海外到故土,一路追寻她的背影
只是他终究晚了一步,这是他一生中最后悔的事

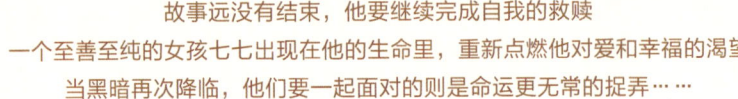

故事远没有结束,他要继续完成自我的救赎
一个至善至纯的女孩七七出现在他的生命里,重新点燃他对爱和幸福的渴望
当黑暗再次降临,他们要一起面对的则是命运更无常的捉弄……

愿有人替我去爱你

Strawberry

Strawberry

草莓

终场

你是我人生中最美丽的意外，也是老天对我最悲悯的怜爱。

——草莓

我曾经那样真诚,
那样温柔地爱过你。
但愿上帝保佑你,
另一个人也会像我一样地爱你。

——普希金

她那时候还太年轻,不知道命运赠送的礼物,早已暗中标好了价格。

——茨威格

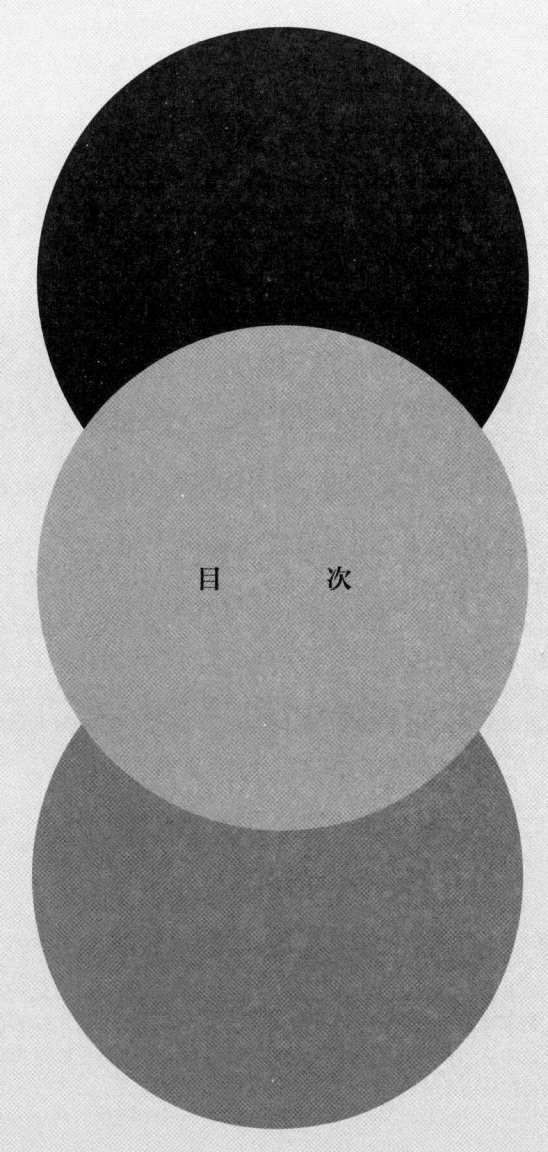

目　　次

1
第一幕
你好，草莓

就是在这个时候，
我遇到了她，
一个近乎改变了我命运的女人，草莓。

/001

2
第二幕
同居生活

我曾经那样真诚、
那样温柔地爱过你。
但愿上帝保佑你，
另一个人也会像我一样地爱你。

/027

3
第三幕
自我本我

自我界定不是一成不变，
人类的本我时刻都在修正着
他对世界的需求和认知。
当有一天我试图冲破自我的束缚，
就会在思想上表现出强烈的
纠结和焦虑。

/045

4
第四幕
浪漫旅程

余生还长，我也别无方向，
和草莓再次相遇就是终极理想。
无论异国还是故乡，终有一日，
我们一定会再相见。

/069

5
第五幕
众里寻她

我也爱你，从见到你的第一眼开始，
我就知道你是我人生最美丽的意外，
也是老天对我最悲悯的怜爱！

/089

6
第六幕
人间红尘

我很快喜欢甚至依赖上了这种状态，
特别是喝了酒微醺之际，
总觉得自己终于找到了同类，
从此可以不再颠沛流离、无家可归。

/109

7
第七幕
永失我爱

请珍惜你爱的人对你说的每一句话，
以及她的每一次道别。
我们都是如此脆弱而敏感，
很可能某一次转身离开，就是永恒。

/129

8
第八幕
爱之重生

时间真伟大，时间最残酷！
三年时光一晃而过，
我终于回到了阔别已久的故乡。

/149

9 / 第九幕
再起风云

既然命运让我再次走到台前,
那我就要肩负起我应有的责任。
我,鹿安,现在决定重出江湖,
而这一次,是为了彻底地离开。

10 / 第十幕
原味告白

我知道你很喜欢我,
我也很喜欢你呀,
可我现在不是自由的,对不起,
我真的……不能答应你!

11 / 第十一幕
言不由衷

我做不到答应,
更做不到直接拒绝,
所以只能沉默。
沉默,令人窒息的沉默。
沉默,丧心病狂的沉默。

12 / 第十二幕
执子之手

我终于明白,原来占有欲,
才是这世上最可怕的负能量,
它呼啸而来,任谁也无法阻挡。

13 / 第十三幕
互换人生

经此一役,一切都已改变,
迎接我的将是漫漫长夜,
长夜的尽头,
正是我一心向往的光明。

14 / 第十四幕
至暗时刻

"她那时候还太年轻,
不知道命运赠送的礼物,
早已暗中标好了价格!"
——茨威格《断头皇后》

15 / 第十五幕
江湖再见

很开心你终于找到了
真正属于自己的幸福,
现在我也要再次上路,
如果你愿意,就请为我祝福!

16 / 后记
内心荒原

人至中年,压力四起,
没什么比获得成就感更为重要。
它是氧气,是指南针,
是茫茫大海里的岛屿,
是内心荒原上的摆渡人。

STRAWBERRY
草莓·终场

第一幕

你好，草莓

就是在这个时候，我遇到了她，
一个近乎改变了我命运的女人，草莓。

1

假如，我说我6岁前的生命里没有爸爸，6岁后的生命里没有妈妈，你不要觉得奇怪。

假如，我说我的少年时期一直居无定所，从小到大我能体味到的人生底色就是孤独，你不要取笑我。

假如，我说我的成长由无数个告别组成，分离是我人生的永恒主题，所以我最渴望的是拥有朋友可最害怕的也是拥有朋友，你要相信我。

假如，这些都只是假如，那该多幸福。

只可惜，这些都是我真实的生活。

2

从我有记忆开始，我对爸爸这个形象一直是模糊的。他更多地存在于照片中，妈妈的眼泪中，姥姥姥爷的埋怨指责中，邻居的流言蜚语中，同学的嘲笑奚落中。

爸爸在我出生后第三个月便去了南方打工，从此每年最多回来一趟，只可惜，那时候的我还记不住这个我生命里最重要的男人，而等我的记忆功能逐渐健全后，他回来的次数越来越少，和妈妈吵架的次数却越来越多。昏暗的房间，摇晃的灯泡，扭曲的身影，两个大人用手指着对方愤怒地数落着，他们都很生气，他们也都很伤心，有的时候是他们两个人吵，有的时候姥姥姥爷也会加入进来，他们七嘴八舌，各讲各的理，他们的话都很难听。

我躲在门外，听不懂他们在吵什么，好像总在说什么有出息没出息，我很伤心，更是害怕，随着他们开始砸东西而吓得哇哇大哭，妈妈冲了出来，抹着眼泪把我抱起来，对我说："小安，别怕，妈妈爱你。"

他也冲了出来，同样对我说："爸爸也爱你！"

真奇怪，既然他们都爱我，为什么还要这样？

这成了我年幼时最大的困惑。

直到有一天我才突然明白：哦，原来他们已经不爱彼此了。

3

他们爱过对方吗？

他们当然爱过，很深很深地爱过。

爸爸是入赘至妈妈家的，有人说他贪图姥姥姥爷的好条件，也有人说是因为姥姥姥爷不同意将唯一的女儿下嫁，结婚的前提就是"招女婿"。说不上这段婚姻究竟谁付出得更多，牺牲得更大，这些不深究也罢，因为都不重要了。

总之，他婚后并不幸福，且很快负气出走，只身前往南方打工，然后越来越少回家，越来越多地吵架，最后在我六岁那年的暑假，他突然向妈妈发起了离婚诉讼——原来他愤怒时说的那些可怕的话都是真的，原来他真的不要妈妈，不要这个家了。

接下来的日子是混乱的、阴暗的、充满耻辱的——他们很快对簿公堂，彻底撕破脸面，任谁调解都没有用。

最后的结果就是婚终于离了，而我竟被判给了他。

整个过程我都像在做梦一样，觉得特别不真实，所以当得知法院宣判时似乎也不是很悲伤。

他决意要立即带我走，说从此不会再让我离开他半步，我只能和妈妈分开。

记得告别的那天晚上,妈妈抚摸着我的头顶,在我脸上吻了又吻,哭着说:"小安,你要记住,妈妈爱你,永远爱你。"

而我,从头至尾一句话都没说,只是不停地哭。

我人生的第一次告别就是骨肉分离,除了哭,我什么也不会。

4

很快,我和爸爸来到了南方一座沿海城市,爸爸在那里做着小生意,我则被送到了当地的幼儿园。对此我感到特别惶恐不安,因为周围所有人的口音我都听不懂,我的话他们也听不明白,所以大多数时候我都不愿意说话,也不愿意和小朋友们一起玩耍,好几个月过去了还有同学以为我是个哑巴。

那些日子爸爸总是很忙,忙于应酬,忙于出差,所以我经常一个人在家,洗衣,做饭,谈不上把自己照顾得多好,至少穿得暖、吃得饱。

只是温饱我能自己解决,可孤独呢?孤独就像病毒,从毛孔渗入,直至骨髓,宛若一万只蚂蚁在你身上噬咬,让你痛苦万分,却又逃无可逃。

我曾尝试着向爸爸表达内心的孤独,试图寻求他的安慰,可他听完后不耐烦地说:"小孩子懂什么?习惯了就好。"然后,往沙发里一躺,和衣睡着了,他应该是太累了。

呵,习惯就好,人的悲哀不就在于你总是一次又一次习惯了不想要的生活,却说那是宿命难逃!

就这样,一年多过去了,当我好不容易习惯了南方夏天的台风,冬天的阴冷,习惯了同学们那难懂的口音,习惯了他们的嘲笑和捉弄,甚至我竟然也有了几个好朋友时，爸爸又要去另一个城市发展，而我也要和刚刚习惯的一切说再见。

再见，再也不见！

5

从六岁到十四岁，我至少和十个城市说过再见。

习惯成自然，很快我再也不是那个会因为告别就轻易哭泣的傻瓜了，无论我新到哪个地方，无论我的老师和同学对我有多热情，我都不会投入感情，反正很快就要转学说再见，只要不投入就不会那么伤心。

有一天，我看到草叔在他的一本书上说：有的人习惯沉默寡言，外表看上去健康光鲜，内心其实早已伤痕累累，他们总是不热情，也不合群，不是因为自私和冷漠，他们只是想自我保护。

鼻子突然酸酸的，草叔说的就是我这种人。

自我保护让我变得越来越冷漠，也让我越来越孤独。

6

终于，十四岁那年，我们在西南一座三线城市定居了下来，从此不再颠沛流离，四处漂泊。

这里矿产资源丰富，爸爸用过去挣的钱一口气承包了好几座矿山，财富很快如流水一样滚滚而来。接着爸爸又开始进行各种投资，从加盟餐饮业到开办工厂，从创立学校到入股医院，感觉这个城市有一半的事儿都和他有关系。每天来找他的人很多，他们都说他是这里的新首富。

是的，爸爸在不辞辛劳地折腾了十几年后，终于取得了世俗意义上的成功。

只可惜，他钱再多，也不能解决我的孤独。

说起来，这些年来虽然我们朝夕相处，但关系其实一直并不亲近，且随着我年龄的增加，变得愈发拧巴，我们之间的冲突也越来越多。我很少叫他爸爸，在心里我干脆直呼其名或者称他为老鹿。

当然，我也谈不上讨厌他，不管如何，他毕竟是我的爸爸，而且他对我确实很好。除了生意，他唯一关心和在乎的就是我的成长，并且为之殚精竭虑，甚至因为怕影响我的心情，他始终拒绝再婚，可对他做的这一切我都不会感动，因为我一直认为当年他把我从妈妈身边带走太过绝情。

和母爱相比，他给予我的一切似乎都不值一提。

我真的很想念我的妈妈，六岁那年分别后，我就再也没有见过她。

妈妈是我心中永远的伤口，无论我走多久，都无法愈合。

7

这些年来，我和老鹿很少当面交流，更是从未谈及妈妈。我是因为太过想念所以不敢提，他出于什么用心我不知道，也不想知道。

然而，十八岁成人礼的那天晚上，他竟主动打破了这个尘封多年的禁忌。

那天他耗费巨资在市里最豪华的酒店大请宾朋为我庆祝，宴席从傍晚一直热闹至午夜，他始终很高兴。我似乎从来没有见他那么开心过，他不停地敬酒，嘴里还总说着："不容易，真是不容易。"

我不知道他这句话是什么意思，我一直傀儡般地跟在他身后，接受陌生人真情或假意的祝福。

回到家后，他兴致犹存，非要拉着我再喝两口。

他说："小安，以后你就是大人了，我要把你当作朋友看待，来，我干了，你随意。"

我端着酒杯，心里不停冷笑，我想他一定是喝多了，从小到大他把我控制得死死的，现在要放手，怎么可能？

他又说："我知道你一直在怪我，怪我把你从你妈妈身边带走，怪我带着你四处漂泊折腾了这么久，怪我这些年都不让你们母子见面，怪我把你管得太死，这些我都知道，我只是不说。来，再走一个。"

我没响应，既然他真的什么都知道，为什么他还要这么做？

见我不理会，他也无所谓，脖子一仰将杯中酒喝光，然后继续说了起来，与其说像在告诉我什么，更像是自言自语地宣泄。

"小安，我的儿子，这世界没有无缘无故的爱，也没有无缘无故的恨，很多时候，我们亲眼看到的也未必就是真相。是，在你眼中可能只是我伤害了你妈，可事实是他们全家当年都伤害了我。你刚出生才几个月我就走了，你以为是我愿意走的吗？不，因为有了你，我乏味的人生才再次充满希望，我一分钟都不愿意离开你，我只想看着你一点点长大，我也要尽一个爸爸的责任，可是他们不同意，他们认为我在不劳而获，在混吃等死，就因为我是倒插门过来的，就因为我家太穷没钱没地位什么都没有，所以你姥姥姥爷可以没日没夜地讽刺我、侮辱我。其实这些我也不在乎，我只要你妈相信我，毕竟是她和我一起过日子，既然我说过可以让她过上她渴望的那种生活就一定能做到，但要给我时间，更要给我信任。结果呢？她最后还是选择了相信她目光短浅的父母，和他们一起伤害我。我当然不愿意成为他们眼中的废物。为了争口气，我不得不背井离乡，一个人跑到南方。你知不知道那些年我是怎么熬过来的？你知不知道我到底吃了多少苦，受了多少罪？你知不知道我在外面有多想你？就算我后来的所作所为有不妥之处，但错的人绝不只是我一个。"

或许是过量的酒精给了他足够的勇气，老鹿那天一口气说了好多好多，这些话让我感到震撼，更感到慌乱。可即便如此，我依然强作镇定，反问："你为什么要告诉我这些，你是在解释什么吗？"

"不，我没解释，也不需要解释。"他的眼圈突然一下子红了，"我说这些只是因为我们也要分开了。儿子啊，你大了，需要去更广阔的天地闯荡，我不希望你带着太多包袱离开，仅此而已。"

8

成人礼后的第二个月，我离开了祖国，来到荷兰阿姆斯特丹，在那里我将度过我的大学时光。

我当然知道他这样安排是为我好，但我依然觉得这个结果很糟糕。

因为，在这个遥远的国度，我的孤独只会雪上加霜。

事实也正是如此，面对陌生的城市，陌生的语言，陌生的人群，陌生的一切，我产生了严重的不适应，刚过去的头半年，用生不如死来形容我一点儿也不夸张——即便如此，我也不愿意将这些告诉他，每次他打来电话问候近况，我都含糊不清地回答挺好的，然后匆匆挂断。

一天，我在路过一家拳馆时，被屏幕上两个正在进行自由搏击的运动员吸引住了，然后鬼使神差地走了进去。我看到很多年轻人正在汗流浃背地训练着，他们身体晃动，含胸出拳，踢腿顶膝，躲避摇闪；他们有的正用力击打着沙袋，有的抱着假人锁，抱、砸、摔，同时大声吼叫着；他们每个人看上去都很累，可表情又都很满足。

眼前的画面让我感到热血沸腾，时隔多年我依然能够清晰感受到第一次和MMA（综合格斗）相遇时的那种激动万分。总之，那天我如痴如醉地看了好久好久，最后更是主动找到拳馆的教练，怯怯地问："我也可以来训练吗？"

教练先是上下打量着我，然后笑着伸出手："欢迎！"

9

不得不说，学习MMA绝对是我人生中具有里程碑意义的大事。

这是一项对体能和技巧有着极高要求的运动，我不知道其他人练习时是什么感觉，反正我在每次筋疲力尽接近虚脱时能体味到一种充盈的满足，原本遍布全身的孤独更是荡然无存。是的，MMA就是我孤独的解药，让我迷恋。

那些日子，我每天都会到拳馆练习，身上仿佛有着用不完的精力，周末的时候更恨不得全天都泡在拳馆，实在没力气了就戴着拳套躺在拳台上，闭眼休息会儿感觉又满血复活，然后继续苦练。

就这样，我越来越依赖这项运动，在教练的精心指导下，我的技术也越来越好，在内部的实战切磋中，我的获胜率始终保持着第一，很多人都说我是天生打MMA的料，只有我自己知道我为这项运动究竟付出了多少，不过就算付出再多，都很值得。

一天，教练找到我，说市里的十几家拳馆联合搞了场对抗赛，希望我能够代表拳馆出战。

我答应了下来，并为此投入了更多的时间和精力，我的身体状态越来越好，可当第一场小组赛真正来临之际，我突然发现自己特别紧张，毕竟这种正式比赛和平时内部切磋完全是两回事，而我一点儿经验都没有。我拼命安慰自己，可是越安慰就越心慌，越心慌就越怯场，腿脚绵软，手心脑门全是汗。教练和队友也发现了我的异常，连连问我还能否继续比赛，实在不行就放弃，等身体准备好了再打比赛。

我当然不可能因为自己去影响到整个团队，紧咬着牙说没问题、我能行，然后独自走到一个角落里，来回走动，大口呼吸着试图放松心情，可是依然没有用，我很快感到浑身乏力，胸闷气短，再这样下去，我真的没法完成比赛了。那一刻，我又急又恨，怎么也没想到自己竟然是这样的人。

也就是在这个时候，我遇到了她，一个近乎改变了我命运的女人，草莓。

10

未见其人，先闻其声。

就在我沮丧万分地蹲坐在地上，狠狠地抓着自己的头发之际，我的耳边突然传来很温柔好听的声音，而且是中文。

"你好，请问你是中国人吗？"

我缓缓抬头，一个看上去漂亮且优雅的女生正半蹲在我面前，脸上有着亲切的笑容。不知为何，在和她四目相对的瞬间，我紧张的情绪仿佛得到了抚慰，竟一下子平复了不少，心里更是升腾起一丝温暖和感动，宛如久别重逢。

我点点头。

"嗯，我也是中国人。"她又笑了一下，"你现在是不是很紧张？没关系的，轻轻闭上眼睛，什么都不要想，好好呼吸，放松就是。"

我听话地闭上了眼睛，然后随着她指示的节奏调整呼吸，混沌的大脑慢慢放空起来，感觉好像进入了梦境。

慢慢地，我的呼吸越来越均匀，慌乱的心情也完全放松了下来。

突然听到了教练在喊我的名字，我赶紧睁眼，女孩已经不知去向。

她是谁？她为什么出现在这里？她现在去哪里了？我怅然若失，却来不及多想，赶紧回到比赛现场。教练再次和我确认能否正常上场，然后开始给我换衣服、绑绷带、戴拳套和护腿，我人生中的第一场MMA比赛即将开始。

很快，穿戴完毕的我站在了MMA比赛的专用八角笼内，现场主持开始介绍对抗双方的基本资料，接着身穿比基尼的举牌女郎上场，我不经意看了一眼，立即觉得很是熟悉，于是再仔细辨认，面前这位身材性感的举牌女郎不正是刚才突然出现又消失的神秘女孩吗？

目光交错时，我不由自主对她笑了下，表示感谢，她轻轻点了点头，算是对我的回应，然后高举回合数牌在笼内来回游走，现场的观众顿时热情高涨。

比赛正式开始了，我心无旁骛，充分将平时训练的技巧、战术发挥了出来，无奈对手实力太过强劲，我们缠斗了整整两个回合后谁也没有将谁KO（击倒），最后一个回合时我的体能下降得厉害，对方显然捕捉到了这一点，开始发动更为猛烈的进攻，我瞬间挨了好几记重拳，就在我几乎坚持不住的时候，我突然看到台下的她正拼命为我鼓掌加油，本已消失殆尽的力量竟然重新在身体内游走，这种感觉真的很神奇。

我不想在她面前输，可对方体能明显强过我，站立打击能力也很厉害，我必须改变战术，拿定主意后我开始主动将战斗由站立转向地面，并且在最后时刻抓住了对方一个失误成功将其绞杀降伏。当主持人高举我的胳膊宣布获胜时，我分明看到她对我热情地笑着，更是竖起了大拇指，而我也对她报以最真心的笑容。

比赛结束后我犹豫着要不要主动找她，亲口再表示一下感谢，可当我洗完澡换好衣服从后台出来时，她已再次不见影踪。

我装作若无其事地问工作人员她是谁，所有人都摇头说不知道。

很正常，举牌女郎都是临时邀请的，更何况拳场这种地方三教九流混杂，人来人往，谁会认识谁？谁又会在意谁？

我和教练、队友打招呼告别，然后强忍着身体的疼痛，摇摇晃晃出门，独自驾车回家。

记得那晚阿姆斯特丹的月亮很圆很大，回家路上，我又一次想起了亲爱的妈妈。

11

那晚之后，我开始变得无比期盼下一场比赛，因为只有比赛的时候才有可能再遇见她。

谢天谢地，虽然举牌女郎特别不固定，但她一直都在。而且很凑巧的是，我的比赛都是由她来举牌，这让我更加觉得：缘，妙不可言。

每次开战前，我们都会四目相视，从她的眼神中，我总是能读到鼓励和期许。

在她的眼神陪伴下，我越战越勇，鲜有败绩。

就像跃出水面的海豚很快能够得到主人的赏赐一样，每当比赛结束，在众人的高呼中，我总能捕捉到她嘴角的一丝别样笑意，我知道，那是单独给我的褒扬。

好几次，我走到她的面前，清晰闻到她身上那独特的芬芳，好想对她说上一句"谢谢"，可每一次，她都像在逃避我一样，没等我的话说出口，就微笑着低头离开。

我不知道她为什么会这样，或许我们之间的最佳距离就是如此，在这个遥远的国度，充满喧闹和荷尔蒙的空间，一个笑容，一个点头，已然足够。

再多要一分，都是妄想。

12

我一度以为我们永远只能靠眼神和笑容交流，直到那天晚上，我们之间再一次出现了言语的沟通。

那天是我打的第一场晋级赛，晋级赛的选手要厉害很多。我第一场晋级赛的对手是个绰号"坦克"的黑人哥们儿，他身形至少比我大三圈，力量也远超于我。坦白说，这种对手其实我一直都不害怕，因为身材高大往往意味着不够灵活，力量强则动作弱，然而坦克这些毛病都没有，他甚至比我还要灵活，绝对是我遭遇过的最为可怕的劲敌。

那一场我打得无比艰难，我很清楚根本没有办法KO或降伏他，只能耗时间，最后以点数论胜负。所以前半程我以防守为主，体力分配得更为合理，而坦克急于求胜，体能消耗过快，动作随之变形，加上久攻不下，心态也已失衡，露出了不少破绽，以致到了第二局结束时在点数上我已明显占优势。决胜局时坦克如梦初醒，发起疯狂反扑，我完全招架不住，只能拼命防御，身上也不知道挨了他多少记重拳。最后坦克见仍然无法将我KO，突然像章鱼一样紧紧缠绕在我身上，试图将我绞杀，我感到浑身骨头都在"咯吱"作响，五脏六腑都快要被挤压出来了一样难受。如果不是结束的钟声及时响起，真的恐怕会被他活活勒死。即便如此，我也无法自由站立，以至裁判宣布我以微弱优势获胜时，我竟连举起手的力气都没有了，头一次体验到了被掏空的感觉。

散场后，我跌跌撞撞走出拳场，车子就停在不远处，但我根本没有力气走过去，只能蹲下歇会儿。

身后突然响起温柔的关切声："你，还好吗？"

我抬头，竟然是她。我强忍着疼痛，摇摇头。

"你受伤了，这样不行的，我送你去医院吧。"她蹲了下来，轻轻搀扶着我的胳膊。

我依然摇头，艰难地吐出两个字："没事，谢谢。"然后挣扎着站了起来，紧咬牙根，往车的方向艰难地走去。

我不想让她看到我脆弱无助的样子。

她没有追过来，我也没回头，等坐进车里，她已不知去向。

13

她的声音好听且温柔，她的关怀更是让我心暖，是治愈我伤口最好的良药。

我在床上整整躺了两天两夜，等体力恢复后感觉自己变得更强壮了。

终于又等到了比赛日，我迫不及待地去拳场，迫不及待地想看到她。

当我冲进去的时候,她正焦急地朝门口四处张望,四目相对,她立即给了我一个大大的笑容,连眼睛都变得弯弯的。

我的心猛然一沉,这个表情我太熟悉了,小时候,妈妈对我笑的时候眼睛就会弯弯的,像月牙。

我明白,她也一直在等我。这次我没再逃避,正面回应了一个笑容,我知道,我的表情肯定很羞涩。

那天晚上我的比赛很顺利,虽然对手是个比坦克有过之而无不及的家伙,但我还是战胜了他,并且没有受太多伤。

我的表现引发了轰动,当地的媒体采访我,说我是第一个连续取得两场晋级赛胜利的亚洲人。对此我并没有太过在意,我最高兴的只是没有让她失望。我在人群里四处寻找她,很快我们再次目光交错,她笑着对我点点头,眼神仿佛在说:嘿,你真棒!

就这样,我对她越来越依赖,毫不夸张地说,只要有她在,只要看到她的微笑,我的力量就会变强,就会无坚不摧,什么都不怕。

换句话说,如果她不在,我也会变得毫无斗志,无心恋战。

我很害怕这一天会到来,因此每次比赛前都会战战兢兢,直到看到她才心安。

14

然而,这一天还是来了。

新的一场晋级赛到来了,那天突然下起了很大的雨,许多地方已经积水,本来就糟糕的城市交通几近瘫痪。我赶到拳场时发现现场观众只有平时的十分之一,就连半数工作人员也没有到场。

比赛即将开始，可身为举牌女郎的她还没有到，是不是雨太大她来不了了？还是她有什么事抽不开身？她该不会遇到什么危险了吧？我默默祈祷她能够顺利出现，可直到敲钟，仍然不见她的身影。

比赛时我根本无法集中精力，脑子里只剩胡思乱想。这种状态当然无法应战，何况对手实力真的很强。很快我头部被连续击中，眼前一片模糊，本能地弯腰护头，利用脚步四处躲避，以此争取时间。

即便如此，我也很清楚自己的体能已经到达极限，如果再被击中，一定会被KO。

我的步伐越来越慢，心中有一个声音对自己说，放弃吧，反正输了这场也没什么大不了。

就在我真的要放弃时，眼角余光瞥见大门突然被推开，一个浑身湿漉漉的女孩冲了进来。

不是她，还能是谁？

她甚至没来得及擦一下被雨水打湿的脸，就挤到台前，然后对着我高喊"加油"，眼神中一如既往写满了关切。

真的就是这么神奇，明明已经不堪一击的我突然满血复活，并且在接下去的一个回合反败为胜。

比赛结束后，和之前一样，我们擦肩而过，彼此微笑。

和平时不一样的是，那天我没有立即驾车回家，而是一直在车里等着。我想再看她一眼，哪怕就一眼。

所有的比赛直到午夜才结束，场馆外雨更大了，从场馆里出来的人纷纷钻进自己的车内。我眼睛一眨不眨，盯着场馆出口，却一直没有看见她。

就在我以为她肯定已经离开之际，终于见她形单影只地从里面走了出来。

她竟然没有车，望着这漫天大雨，眼神里写满了哀愁。她不时看手机，或许在叫车吧，不过这鬼天气，自然不会有人响应。她又看了看远处的公交车站，那里应该有夜班车，不过等冲过去，人早被浇成落汤鸡了。

我突然明白她为什么要最后一个出来，因为她不想让别人看到她的无助。

我毫不犹豫地将车开到她面前，摇下车窗，对她说："上车。"

她明显愣了下，然后听话地钻了进来。

"我送你回家。"我递给她纸巾，心跳得好厉害，头一次和异性独处于如此狭小封闭的空间，关键还是自己喜欢的女孩。

"谢谢，你把我送到前面的公交车站就可以了，等会儿有夜班车，"她一边轻轻擦拭一边说，"这雨，实在太大了。"

"我送你回家，你住哪里？"我又重复了一遍，然后将雨刷调至最大，点亮前后雾灯，缓缓驶上主路。

看我如此坚定，她不再推却，告诉了我地址，那是一个较为偏远的街区，以治安不好闻名，但房租最为便宜，此前我听说过，但从没去过。我准备导航，她却说她认识路，让我按照她指的道走。

"你刚来这里吧？"片刻尴尬沉默后，她主动问我。

我轻轻点头，回问她："你来多久了？"

"正好三年半，也不知道算不算很久。"她嘴角流露出一丝戏谑的笑容，眼睛里也充满了故事。

"算吧，我听一个人说过，其实七年就是一辈子。"

"是吗？七年就是一辈子，挺有意思的，"她转头看着我，"无论如何，反正我已经习惯了这里的生活。"

"哦！"我突然不知道该怎么接话，内心千言万语，嘴上却一句不说。

还是她主动问："你为什么到这里打拳？"

"很奇怪吗？"

"当然，这里连亚洲拳手都寥寥无几，更别说中国人了。"

"你不就是中国人吗？"

"我不一样，我只是过来打零工，没什么挑战性。"她甩了甩长发，从手腕上摘下一根头绳，将头发扎成马尾，顿时显得青春活泼。

我偷偷看她，又怕她发现，车窗外雨很大，不时有冒失鬼开快车从我们身边掠过，雨水让视线变得模糊，远处的霓虹也变得缥缈，我突然感觉像在乘船，航行在无边无际的汪洋大海中，特别虚无的感觉。

"喂，你看什么呢？"她到底还是发现了，笑着对我说，"好好开车，很危险的。"

"没……没什么！"我的话将我拉回现实，可是我真的紧张死了，明明有好多话想问她，好多话想对她说，结果最后讲出来的却只是，"你不怕我把你卖掉吗！"

说完之后我后悔不迭，我的天，我怎么这么不会说话？玩笑不是玩笑，打趣不是打趣，简直莫名其妙。

还好她非但没在意，反而很认真地歪着头看着我，过了好半天才说："当然不怕。"

"为什么？"

"因为你不会！"她的表情仿佛在看一个调皮的弟弟，"你很善良，是个好人。"

我的心头暖暖的，强自镇定地问："你都不了解我，就那么相信我？"

"其实我是相信自己的判断。"她伸出手，指向前方，"我到了，谢谢你送我。"

"怎么这么快！"我情不自禁地看表，才意识到已经过去了快一个小时。

"今天太晚啦，室友都睡了，下次有机会，我请你上去做客。"说完她推开门走下车。

我木然点点头，突然说："等会儿。"

她应声停步："怎么了？"

"下场比赛，你还去吗？"

"去啊，我只要缺勤一次就拿不到全勤奖了，"她吐吐舌头，"可不少钱呢！"

我心里又高兴又失落："你坚持每次都过去，只是为了赚钱？"

"不然呢？"她的表情好像表明我的问题特别白痴。

"你要那么多钱干吗？"

"因为要在这里生活呀，生活需要钱的呀！"她匪夷所思地看着我，"我明白了，你肯定从来没缺过钱，所以根本无法理解是不是？"

我不想再谈论这个话题，于是说："下次我来接你吧。"

"不要了，我自己可以坐车过去的。"

"可是……"

"听话，早点儿回家，好好休息。"

她的话语虽然无比温柔，但有着强大的说服力，虽然我心里千万个不情愿，可竟也无法违抗她的意志。

就这样，我看着她慢慢走进公寓，才掉头往回走。

一路上我把车开得飞快。那一刻，我的心情很奇怪，不是兴奋，也不悲哀，没有诉求，更不想发泄，在这个大雨滂沱的深夜，只想不顾一切地向前再向前。

15

尽管她不同意我去接她，而我也不想贸然去打扰她，但我可以偷偷过去看她，不让她发现就行。

这可真是个好主意！

比赛那天下午，我早早地来到她住的公寓附近，将车停在隐蔽处，然后靠在椅背上，傻傻地看着公寓门口。

没过多久，扎着马尾辫，背着双肩包，戴着眼镜的她终于出现在我的眼前，步履匆匆地边走边打电话。

我开车缓缓跟着，看着她穿过马路，走到公交站，然后登上了一辆前往拳场的公交车。直到上车前她的电话都没挂断，表情则始终凝重，眉头紧皱着，从口型判断，似乎是在和人争辩着什么。

我开着车继续不紧不慢地跟着公交车，虽然我看不到她，但知道前面有她，心里就会很开心。

然而，我很快意识到跟踪她的人并非只有我一个，就在我车的左边有一辆黑色奔驰越野车，始终和那辆公交车以及我走着同样的路线，而且保持着相当的速度和距离。

这种直觉毫无理由却挥之不去，我故意放慢车速，紧紧跟在奔驰车后面。因为有车膜，我看不清楚那车内的状况，只能透过反光镜，影影绰绰地判断出车内是几个男人。

在一个岔路口，奔驰车突然提速，向另一个方向急速驶去。

我犹豫了片刻，最终加速超过公交车，驶向拳场。

等我收拾妥当来到拳台边备战时，她也到了，并很快换上了比基尼，散开头发，整个人又变得性感无比。

和以往一样，我们相视一笑，无须多言，那种心领神会，格外美好。

同样和以往一样，我没有悬念地战胜了对手。庆祝胜利时，依然收获着她对我的微笑鼓励。

今天没有雨，但我也没先走，依然待在车里等她。

她仍旧最后一个离开，我将车缓缓开到她身边，说要送她回家，她当然推却，但我始终坚持，因为我怕她会有危险。

她拗不过我，只好上车，一路上也不和我说话，胸脯起伏着，显然是在生气。

我完全不知道她生气的点在哪里，不过这不重要，只要她觉得好就比什么都重要。

车程过半时，她的脸上再次漾起我熟悉的笑容。

"算啦，不和你生气了，你真的还就是个孩子，太任性。"她突然说。

尽管我依然领会不到她话里的意思，但我还是很诚恳地道歉："对不起。"

"唉……"她看着我，又长长叹了口气，"知道吗？我最怕的就是自己的节奏被破坏，那样真的很不自在。"

然后又感叹："其实也不全是因为你，今天我的心情本来就很糟糕。"

我突然想起在公交车站她打电话时的郁闷表情，她的坏心情应该就是那通电话引发的吧。

只是和她通话的人是谁呢？那人为什么要让她这么不开心？彼此又是什么关系？

我想问，又打住了，一言不发地默默开车。

"唉！我还是没法很好地控制自己的情绪，"她懊恼地接着说，"这真的是一件太难的事。"

"为什么一定要控制自己呢？"我疑惑，"人随心所欲点不好吗？"

她摇头："当然不好，任何自由都是需要付出代价的，而有些代价比自由本身还要大，"说完，她幽幽看了我一眼，"你还小，不会明白的。"

我没再反驳，其实她说什么都可以，只要是她在说，只要她在我身边，就很好。

"对了，我到现在都还不知道你的名字呢？"她突然问。

"我的名字？"我有点儿蒙，感觉来到荷兰后已经很久没有提及过我的中文名字了。

"不方便说吗？那没事，就当我没问好了。"哈，原来她也是个敏感的女生！

"鹿安。"我轻轻回答。

"鹿——安！"她轻轻重复了一遍，"挺好听的。"

"谢谢！"我小心翼翼地问，"你呢？"

"叫我草莓好了，"她的回答很干脆，脸上的笑容明快极了，"可千万别以为我敷衍你哦，相对我的真名，我更喜欢别人叫我草莓。你知道吗？我特别爱吃草莓，所以每年草莓上市的季节，就是我最开心的时候。"

"草莓，草莓。"我在心头默念着，眼前的这个女生，新鲜，饱满，甜甜的，却又有点儿神秘，没有什么比用草莓来形容她更形象的了。

"你怎么了？"她用手在我眼前轻轻晃了晃，"对了，鹿安，我有件事想和你说，认真的。"

"哦，正好我也有事要对你说，也是认真的。"

"那你先说。"

"好吧——你最近有没有得罪过什么人？"

"什么意思？"她显然很意外，蹙眉想了想，"没吧，我的交际圈很小的。"

"那有没有和谁起过争执呢？"

她又想了想，还是摇头："也没有啊，怎么了？"

我放心了："没什么，新闻里说最近治安不太好，就是提醒你当心点儿。"

她捂着胸口："吓死我了，我还当我招惹了谁呢！"

"没事的，应该是我多心了——好了，现在轮到你说了。"

她迟疑了好一会儿，似乎有些为难，但最后还是很坚定地说了出来："你以后真的不要送我了。"

"为什么？"

"因为今天是我最后一次去那里打工，我的家人一直反对我做这个，说拳场太乱，今天又给我打了很长时间电话，我还是得顾及他们的感受。"

"哦！"除了傻傻应一声，我不知道还能说什么，心中却难受如刀绞。

接下去我们一路无话，直到来到目的地。

"知道我第一次看到你时的感觉吗？"她没有立即下车，而是很真诚地看着我，自问自答："那天应该是你第一次打比赛，你明明紧张得不得了，可是你的眼神依然很清澈，是我无比向往，却永远做不到的清澈。"

我不知道她为什么会突然说这些话，我只关心从此还能不能再见到她。

"草莓……"这是我第一次如此呼唤她的名字，喉咙生生发痛，"我……还能再见到你吗？"

她却答非所问："你的眼神让我对你产生了强烈的好奇，我觉得你肯定是一个很特别的人，于是总想着多了解你，所以你的比赛我总是要求去举牌，然后看着你，为你加油打气，感觉和你有着很多默契。你能赢，我真的很高兴，就好像自己胜利了一样。"

她慢慢地说着，眼睛里似乎闪烁着光芒，却很快又黯然了下去："可是慢慢地我又觉得自己这样打扰到了你很不好，每个人都有自己的人生轨迹，我们不可以轻易去干预。"

"轨迹，轨迹……"我喃喃自语，然后问，"我的人生轨迹是什么？我自己都不知道。"

她笑："没关系，慢慢你会知道的。"

我又问："那你知道你的轨迹吗？"

"我的轨迹？我的轨迹？"她点点头，若有所思地看着前方，语调也变得忧伤起来，"我曾经以为自己是聪明的、不受羁绊的，所以一直在飞，一直在逃，可是我错了，与其总想着遥不可及的明天，或许更应该做的是认真面对现在，没有人会有真正的自由，至少我不会。"

"那我们……还会再见面吗？"我追问，这是彼时我最在乎的问题。

"或许会，或许永远都不会，我真的不知道，但我知道，我会记得你。再见，鹿安，你真的是个很单纯的孩子。我要谢谢你，你让我在我的任性和自以为是里多停留了一会儿，已经很好了。"

说完这句话，她下车走了，而我难受极了，从手套箱里掏出笔和纸，飞快地写上自己的电话号码，然后追了上去递给她。

"打给我，拜托了！"

她犹豫了一下，接过纸条，在我头顶上轻轻抚了抚，然后挥挥手，转身离开。

那一瞬间我泪如雨下，突然想起多年前和妈妈分开时她也这样抚摸过我的头顶，也想起了无数次和同学分别时的轻轻挥手。所有的这些记忆都被我深埋心底，不忍回忆，可这一瞬间全部涌上心头，原来，我从来就没有忘记。

草莓，草莓，你点燃了我的记忆，却又残忍地和我分别；草莓，草莓，你给了我唯一的安慰，你让我如何才能忘了你？

STRAWBERRY
草莓·终场

第二幕

同居生活

我曾经那样真诚、那样温柔地爱过你。
但愿上帝保佑你,另一个人也会像我一样地爱你。

1

  我当然忘不了这个叫草莓的女孩,事实上,我坚信她一定还会出现在我面前,对我笑靥如花。尽管那天之后,她真的就没再去过拳场,而我也不知道去过多少次她租住的公寓,守候过多久,却再也没有见过她,我想她应该是搬走了吧。

  我还用了很多方法去寻找她,却始终一无所获,没有人知道她的行踪,甚至根本没有人知道她的存在,在这遥远的异国他乡,我们都像渺小的水滴,一旦融入大海,便再也难寻踪迹。

  只是草莓虽然从我的生命里消失了,但影响仍然存在,甚至变得越来越大。"没有人会有真正的自由",草莓的这句话总是在我耳边回荡,让我感受到无奈的同时,更能获得一种治愈的力量。更不可思议的是:每当我遇到新的问题,我首先会想如果草莓是我,她会如何看待这些事,又会怎样去解决,就好像她的灵魂驻进了我的身上,这是一种前所未有的神奇体验。

  时光荏苒,大半年一晃而过。自从那天和草莓分开,我的手机就再没关过机,无论何时何地,我都要确保手机在我触手可及的地方。是的,我一直在等草莓的电话,那是我和她之间唯一的线索,我绝不能错过——不过,她从来没给我打过电话,或许对她而言,我只是个匆匆过客,早已面目模糊。

  一定是这样,那么亲爱的草莓,就让我把你放进心底,反复回味,仔细打量。你说我其实很自私,我承认,而这一次,我更要自私到底。

2

再次见到草莓，竟是那么猝不及防却又美好万分。时至今日，每每回想起我们戏剧性的重逢画面，我都觉得又温暖又好笑。

第二学期，原先的语言老师因为怀孕休假了，学校给我们安排了新的代课老师。

第一堂课的铃声响起后，我照例戴着大大的耳机最后一个低着头走进教室，然后趴在桌上昏昏欲睡，就在即将神游太虚之际，耳边突然传来一阵热烈的掌声，我抬头，迷迷糊糊地看到讲台前站着一位身材高挑，穿着漂亮职业装，戴着黑框眼镜的女生。女生的头发梳成髻拢在脑后，化着精致的淡妆，看上去很是知性，最重要的是，女孩很眼熟，特别像草莓，不，不是像，她根本就是啊！

"咣当"，我感觉自己像被雷劈中了一样，整个人完全蒙了。邻桌发现了我的异常，用胳膊肘捅我，问："安，你没事吧，脸怎么那么红？"

我连连摇头："没事，没事！"这才意识到不过短短数秒，我却已浑身是汗——真是太激动了。

调整呼吸，我将注意力放到讲台前的草莓身上，还好还好，她应该没看到我刚才的狼狈样，正落落大方地用流利的荷兰语说自己来自中国，相信接下来的几个月一定能和我们愉快相处，谢谢大家的支持。

教室里再次响起掌声，我拼命鼓掌，心中越来越兴奋，嘴角绽放出最幸福的笑容。

吓得我的邻桌再次问询："安，你确定你真的没事？需要我替你叫校医吗？"

去你大爷的，老子好得很，简直没法再好了，哈哈！

就这样，整整一节课我都处于极度亢奋的状态中，感觉才过了几秒钟就下课了，当铃声响起，草莓随着同学离开后，我先是怔在原地，接着突然蹿了起来，风一样跑了出去，整个动作突兀且滑稽。

我要追上草莓，不能再一次眼睁睁看着她从我面前消失，绝不可以。

3

天高云淡，风和日丽，鸟语花香，岁月静美，原来我们学校竟是这么迷人，为何此前我从未发现？

教学楼前大大的草坪上，我气喘吁吁地跑到草莓身边，不是累的，而是太紧张。

"你好……请等一下……草莓……是我……老师……好！"我一开口就语无伦次了起来。

"Hi，鹿安同学，好久不见。"她应声而停，侧身看着我，友好地伸出了手，足够礼貌却不够亲切。

"好久不见。"再一次离她如此地近，那些灵魂的流离失所，思念的颠沛奔波，统统消失殆尽。只是她略显官方的态度让我难免有点儿失落，为了表达立场，我坚决不和她握手，讪笑着说："真没想到会在这里遇见你。"

"是啊，谁又能想到？"她嘴角微微上扬，里面蕴藏着很多内容，"上次我们还算是同行，现在我竟然成了你的老师。"

"对了，刚才上课时，你是不是没看见我？"我突然想起了什么，无比紧张地问。

"你说呢？"她扑哧笑了起来，眼睛弯弯的，瞬间变得很亲切，那才是我无比熟悉的模样,"你是怕我看见什么吧?"

"我……"我大窘,抓耳挠腮,"肯定特失态吧。"

"没错,从头到尾你都像个傻瓜一样。我还以为你不愿意见到我呢。"

"怎么会,怎么会,我高兴都来不及呢,实在太意外了,根本反应不过来。"听到她也在乎我的话语,我高兴极了,"对了,你怎么来这里了?"

"为了钱呗,我要生活的呀!"和那夜在车里的回答如出一辙。由此可见,这些日子她一直都挺辛苦,而我则立即无法自拔地心疼起来。

"哦,我还以为……"

"以为什么?"她表情疑惑地看着我,突然又笑了下,"还以为我是为了你才来的?"

被她看穿,我更窘了,干脆转过身倒着走,这样视线就能一直停留在她的身上。

"看什么看?"在我近乎贪婪的凝视下,她的脸上飞出两片红晕,像极了草莓,"快别看了!"

我赶紧转移话题:"这些天,你过得好吗?"

"还行吧,其实也没什么变化,就那样呗。对了,我搬家了。"

"我知道,我后来去找过你,房东说你搬了,却不肯告诉我你搬去了哪里。"

"因为他也不知道。"草莓突然伸手摸了摸我的头,"咦,怎么感觉你好像长个儿了呢?"

"怎么会?我又不是小孩子了。"我小声呢喃,"反正还能见到你,真好!"

"你就不怕我以后会管你学习吗?"只见草莓故意板起脸,"我可是很严格的老师哦,你要是不好好学习的话,我会狠狠骂你的。"

"不怕!"我挺着胸脯,认真保证,"我会好好学习的,真的。"

"这才乖,"草莓停了下来,"好了,我要去办点儿事,你赶紧回去吧,等会儿还有课呢。"

"去哪儿?我送你。"我小声说,"好不容易才见到你,不想这么快就走。"

"你怎么还是这么任性呀?"她轻叹了口气,"既然生活让我们再次相遇,而且以后一段时间内经常能见面,那么我们就都不要着急,顺其自然,一切都是最好的安排。"

我不知道她为什么要这么说,也听不太明白其中的道理,但我知道,关于我们的这次意外重逢,草莓肯定有她自己的理解,我能做的只是尊重和接受。

更何况,她说的一点儿都没错,从现在开始,我们的确会经常见面,请问还有什么比这个更令人振奋的吗?

绝对没有了!

那天和草莓挥手作别后,我久久不愿离开,站在原地,看着她的背影,情不自禁傻乐了起来,那是发自内心的笑,堪比头顶碧蓝如洗的天空。我再一次感受到了命运的神奇,如果世上真的有一种感觉叫幸福,相信就是彼时我的体会。

4

因为我对草莓作出了承诺,更因为我渴望得到她的肯定和褒扬,我对学习的态度发生了180度的转变，尤其荷兰语，这是草莓亲授的课程，每次她讲课时，我都会目不转睛地看着她，生怕错过一丝一毫的细节。

草莓总是夸奖我很聪明，有灵气，或许她只是为了鼓励我，但我却当真了，只要她说的，我都相信。

那年的春季考，我的年级排名一下子提升了八十多位。所有人都对我表示祝贺，并追问这背后有什么奥秘，我才不会告诉他们这一切都是因为草莓呢，事实上，我没有告诉任何人我和草莓的关系，我不愿让别人分享我的欢喜。

呃！说到这里，现在我和草莓到底是什么关系呢，朋友，师生，姐弟？好像都有，好像又不全是。过去的两个多月，草莓尽心尽力地教学，我全心全意地学习，我们几乎每天都会见面，但鲜有课堂外的交流，我勇敢往前一步，她就适时后退，我知趣地驻足原地，她又会对我主动关心，我担心自作多情，但她的笑容无数次将我融化，让我无法自控，想入非非。她始终表现得那么优雅得体，可我总能轻易察觉她平静外表下的躁动和纠结。

不管我们是什么关系，我们都是世上最懂对方的人。一个交错的眼神，一个会心的笑容，在我们之间就是千言万语，就是儿女情长。

当我最终找寻到这个答案时，我感到了前所未有的轻松。后来我常想，如果不是突然发生了那次意外，或许我们能够将这样纯粹的关系一直保持下去，那倒也没什么不好。

无奈生活永远都不可能按照我们的期望去发展，无常才是人生永恒的主题，对此我们都无法逃避，只能勇敢面对。

5

意外发生在我们重逢小半年后的一个深夜，我刚熄灯准备睡觉，手机突然发出提示音，我迷迷糊糊看了眼，竟是草莓给我发来了语音，赶紧点开，于是听到了草莓充满恐惧的求救声："鹿安，快救我！"

我瞬间睡意全无，从床上一跃而起，不停询问："你在哪里？我这就过去，你不要害怕，我马上到。"

谢天谢地，草莓的信息接踵而至，她先是发来了实时位置——位于德派普区艾伯特街附近的一座公寓，紧接着用颤抖的音调说自己正躲在五楼的消防间里，坏人就在外面，情况特别危急。语音的最后，更是传来了数下"哐当"的砸门声，这在幽静的夜里响起，显得分外恐怖。

我秒冲下楼，发动汽车向目的地飞驰而去，短短十几分钟我如坐针毡，脑海里不停出现那辆黑色奔驰越野车跟踪草莓的情景，原来危险一直藏匿在她身边，我真是太大意了。

谢天谢地，等我赶到草莓指定的公寓楼前方路口时，正好远远地看到草莓嘴上贴着胶条，被两个戴着头套的彪形大汉塞进了门口那辆黑色越野车内，车门关闭后车子立即疾驶离开。

来不及多想，我猛踩油门，生生撞向正迎面而来的奔驰越野车，巨大的声响伴着强烈的震荡，奔驰越野车被我的车死死顶在墙角，再也无法逃逸。

我看到车门迅速打开，里面冲出三个手持钢管的大汉，疯狂地向我扑来。我也冲下车，赤手空拳迎战，看到就我一个人，劫匪们显然没放在心上，只是很快他们就为此付出了惨重的代价，作为一个长期练习MMA的人，我几乎毫不费力就将他们干趴在地上了，如果不是警察赶到，我一定会将这三个家伙活活揍死。

我从车里抱出草莓,她满眼泪水,惊恐万分。等我撕开她嘴上的胶条,她"哇"地大哭了起来,然后紧紧抱着我,喊:"他们是什么人?我好害怕!"

"没事了,没事了!"我搂住她,不停安抚,"不要怕,有我呢,我不会再让任何人欺负你了,相信我。"

6

简单包扎后,我们一直在警察局录口供,直到天色大亮时才可以离开。

尽管警方并未就此案作出明确结论,但通过草莓的翻译,我还是听明白了个大概——这劫匪们所在的犯罪组织和臭名昭著的欧洲地下人口贩卖黑网有着密切关系,专门绑架那种年轻、单身、长相甜美的留学生女孩。此前发生的几起轰动一时的华人女孩失踪案件都和他们有关系。草莓便是他们的目标之一,本来早就想下手,但几个月前草莓突然搬家,他们只得重新寻找和部署绑架方案,最终定在昨夜行动,却没想到草莓警惕心很强,感到情况有异后提前从房间里跑了出来,然后躲进了消防间,消耗了他们不少精力,更没料到好不容易得手后半路突然又杀出一个我,彻底坏了他们的好事。

正所谓:祸兮福之所倚,福兮祸之所伏。虽然表面上的危险已经解除,但恐惧却深深在草莓心中扎下了根,一想到自己一直生活在劫匪的监视下,她愈发感到后怕,说什么也不敢再回自己租住的公寓。我说可以帮她找新的住所,安保很好的那种,她想了想,还是害怕,眼泪又流了出来，哪还有半点平日里的女王范儿，完全一副弱不禁风的小鸟依人状，楚楚可怜。

没办法，我只得将心底盘旋已久却始终不敢说出口的念头吞吞吐吐地提了出来，我说："如果你不介意的话，可以先到我家暂住几天，这样我就可以随时保护你。我那里房间很多也很大，而且特别干净特别安全，交通也特别方便，附近还有很多饭店，全世界的美食都能吃到。真的，我觉得我那里特适合你，你好好考虑考虑。"

"原来你这么能说会道，也不怕噎着自己。"听我一口气地说了这么多，草莓笑了，"我答应你就是！"

"真的？"我使劲儿揉眼睛，好像在做梦啊，太不真实了！

"嗯，是真的，"草莓凝视着我，很认真地点着头，"在我最危险的时候，我只想到你。当你出现的时候，我突然什么都不怕了。我不要那么多，只要有你在，就会很安心。"

7

尽管之前我对草莓说过我住的房子挺大的，但当她看到整整一幢上下四层的独栋别墅以及八百多平方米的私家草坪时还是张圆了嘴，那声从喉咙深处发出的"哇"让我至今印象深刻无比。

"小安，你就住这里？"她显然还不敢相信自己的眼睛。

"嗯哪。"我忙着帮她把行李往里拿，生怕她反悔。

"你，一个人住？"

"嗯哪。"草莓的行李还真不少呢，看来得搬好几趟。

"天哪，这一个月的房租得多贵啊，真浪费呀！"

"房租?"我停了下来,疑惑地看着她,"房子我们已经买下了。"

"好吧,你可真行。"

"其实这些和我也没什么关系,"我点头,若有所思地说,"房子是我爸买的,我的钱也都是他给的。"

"怎么?你和你爸关系很紧张吗?"草莓敏感地问。

"不想谈这个了。"我推开门,做了个邀请的手势,"老师,请进。"

别墅地上一共三层,大概十几间房,带草莓简单参观后我让她任意挑选自己的房间,她挑来选去,最后定了三楼东侧的一间临湖主卧,从窗户看过去就是一泓湖水,湖面有几只天鹅在惬意游弋着。推开窗户,空气中立即飘来淡淡的青草味,让人觉得心旷神怡。

为了离草莓近一点,我则将自己的房间从地下室搬到了二楼,就在草莓的正下方,这样我们之间的距离不过寥寥数米,有时候她在上面走动我都能感受到,基本上可以算是在同一空间,每每想到这个,我就会很开心。

更开心的是,从此白天我会和草莓一起去学校,上完课后再一起回家——是的,回家,多么美好的感觉啊,充满了幸福的仪式感!

而如果遇到白天没有课要讲,她就会在家里学习或休息。虽然我叮嘱她待着就好,有什么需要让阿姨去做就行,但她总是闲不住,而且特别有主意,不但把自己的房间布置得无比温馨,还将"魔爪"伸到了我这里。一天我回来时,她竟然在我房间内,正站在梯子上,头戴自制工作帽,垂下的头发还有脸上都沾染着油漆,很认真地将我的房间刷成了天蓝色——这可是我最不喜欢的颜色,因为觉得很怯,一点也没个性。

"怎么样,喜欢不?"草莓轻快地从梯子上跳了下来,双手在我面前晃了晃，作势要往我脸上涂，样子特别调皮。

看着面目全非的房间，我迟疑地点着头："喜……欢……吧。"

"喜欢还是这副表情？小安，你原来房间的颜色太压抑了，灰不拉唧的，住在里面心情能好吗？我早就想给你换掉啦！"

"哦，换了挺好。"

"那你干吗这样看我？你不会是怪我擅作主张吧？"

"当然不会了。"我心想，就算她把整座房子拆掉，我也不会怪她的啊！只是这颜色——算了，慢慢接受就是，我强行挤出笑容，"真的挺喜欢。"

"那就好，对了，还有哦，我把你那些乱七八糟的东西也都扔了，"草莓松了口气，"我还纳闷为什么你看上去总有点儿自闭呢，现在可算找到原因啦！"

乱七八糟的东西？我愣了一下，赶紧拉开床头柜，发现我精心收藏多年的骷髅玩偶全没了。

"哎呀！"我情不自禁叫了声，然后重重叹了口气，"唉……"

"又怎么了？"草莓脸上露出委屈的表情，"你肯定怪我了，是不是我做错了什么？"

"没，没，扔了挺好，我早就烦了。"我口是心非地说，然后暗想：哼！旧的不去新的不来，下次我再悄悄买一套回来。

"你是不是还想买？最好不要，你不能太依赖那些的，"她仿佛读懂了我的心思，"你还小，很多想法还未定型，现在应该积极一点、健康一点、阳光一点哦。"

"嗯嗯！"我乖乖点头，"你好像……"

"好像什么？"她笑了，"是不是觉得我管你太多，好像你的妈妈？"

"姐姐吧。"

"我比你大，本来就是你的姐姐，"草莓累了，依靠在桌前休息，"其实我就是希望你能够开心些，过得越来越好。"

我点头："我会的。"

"那就好！来，帮我抬下桌子吧，我觉得你应该在窗前学习，视线会好很多，不伤眼睛。"草莓压根儿闲不住，热火朝天地对我指挥了起来，"快点儿，还发什么呆呀！待会儿还有好多事要做呢！"

8

就这样，草莓不知疲倦地改造着我，尽管一开始我确实会抗拒，但我丝毫没有表现出来，我生怕给她造成一点点负担，她就会不住在我这里了。

所以，我一直都很乖。

一次我俩吃饭时，草莓突然感慨："小安啊，我真的觉得你挺乖的，为什么你一直没朋友呢？"

原来她什么都知道。

"应该是你没有将你乖巧善良的一面展示给别人，只是对我这样，对不对？"草莓凝视着我，温柔地说着，"我一直觉得每个孩子都是天使，来到人间都自带光芒，即使折翼了，最疼痛的其实也是自己。"

我静静听着，始终没说话，因为实在不知道该说什么，我确信的是，每次草莓看似随意的举动和言语，其实都有精心准备。

"小安，你知道我现在攻读的是什么专业的学位么？"

我摇头，说起来，尽管我和草莓在一起生活已经有段时间了，但我对她的事情知之甚少。我其实有很多疑问，关于她的过去，也关于她的未来，却从来不敢主动发问，生怕给她造成压力，我总觉得她明媚的外表下也有着不为人知的隐痛。没有原因，就是一种直觉。

"我克服了重重困难，来到了这里就是为了深造儿童心理学，这两年成长了很多，也愈发坚定当初的选择是正确的，所有的付出也都是值得的。"

"那你学成后会回国吗？"我小心翼翼地问，这是我心头最大的担心。

"当然了！"她毫不犹豫地回答，"学以致用嘛，我肯定是要把在这里学到的理念和知识带回去的，这对我来说是最有意义的事。"她看向窗外，表情变得凝重起来，"国内很多孩子的童年太不幸了，需要提前干预和救援，他们都等着我呢。"

"那你……什么时候回去？"

"怎么？你希望我早点走呀。"

"当然不是！"我拼命摇头，"我只是……害怕！"

"有什么好怕的，不管发生什么，面对就是啦！"她又露出那种调皮的表情，"只有小孩子才动不动说害怕呢，说你是孩子，还不承认！"

"哦！"

"好啦！赶紧多吃点儿，这是我特地给你做的炖豆角，是不是有家乡的味道？"

"嗯，好吃！"

"那以后我经常做饭给你吃,好不好?"

"好!"

我突然鼻子一酸,又情不自禁地想起了小时候妈妈叮嘱我好好吃饭的场景,赶紧埋头,大口大口吞咽着,不让草莓看到我的异样。

9

因为知道了会分别,所以我愈发珍惜和草莓"同居"的这段美好时光。

白天,草莓在我的生活中是一个聪慧、优雅的形象,她表面上很柔软随和,但骨子里其实特别没有安全感,所以把控力很强,在一起时,我得听她的,当然,我也乐意听她的。然而,当夜幕降临,我们的关系就会立即发生180度的转变,她会变得脆弱且敏感,变成那个需要我保护的人。

好几次,我在睡梦中被草莓的尖叫声吵醒,然后以最快的速度冲上楼,推开房门,就见她蜷缩在床角,脸色煞白,浑身急剧颤抖着,宛若梦魇。

"你怎么了?"我四下打量,发现并无异常。

"坏人,我看到坏人了,"她紧紧抓住我的胳膊,"我好害怕!"

"哪儿呢?"我立即进入战斗模式,将她挡在身后。

"那里!"草莓指着窗户,"是不是他们追过来了?他们还想绑架我。"

"别怕,有我。"我立即扑过去,一把推开窗户,探出身子四下观望,天空月朗星稀,人间一片祥和。

"没有啊!"

"真的?"

"嗯，应该是风。"我关上窗户，琢磨了会儿，"我明白了，是月光将树枝的阴影投在了窗户上，看上去影影绰绰的，确实有点儿像坏人。"

"哦，吓死我了，"草莓抚着胸脯，有点儿不好意思地说，"我太敏感了，小安不要取笑我哦！"

"怎么会？"我知道上次的绑架事件真的给她留下了很大的后遗症，白天或许还看不出来，但午夜却是她最脆弱、最无助的时候。

我柔声安慰："放心吧，这里很安全的，我就在楼下，你什么都不要怕。"

草莓点点头："那……你快去睡觉吧，明天还要上课呢。"

"哦！"我脚步迟疑，慢慢往门口走。

"小安！"草莓突然叫我，"你……能不能再陪我会儿？我还是有点儿害怕。"

"好啊！好啊！"我赶紧坐在床前的椅子上，"你睡觉吧，我看着你。"

"好！"草莓眼中露出感激的神色，然后重新躺下，轻轻闭上了眼睛。

我怔怔地看着她，此刻的草莓和白天判若两人，她穿着性感的蕾丝睡衣，头发凌乱，坚挺的胸部随着急促的呼吸有节奏地上下晃动着，浑身散发着迷人甚至诱惑的味道。

我情不自禁地轻轻唤了声："草莓……"

本以为她听不见，可她却立即回应："嗯？"

我有点尴尬，赶紧说："你还没睡着？"

"睡不着，"她转过身，眼睛睁得很大，"你是不是困了？困了就下去睡吧，我没事了。"

"没有，没有，我一点都不困，"我很懊悔自己打破了刚才那美好的意境，"早知道不叫你好了。"

"唉……"她又露出那种怜爱的表情，轻叹了口气，坐了起来，"既然我们都不想睡，干脆聊会儿天吧。"

"好啊！"

"你想聊什么？"

"都行，只要是你，说什么我都爱听。"

"小安真是个极乖的孩子呢。我给小安背诵普希金的诗歌吧，《我曾爱过你》，我最喜欢的一首。"草莓说完对我微微一笑，然后轻轻吟诵了起来。

爱情，也许在我的心灵里

还没有完全消亡

但愿它不会再去打扰你

我也不想再让你难过悲伤

我曾经默默无语地

毫无指望地爱过你

我既忍受着羞怯

又忍受着嫉妒的折磨

我曾经那样真诚

那样温柔地爱过你

但愿上帝保佑你

另一个人也会像我一样地

爱你

10

此前我从来没有接触过普希金的诗歌，此时听来竟也觉得很美。只是在美之外，又有一层淡淡的无奈和感伤。

草莓很投入也很动情，在吟完最后一句时，眼泪滑落了下来，我赶紧将纸巾递给她。

"谢谢！"草莓轻轻擦拭眼角，"夜晚和诗歌总是会让人变得脆弱。"

"这样难道不也是真实的你吗？"

"真实吗？"

"我觉得很真实，也很好，至少，我很喜欢！"

"嗯，那我再给你背诗好不好？"

"好！"

……

那个深夜，草莓一首接一首给我吟诵着诗歌，原来她的诗歌储备竟然那么多，从拜伦到雪莱，从惠特曼到泰戈尔，从纪伯伦到王尔德，她全都信手拈来，那些优美的诗句字字滋润着我干涸的心灵，让我获得了前所未有的美好体验。

也就是从那个深夜开始，我的灵魂里第一次给诗歌安排了位置，只是懵懂的我并没有在意草莓通过诗歌试图告诉我她的更多感受。她的梦想，她的无助，她的天真和无邪，她的欲望及困苦，她的人生际遇、未来命运，全部在她给我吟诵的诗歌里，而所有这些，那个时候的我，并不理解。

SCENE 3
STRAWBERRY
草莓·终场

第三幕

自我本我

自我界定不是一成不变，人类的本我时刻都在修正着他对世界的需求和认知。
当有一天本我试图冲破自我的束缚，就会在思想上表现出强烈的纠结和焦虑。

1

如草莓所愿，在她不知疲倦的"改造"下，我发生了明显的变化，开心的时候变多了，阴郁的次数变少了；在家的时候变多了，外出晃荡的时间变少了；看书的时间变多了，打游戏的时间变少了……不过寥寥数月，整个人用"焕然一新"来形容毫不夸张，这就是爱的神奇力量。

以上都是一些积极的改变，然而也有一些习惯根深蒂固，不会轻易让步。比如，我依然不合群，不爱和同学交往，总觉得和他们没有共同语言，也不会有任何交集，自然没必要发生太多瓜葛。以前在国内时我就是这样我行我素，也没有任何不妥，可到了这里，我过于"独"的行为和态度差点引起公愤，算是我入学后遭遇的第一个比较大的人际危机。

危机发生在马斯垂克嘉年华期间，那是荷兰的传统狂欢节，重要程度堪比我们国家的春节。每个参与者都会将自己装扮得花枝招展，戴上五颜六色的脸谱和假发上街欢聚。早在狂欢节的前两周，班长弗兰克便号召全班同学集体参加，并且要全力以赴争取在学校的十几支表演队伍里脱颖而出，好让别人看到我们班的实力和团结精神——其实他更想表现的是自己的领导力，真够虚荣的——对此，绝大多数同学都热情拥护，而我却在他慷慨激昂的演说后照例戴上耳机一言不发地低头准备离开，草莓说今晚她会亲自下厨给我做家乡菜，我早已迫不及待。此前我也曾多次这样，弗兰克虽然意见很大但从没为难过我，可这一次他显然很生气，竟然用肥硕的身体挡住了我的去路，接着当着全班同学的面大声诘问我："安，你为什么要早退？你是又想拒绝参加班集体活动吗？"

我不屑地回应："我不觉得有非参加不可的必要。"

"学校很重视这次活动，会评选最佳团队，大家都很兴奋，这可是我们来荷兰后的第一个狂欢节啊！"弗兰克脸涨得通红，"安，你不可以这样，太自私了，你得有团队精神。"

弗兰克的理由让我觉得很奇怪，我又没有阻止他们参加，难道就因为少我一个人，他们就拿不到好成绩了？这也太扯了吧，事实只能是他觉得我不听话所以很不爽——这也能理解，但我最讨厌这种欲盖弥彰的行径，有什么直说就是，拿团队精神来打压我算几个意思？

虽然我心里很明白，可嘴上却不知道该如何回应，我很能打，却很不能说，所以那一瞬间我愣在原地，哑口无言，而同学们的情绪都被弗兰克煽动了起来，纷纷对我加以指责。

"安，你根本不像是我们当中的一员。"

"我们每个人都很热爱这个团队，可是我们感受不到你。"

"我可以说不认识你吗？你真的是我们的同学吗？你不会走错门了吧，哈哈！"

"我一直都怀疑你有自闭症，看来我猜对了。"

……

面对指责，我顿时陷入了前所未有的紧张和窘迫中，只想立即逃离。

"你不可以走，今天你要给我们一个交代，"弗兰克来劲了，竟然一把抓住我的胳膊，大声说，"你必须参加，因为我们是一个整体，少了谁都不可以。"

然后在我耳边低声用中文说："哥们，给个面子行不？否则他们都不会服我的。"

我猜测得果然没错,他才是真正自私的人。

对了,忘了说了,弗兰克也是中国人,不过他的行事风格和我截然不同,高调,乖张,精明,走一步想十步,我看不惯他的为人但也不想过问,所以我们一直绝少交流也相安无事,没想到现在竟然发生了冲突。

"是啊,安,我们都需要你,参加吧。"

"还有什么比团队更重要吗?如果你参加,我可以因为刚才的话向你道歉。"

"这个狂欢节我们都期盼了快整整一年了,相信我,它会让你终生难忘的。"

……

所有人都用期待的眼神看着我,特别是那些老外,他们表达情感的方式特别直接,高兴不高兴都溢于言表,刚才还集体指责我,现在又都说需要我,翻脸简直比翻书还快。不过我还真的从来没有如此被公开"表白"过,内心深处不由自主生出一丝感动,这是我此前很少有的情绪,不,应该说,前所未有。

只是,这丝感动很快被一股更强大的恐惧冲散,我终究没能迈出那一步。

我一把捏住弗兰克的手腕,轻松将他甩开,我分明感受到那一瞬间所有人的眼神都变得黯然。

"鹿安,你丫太过分了,告诉你,我忍你很久了,我一定会向老师反映,把你丫驱逐出我们班。"弗兰克恼羞成怒,在我身后狠狠地威胁,"小样,不信还治不了你了!"

"随便！"我冷笑一声，然后头也不回地离开了。

2

坏心情一直如影随形，哪怕回到家看见草莓都提不起精神，吃饭时更是食欲全无，却又不想让她担心，只得强颜欢笑，匆匆对付几口，然后说累了想先休息。

躺在床上，瞪大眼睛，脑子里不停闪着同学们对我说的那些话，心情愈发沮丧，因为草莓的出现，我一度以为自己已经无异于常人，却没想到这些不过是虚妄，我的性格并没有任何实质性的改变，我其实也知道问题出在哪里，更知道发生这样的不愉快怪不得别人，可我就是不想改变，或者说，我对这种改变毫无信心，这真是一件让人特别懊恼的事。

"小安，我可以进来吗？"一阵轻柔的敲门声将我从混乱的思绪中拉回。

我没应答，赶紧闭上眼睛，调整呼吸，装作睡着的样子。

我听到门被推开的声音，接着草莓的脚步声慢慢靠近，最后耳边传来草莓温柔的关心："不是说累了吗？怎么还在发呆呢？"

我只得睁开眼，委屈地问："你怎么知道的？"

"呵，小安什么事都瞒不住我的，"草莓轻轻坐在我身侧，笑眯眯地看着我，"有什么不开心的事告诉我咯！"

我赶紧否认："没什么，我挺好的。"

"在我心里，小安一直可是个非常听话的孩子哦。"她的笑意更浓，眼睛扑闪着温柔，突然她向我伸出了双手。

"别动！"我下意识地躲闪，却被她喊停，接着太阳穴一凉，顿时感到无比舒坦——草莓用纤细的手指在我的头上轻轻按了起来。

"放松，对，什么也别想，就这样，很好，乖！"在草莓的指引下，我再次闭上眼睛，并且很快进入了梦乡。

草莓整整给我按摩了半个小时，而我则感觉睡了好长好长的一觉，醒来后，内心一片安宁，身体更是感觉前所未有的轻松。

"谢谢，我好了，你快休息会儿。"我心疼地看着草莓，身体偏向一侧，说什么都不让她继续给我按摩。

"嗯，现在可以告诉我你遇到什么麻烦了吗？"草莓依旧很温柔，没有一点不耐烦，更没有半分强迫，却又无比执着，让你无法拒绝。

我深吸了口气，将下午在学校里发生的不愉快娓娓道来。

"就这些吗？"草莓听完后抿抿嘴，还做了个耸肩的动作。

"就这些，"我有点儿不好意思，"是不是我做错了？"

"没有啊，你的反应很正常，一点儿问题都没有。"真没想到草莓竟然完全没有否定我，更没有一丝责备，我高悬着的心立即安稳地落了下来。

"我说了，小安是个内心善良的孩子，只是不懂得掩饰而已。"草莓明明在对我讲话，却仿佛说着第三个人，这让我更容易接受，也可以抽身出来，重新打量自己的言谈举止。

"而小安之所以会很不开心，有这么大的思想包袱，也不只是因为受到了同学的奚落，更多还是体内的自我和本我发生了冲突，这其实说明小安在成长，在进步呢！"

"自我？本我？"我彻底迷惑了，这些似懂非懂的名词，究竟意味着什么？

"对呀，本我代表着与生俱来的欲望，自我则是后天你对自身以及外界的认知和约束。你知道吗？婴儿出生后的半年内，他是不会区分自身和外界的，他爬的时候全世界都在晃动，饿的时候全世界都在痛苦，外面响起的声音他会以为是自己发出的，那天空的太阳、水里的月亮，也都是他自己。总之，在婴儿的认知里，他就是全世界。可随着慢慢长大，意识和思维日益健全，婴儿会感受到越来越多的痛苦，他饿的时候妈妈不一定会立即提供甜美的乳汁，生病的时候无论怎样哭泣也没有办法立即好起来，这些痛苦让他逐渐意识到自身和外界是不同的，并且会根据外界的种种反馈来限定自己的举止行为，以免自己进一步受到伤害，这就是心理学上所谓的自我界定。每个人因为自己原生家庭的不同、成长环境的差异而产生了各自的自我界定，而如果这个过程是曲折的，甚至是不幸的，那他的自我界定也会变得狭隘，甚至畸形。

"每个人的自我界定的形成期并不相同，大多数人会集中在青春期之前，而有的人会持续终身，也就是说，自我界定不是一成不变的，因为人类的本我时刻都在修正着他对世界的需求和认知，当有一天，本我试图冲破自我的束缚，就会在思想上表现出强烈的纠结和焦虑。"

我认真听着草莓娓娓道来，眼前却渐渐亮了起来，仿佛找到了某种答案。

"就像小安，虽然我不知道你的原生家庭如何，究竟拥有怎样的童年和成长，但我可以确定那一定对你影响很大，你将自己封闭了起来，用孤僻和冷漠来自我保护，你以为只要永远不心存期望，不主动付出就永远不会受伤。这么多年来，你一直在这样的自我界定下艰难成长着，虽然不快乐，但至少还算安全，哪怕你很清楚那是偏激的、不对的，也绝不会逾越半步，就这样，你慢慢变成了后来的那副模样。"

　　草莓说到这里，专注地凝视着我的眼睛："然而你骨子里并不是一个真正孤僻的人，你其实很渴望温暖和友情，只是过去的多年一直被你的自我界定死死封锁了起来。而现在，因为种种内在和外界的原因，你的自我心灵开始觉醒，慢慢知道了自己真正的向往，你很想改变，却又没办法一下子完全去改变，因为惯性使然，也因为恐惧依然存在，你害怕万一无法成功改变，就会引发无穷无尽的痛苦，所以会迟疑、会胆怯、会挣扎，所以此时此刻你的灵魂里有两个人格正在激烈地战斗，它们势均力敌，不分胜负，而你作为它们的主人，进不得，退也不得，只能痛苦地承受，所以现在一定是你最难熬的时候。"

　　"不要说了，求求你！"眼泪情不自禁地流了下来，这么多年来，我的内心第一次被人剖析得如此透彻，我已经完全没了退路。

　　"小安，别怕，"恍惚间，草莓在我耳边温柔且坚定地说着，"我们每个人都无法选择自己的出身，更不可能改变那些已经成为过去的事实，我们能做的只是向前看，改变能够改变的，接受无法改变的，与生活还有自己和解。如果说原生家庭是我们无法掌控的命运，它塑造了曾经的我们，那么未来的我们恰恰是现在的我们可以去选择和把握的啊。现在，我们不要自怨自艾，更不能轻言放弃，我们要跟随内心的指引，勇敢打破束缚我们的自我界定，不要让未来的你，讨厌现在的自己，活在当下比什么都重要，唯有如此，我们才能成为更好的自己。"

　　从草莓的身上我感受到了一股前所未有的力量，我抬头，泪眼婆娑地看着她："我真的可以吗？"

　　"你一定可以！"草莓坚定地、不假思索地回答，"小安，你很强大，未来有着无限的可能。只要你真的想改变，就一定能成功。请你相信我，更要相信你自己。"

"我……"

"其实，我现在说这些话，不只是说给你听，也是说给我自己听的，你有你的恐惧、你的委屈、你的不幸，我也一样，曾经的我和现在的你一样胆怯，一样困惑。可是我突然意识到这样是不对的，我不想我的人生就这样不明不白地过下去，所以我不顾一切地来到这里，违背了我对别人的承诺，也放弃了别人对我的期望，将自己逼到了无路可退的地步。如果说我生命的前20年都是在为别人而活，现在我选择为自己活一次。现在我用这几年的亲身体验告诉你，我一点都不后悔，哪怕最后依然会回到原点，但至少我为自己活过，那就足够了。"

草莓说这些话时眼里也闪烁着晶莹的泪光，我明白她动了真情，每个人都有自己的不容易，我们不要比惨，更没有必要抱怨，就像草莓说的那样，沉溺于过去毫无意义，我们真正要做的应该是面对自己的内心，然后积极去改变，就算再受伤也没什么大不了，反正最无助的岁月都已经走过，再黑暗又能怎样？更何况，迎接我们的更有可能是美好的希望。

也就是那一瞬间，我的内心充满了勇气和力量，是草莓赋予了我这些，我不能让她看轻我，我要成为她的骄傲，所以我一定要改变，就像在拳台上，我用汗水和鲜血将敌人打败，现在我要战胜的则是盘踞我心头多年的自卑、怨气和恐惧，我要直面它们，然后一拳一拳，将它们悉数击垮。

3

第二天,我早早来到教室,弗兰克正坐在桌上眉飞色舞地和几个女同学吹牛呢。他显然没料到我会来得如此之早,更不明白我径直走向他意欲何为,只见他"咚"地从桌上蹦了下来,充满敌意地向我挑衅:"鹿安,你丫又想干吗?"

"我……想报名。"

"What the fuck(搞什么呀?)!"弗兰克一脸难以置信,"干吗呢这是?太阳打西边出来了?"

"我想参加我们班的嘉年华活动,还来得及吗?"我的声音越来越轻,心里越来越紧张,生怕被拒绝。

"牛!"弗兰克反应还挺快,立即眉开眼笑,"必须来得及啊,有我哪,这都不算事!"

我松了口气:"谢谢!"

"谢啥,我是班长,为大家服务是我的职责,谁让你们那么信任我呢,是不是?"弗兰克一脸嘚瑟地对旁边的女同学说着这些冠冕堂皇的话,女同学则连连点头,显然她们现在对弗兰克是相当欣赏。

"哥们儿,真够给面儿的。"弗兰克搭着我的肩,在我耳边小声说,"不过你丫怎么突然就转性了?是不是怕我到老师那里告状?放心吧,这事儿打小学后我就再没做过,现在到这破地儿就更不能够了。再说了,咱俩谁跟谁?咱俩是一奶同胞,理当团结,你支持我,我照顾你,一起前进不是?"

"真啰唆。"弗兰克的言辞虽然夸张,但确实也挺可爱的,我也情不自禁地微笑了起来。

"老铁,没毛病。"弗兰克依旧很兴奋,做了个"Give me five(击掌)"的手势。

我伸手,拍了过去,双掌相击的瞬间,我竟然有了一种前所未有的触动。

一旁的女同学看到后立即鼓掌欢呼起来,真不知道她们有什么好激动的,不过见到她们这样热情,我也很开心。

"知道吗?其实我们都很喜欢你,就是你平时太装,哟哟!"弗兰克竟然说起了RAP(饶舌),"可是你真的很屌,这样的人已经很少,哟哟!"女同学们也跟着一起晃动着,每个人都对我绽放出最真挚热情的笑容。

好吧,我承认我被打动了。草莓说得没错,改变其实没那么难,更不可怕,只要真正打开自己,往前一步,相信别人,拥抱生活,就可以收获更多,原来的我,实在太狭隘,太自我封闭了。

而接下去发生的事则比我想象中还要热闹很多,在弗兰克的动员和组织下,我们班所有同学都全情投入了进去,每个人都有独特的造型,而整体则cosplay(模仿)了Marvel(漫威)里的英雄们。我自然选择了最喜欢的钢铁侠,当我身穿刚刚从美国空运过来的钢铁侠原版战衣出现时,全班同学顿时报以热烈的掌声和尖叫。弗兰克更是夸张地在我身上摸来摸去:"行啊鹿安,你这身装备也太帅了,怎么感觉跟真的似的。"

"这就是道具,拍《钢铁侠2》时小罗伯特·唐尼穿过的。"

"我的天哪,这得多少钱啊!"

"呃,是非卖品。"

"那你怎么搞到的?"

"千万别说，说出来就不牛了。"我刚想回答，弗兰克制止了我，然后添油加醋地向同学们夸夸其谈："瞧一瞧，看一看，正宗原版钢铁侠战衣，全世界只有三套，走过路过，不要错过。鹿安给电影公司打了个电话，立即就送过来了，上面还停留着小罗伯特·唐尼的体温，厉害吧。"

所有人先是愣了下，然后爆发出更热烈的掌声、欢呼，以及口哨声——这弗兰克也实在太能吹了，可大家就喜欢他这样，以前我特别鄙夷，现在换一种眼光和心情看待，虽然不至于欣赏，但也能心平气和地接受，对我而言，这已经是很大的进步了。

"所以你们一定要相信我，这次我们肯定会拿第一，Come on（来吧），耶！"弗兰克喊完后高举双手，比画出胜利的手势，整个教室顿时迸发出巨大的欢呼声，仿佛狂欢节已然来临。

接着在弗兰克的带领下，同学们开始围着我蹦蹦跳跳，场面极其滑稽，却又无比感人。

就这样，原本对嘉年华完全无感的我竟然充满了期待。就连在家里我也总穿着钢铁侠的战衣走来走去，设计着我的专属动作，让一边的草莓总是忍俊不禁。

4

马斯垂克嘉年华终于如约而至，虽然此前我听很多人说过它的热闹非凡，但绝对百闻不如一见，感觉整个城市的人都涌上了街头，竭尽所能释放着内心的喜悦。我们学校的每个班级都精心准备了各种show（秀），所有参与者更是全情投入，显然要一争高下。起初还只是各自争奇斗艳，大家相安无事，但到了最后一天的下午，现场气氛已然发生了不小的改变，竞争意味更浓郁了。

我们班的节目在激烈的竞争中很快脱颖而出，因为我们不单造型逼真，而且非常团结，始终强调着整体性。此外我们还别出心裁地将《雷神》《美国队长》《钢铁侠》以及《复仇者联盟》里的经典情节串联了起来，此举大获成功，很多观众几乎一直跟着我们的巡游队伍，始终报以最热烈的欢呼和掌声。

Cosplay绿巨人的弗兰克更是疯了一样各种耍宝，好好的绿巨人被他活活演成了大猩猩，不过观众还真是吃他那一套，个个笑得前仰后合。我一边卖力演绎，一边偷偷观察着，突然觉得自己原先的偏见是多么可笑，每个人都不能用简单的好和坏去界定，所谓好和坏只是一种相对的结果，取决于你如何去看待，如果你根本不相信光明，那么你眼中的世界自然全是黑暗，如果你内心始终充满阳光，那么你的眼前一定是鲜花绽放，一切的一切，幸福也好，痛苦也好，都取决于自己的心之所向。

或许这就是草莓所说的"向前看，改变能够改变的，接受无法改变的，与生活还有自己和解""活在当下"吧。

我的内心突然变得前所未有地轻松，脸上也绽放出最真挚的笑容，更加投入地去和同学们互动。我的热情和真诚很快换来他们的回应，那种被需要的感觉真的太好太好。

眼看狂欢就要结束，我们班显然会获得最终的胜利，危机却不期而至，差点儿引发一起群体流血事件。

5

危机来自一支高年级队伍的野蛮挑衅，这支队伍的创意和我们相似，只不过他们cosplay的是DC（Detective Comics，美国漫画公司）的英雄们，比如蝙蝠侠、超人、闪电侠等，他们没有全班出动，而是清一色的大块头男生，其中好几个还是校橄榄球队的成员。他们的表演也很卖力，但总是各自为政，更是缺少一种诙谐，显得零散又生硬，所以受欢迎程度远远不如我们。本来这也没什么，毕竟冠军只能有一个，其他班看自己式微了还纷纷向我们表示祝福，甚至加入我们一起表演呢，可这群大块头不干，他们显然恼羞成怒了，乘我们两队交错之际，带头cosplay小丑的那个至少两米高、一身横肉的哥们突然发力撞向最前面的弗兰克，只听弗兰克惨叫一声，整个人像泼出去的水一样不规则地飞了起来，然后重重摔在地上。

肇事者一点愧意都没有，有恃无恐地对弗兰克说："真抱歉，可你挡住了我们的路。"

弗兰克在几个同学的搀扶下挣扎着爬了起来。有人不服气地反驳："这是公共场所，你们太过分了。"

"很好，看来你也想体验一下。"小丑狞笑起来，脸上的"伤口"更显可怕，他猛然再次发力，撞向那个仗义执言的同学。

我们班的女生被吓得尖叫起来，如果说胖胖的弗兰克依靠自身丰厚的脂肪多少还能承受那猛烈的撞击的话，现在这个同学瘦瘦小小的，还不被活活撞死啊！

我不假思索，冲了过去，挡在那个同学面前，张开双臂，用后背生生承受住了小丑势大力沉的一撞。

砰的一声闷响，虽然瞬间我双腿及腰腹同时发力，但还是被小丑撞了个趔趄，眉角更是被同学手中的道具刀划到，血顿时流了下来。

我迅速站稳，同学赶紧递上手帕，说要送我去医院。可对方七八个人却将我们团团围住，个个脸上写满了不屑，很显然根本没把我们放在眼里。

虽然我们的体形要比他们小很多，但同学们都很愤怒，毫不退缩，双方怒目圆睁，开始对峙。

"误会，误会，大家都是同学，有话好好说嘛，"弗兰克满脸赔笑地挡在我们前面不停讲着好话，"再说了，要是你们真把我们打伤了，学校也会处分你们的，警察还不会放过你们，真没必要……啊！"他话还没说完，又被一个大高个儿给扔了出去。

我不顾脸上还流着血，再次冲过去接住弗兰克——这家伙实在太重了，我愣是没接住，还被他压倒在地上——大个儿们见状顿时发出一阵哄笑。

"吓死宝宝了，吓死宝宝了，"弗兰克紧紧抱住我，"安，这帮孙子太野蛮，我们赶紧撤吧。"

我当然不会答应，别说这事儿和我有关，就算无关，我也看不得他们如此明目张胆地欺负人。我推开弗兰克，走到大个儿们的面前，全身暗自发力，做好随时战斗的准备。

"原来是钢铁侠，你这身衣服挺好看的，真是可惜了。"小丑显然把我当作了主攻目标，摩拳擦掌后突然抬脚横踢过来。

我暗自冷笑，这种蠢货我一只手就能对付，只是考虑到对方毕竟还是学生，不能下死手，所以我只是挥拳照着他的膝关节狠狠砸了下去——如果是打比赛，我完全可以利用速度差，直接重拳攻击他的脑门，只需一下就能将他揍晕。

"啊……"小丑一声惨叫,然后抱着腿在原地蹦了起来。

看到同伴受伤,其他几个人不由分说一起向我冲了过来。

弗兰克再次抱住我:"快走吧,你不是他们的对手。"

"起开!"我推开他,面色冷峻,"你别管。"

"你可拉倒吧,你以为我是怕你连累我?我是怕你寡不敌众吃大亏好不好?"

"谢谢!"我心中一阵温暖,"不过已经来不及了。"

弗兰克看着气势汹汹扑过来的大家伙们,心一横:"好吧,是兄弟就一起上,老子和他们拼了。"

结果对方的拳头真到面前时,他又吓得闭上了眼睛大叫:"救命啊!"

我暗自叹了口气,也顾不得那么多了,只能拳拳直奔要害,先把眼前这些麻烦解决了再说。

就这样,噼里啪啦一阵乱响,四周尖叫声此起彼伏。

"完了,完了。"弗兰克颤抖着睁开眼,似乎要看我被揍得有多么惨。

结果他看到的只是东倒西歪躺在地上哀号不止的大家伙们。

"Are you OK?(你还好吗?)"弗兰克不可思议地看着我,"我的天啦!原来你这么能打!"

我不置可否,这些家伙的战斗力比起我的MMA对手,简直不堪一击。

"What the fuck(搞什么呀?),你知道吗?原来你不听我话,处处挑战我,我还想过和你决斗呢,哈哈。幸好没有,我真是太英明了!"弗兰克瞬间满血复活,又喋喋不休起来,"兄弟,我们胜利了耶,为什么你还是愁眉苦脸的？"

我当然高兴不起来，因为警察已经过来了。

6

我们统统被拉进了警局，录了好几个小时的口供，外加不菲的保释金，才被放了出来。

我没直接回家，先去了趟医院，额头的血虽然已经止住了，但还是很疼，需要简单处理下，否则草莓见了会害怕。下午的事她肯定已经知道了，手机里有很多她的未接来电和未读信息，只是在警局一直没法接听和回复，现在方便了赶紧给她报个平安。

"小安，你现在在哪儿？担心死我了你知不知道？"电话刚接通，就传来她急切、担忧的声音。

"我在医院，很快就回去，没什么事。"

"医院？不行，你在那里等我。听话，我马上到。"草莓说完匆匆挂断电话，可想而知她有多担心我，我心里突然变得美滋滋的，一点儿也不觉得伤口疼痛了。

医生检查完后要做消毒和包扎，我刚躺下，草莓就赶到了，却被护士拦在了门口。

"他没事吧？请让我进去看看他。"我看不到草莓，听语气可以感受到她真的很焦急。

护士当然不会同意，请她在外面耐心等待，并安慰她说："小姐，请安心，你男朋友的伤势并不严重，很快就会出来。"

草莓愣了下，说了声："谢谢！"然后不再言语。

我高兴极了，她竟没反驳，那就是默认了呗，心头突然好甜蜜，顿时觉得今天这一架打得简直超值。

因为伤口离眼睛很近，所以包扎后我只能睁开一只眼。等我走出医疗室，草莓立即迎了上来，拉住我的手，惊慌失措地问："小安，你的眼睛怎么了？不是说不严重的吗？"

"瞎了！"我突然好想恶作剧，装作悲伤地说："医生说治不好，只能这样了。"

因为我们说的是中文，旁边的护士完全听不懂，看我认真表达的样子，就跟着点头，表情还特严肃。

"天！怎么会这样？"草莓的眼泪一下子涌了出来，"不行，不能就这样放弃，我带你去更好的医院。别怕，一定可以恢复的。"

说完，拉着我就往外走。

我抑制不住地笑了起来："骗你的，只是眼角受了点小伤而已，眼睛一点事儿都没有。"

草莓显然还不相信，赶紧用荷兰语问旁边的护士，得到肯定答复后才长嘘一口气，有点儿埋怨地对我说："吓死我了，小安不可以这样的。"

"对不起，"我情不自禁地挠挠头，"我不是故意的。"

草莓又轻叹了口气，苦笑："好了，你都学会恶作剧了，也算是件好事吧。"

我讨好地问："你不怪我啦？"

"先回家！"草莓这才又瞪我，然后拉起我的手，佯装生气地说，"看我等会儿怎么收拾你。"

7

一路上,我都在胡思乱想着到家后草莓究竟会怎样收拾我。

结果到家后草莓却让我立即老老实实地躺床上,然后屋里屋外、楼上楼下好一阵忙活,又是给我做饭,又是喂我吃药,无微不至地照顾我。

我怕她累着,说有阿姨呢,她还不让,理由是必须亲眼看着我把饭和药都吃下去才放心。

我听话地吃完后打着饱嗝问:"请问,这就是收拾我呀?"

"你别得了便宜还卖乖,我这是看在你生病的分上,等你康复了,再好好教训你不迟。"草莓说这些话的时候特别可爱,一点儿都不吓人。

我情不自禁做了个鬼脸:"好害怕啊!"

"怕就对了,让你以后再不听话。"

"嗯嗯,绝对不敢了。"

"这还差不多,"草莓满意地笑了笑,然后给我掖好被子,"现在你的任务是好好睡觉。"

"不要。"

"怎么又不乖了?听话!"

"好吧,那你干吗?"我真不知道自己怎么会突然变得这么娇气。

"我也要休息的呀!这都几点了?"

"你再给我读首诗,好吗?"

"真的太晚了,"草莓看了眼时间,"下次吧。"

"不行,就现在,必须的。"我坚持。

草莓看着我,露出无可奈何的表情:"好吧。"

然后她开始给我朗诵起诗歌,一首接着一首。

8

伴随着草莓的温柔声音，我美美睡了一整夜，早上起床后下楼，看到草莓正步履匆匆地准备出门。

我紧张地问她这么早要去哪里，草莓说她想去学校说清楚昨天的情况，力争将对我的影响降至最低。我安慰她不要担心，不管发生什么，我都愿意承受。

"我怎么可能不担心？现在除了我，没人能够帮到你，"草莓一脸认真地说，"这几天你就在家好好休养，顺便闭门思过，看以后还打不打架了。"

我乖乖应诺，然后真的一整天都躺在床上。

当天很晚草莓才回来，看上去一脸憔悴，很显然累坏了。

"是不是我被学校开除了？"我的心提到了嗓子眼。

"算你命大，学校非但没开除你，而且不会给你一点儿处分，"草莓摇着头，眼睛一下子亮了起来，"警察已经将详细情况告知学校了，你们班所有同学都没事，而那些高年级的学生则要面临很严苛的惩罚。"

"他们仗势欺人，罪有应得。"

"话虽如此，但你们毕竟也动手了，一点都不挨罚简直是奇迹。"

我调侃："说不定学校是看你的面子才这样。"

"不不不，绝对不是因为我，"草莓不停摆手，"我不过是个临时小教员，人微言轻得很，其实说和不说没什么两样的。"

我心里暖暖的，走到草莓面前，深情地看着她："你明知道没有用还愿意为我去争取。"

草莓似乎被我看得有点儿不好意思，转过头："那必须的呀，你对我这么好，如果我也能为小安做一点儿事，一丝一毫的机会都不能放过的。"

"嗯，谢谢你。"我突然好想抱她啊！

草莓却适时有意无意地往后退了一步："好啦，现在没事了，你就安心休养吧。争取早点儿去上课，这段时间落下的课程我会想办法帮你补上的。"

"不要。"

"不要什么？"

"不要上课。"

"那怎么行，别孩子气了。"

"我不要去上课，你也不要，我想和你一起去旅行，"我感到眼前瞬间一亮，声音都变得颤抖起来，"明天我们就出发，好吗？"

"不好，明天我还有课呢，"草莓脸色都白了，嗔怒地对我说，"小安，你太任性了。"

任性就任性吧，这一次我不想再退缩，我伸手，紧紧搭住她的肩膀，心底的话喷薄而出："我觉得这样是对的，你说过要遵从内心，这就是我此刻最强烈的渴望，课回来后可以补上，但这种感觉没了就再也找不到了，还有什么比最真挚的向往更重要呢？"

"小安！"

"我记得你说过来荷兰好几年了都没有正经玩过，你还说过你会回国，如果就这样离开那得多遗憾啊。我们自驾好不好，明天就出发，会很自由，很开心的。"

"不要……"草莓嘴里依然拒绝，可眼神却开始纠结，"自驾需要很多准备,哪能说走就走?"

"可以的,可以的,我全都准备好了,随时都能出发,真的!"我急死了,连比带画地说,"我其实早就想和你一起旅游了,只是一直不敢说出口,就是怕你不答应,可是我现在更怕再不争取的话,就永远都没机会了。"

草莓的脸色缓和了下来,眼神中也多了一丝嗔怨:"胡说什么呢,我好好的,怎么就没机会了?"

"求你了,就答应我吧,我保证这是第一次,也是最后一次,"我顾不上辩解,情急之下,竟拉着她的胳膊拼命晃了起来,"看在我受伤这么严重的分上,你就答应我嘛,你不是希望我早点儿好起来吗,出去旅游就是最好的治愈呢。"

"有吗?没听说过。"

"当然有了,心情舒畅有助于活血化瘀,就算是呼吸新鲜空气也是好的啊!"

"满口胡言,这都哪儿跟哪儿,"草莓被我逗乐了,"什么时候你变得这么贫嘴了。"

"求求你,拜托了!"我痴痴看着草莓,望眼欲穿,真是从小到大,没一次像现在这样急于得到肯定的答复。

草莓始终没回答,只是眼神的变化充分体现着她内心的纠结,时间仿佛过了好久好久,直到最后才听到她幽幽叹了口气,然后脸上绽放出最美丽的笑容,用最动听的声音说:"好吧,我答应你了。"

"耶!"我高兴极了,一把将草莓抱了起来原地旋转,"我好高兴啊!"

草莓也笑,边笑边尖叫,长发打在我的脸上,那一瞬间,真是我19年来最高兴的时刻。

等我将草莓放下,她突然说:"不过我也有个条件。"

"你说。"我又开始紧张起来。

"你答应我,以后再也不打架了。"

"啊?那打MMA(综合格斗)或UFC(无限制格斗)可以吗?"

"不可以,那些也太危险。"

"那要是被别人欺负了怎么办?"

"你最多自卫,不能主动攻击。"

"行,成交。"

"我是认真的,你要听到这里去,"草莓轻轻拍了拍我的胸膛,"我不希望将来再听到你打架受伤的消息,我要你一生都平平安安的。"

"知道啦,我也是认真的。"我不假思索地答应了下来。

"乖,那我们抓紧时间做一些准备吧,明天就自驾,真的太疯狂了。"

"好嘞,遵命!"事实上,对草莓的叮咛我嘴上虽然应答得很干脆,却一点儿都没往心里去,以致多日后,我为此付出了惨重的代价,更是间接改变了我的一生。

STRAWBERRY
草莓·终场

第四幕

浪漫旅程

余生还长,我也别无方向,和草莓再次相遇就是终极理想。
无论异国还是故乡,终有一日,我们一定会再相见。

1

尽管多年后,我阅尽千帆,历经世事,可回想起和草莓的那段自驾时光,依然觉得如梦似幻。

问世间,还有什么比和自己喜欢的人一起自由游弋在天地山水间更为美好的事呢?那感觉就好像……度蜜月。

是的,在我心中,确实有着这种强烈的感觉。

更重要的是,我相信草莓也有。

从出发的那一刻,我就明显感受到了她异常兴奋,宛若少女般鲜活,这是此前她身上极为少见的色彩,没有伪装,没有包袱,纯粹,可爱,甚至,带着点儿野性。

"小安,你知道吗?我去过很多地方,可真正意义上的自驾,这还是头一次呢。"

说这话时,我正开着车飞驰在空旷的原野上,身边的草莓穿着紧身露脐装,披着发,戴着大大的墨镜,烈焰红唇,无比性感,高兴的时候甚至会将身体探出敞篷车,伸开纤长的胳膊对着车外的风景大声Say Hello(打招呼)。

她的情绪感染了我,让我更加觉得坚持出来自驾是一件无比英明的事。我边认真开车边仔细琢磨着路上的行程,尽可能多安排一些景点,好让草莓玩个尽兴——然而很快我就发现自己想多了,对草莓而言,只要能让她一直自拍就足够了,其他的,真的不重要。

没错,自拍,这就是草莓出发后做得最多的事,她可以摆出各种Pose(姿势),然后一口气拍上N张,接着再精修半天,费这么多事只是为了得到一张满意的自拍照,她为之表现出的战斗力让我叹为观止。要知道此前在我的概念中，一直觉得自拍这个行为特别莫名其妙，拍自己有什么意思呢？又不能改变什么，有这时间还不如睡个觉呢，健身也行啊。可那几天草莓用实际行动让我明白，自拍对女人而言如同呼吸，简直一刻都不能停，遇见山要自拍，遇见海要自拍，遇见星空要自拍，遇见旷野还要自拍，心情不好要自拍，心情好更要自拍，有感而发要自拍，大脑放空还要自拍……此外，草莓的手机里至少有十款美颜App（应用程序），100种滤镜，很多时候她恨不得把每种效果都试一遍，结果最终还是选择了第一款，我看都看累了，她却还乐此不疲。

我不解地问："那些软件都让你不像你了，还有什么意思？"

草莓白了我一眼："你懂什么？你个大直男。"

我叹口气，却情不自禁笑了起来，其实我的意思是她已经够漂亮啦，什么效果都不加就已经很迷人了，至少，让我深深痴迷。不过她说得对，我确实是个大直男，一直到这次旅程的发生我才算真正体味到了男女之间很多秘而不宣的暧昧，竟是那么撩人。

那种本能的、自由的、充满欲望的成人式相处，我前所未有，甘之如饴。

我的意思是，这次旅程对我意义如此非凡，甚至可以说，让我的心性成长，变得完整。

而无论是此前思想上的开悟，还是现在情感的蜕变，所有这些的发生，都拜亲爱的草莓所赐。

她就是我的启蒙者，我的方向，我心中永远的爱之光芒。

2

我们自驾旅行的第一站是别具风情的北海渔村霍伦，那里古老而静谧，老街上年岁久远的房屋以及两旁的青铜雕塑，无不向我们倾诉着荷兰王国一段堪称传奇的历史。在霍伦，我们品尝到了最纯正的生鲱鱼小吃，吃得高兴后的草莓兴致盎然地光脚在海边奔跑，摆着各种造型，让我给她拍照。

"小安，你走在我前面嘛，然后突然回头拍，不要刻意，刻意效果就不好了。"

"小安，你还是在我身后，我在前面走，然后突然回头，你抓拍。"

"小安，我还想换刚才那件裙子拍一下，好不好嘛！"

"小安，你要一直拍，不停拍，听到没呀！"

就这样，我端着厚重的单反相机围着草莓整整拍了一天，那强度简直不亚于打一场综合格斗，不，比那还要累。

离开霍伦后我们来到了被誉为荷兰最美村庄的羊角村。那里有很多河流，很像国内南方的水乡，不过眼前的色彩要更鲜艳明亮，景色的层次也要丰富得多。毫无疑问，这更是拍照胜地，于是在天空下，在田野上，在风车下，在水车旁，草莓就像一个不染尘埃的天使，脸上绽放着最纯洁的笑容，而我贪婪地不停按着快门，一张一张地将她的美丽尽情收藏。

紧接着我们到达了位于荷兰最南部的马斯特里赫特，这里是荷兰最古老也最美丽的城市，传统和现代在这里有着完美的交融。从弗莱特霍夫广场到圣瑟法斯大教堂，从圣彼得要塞到地狱之门，漫步于铺满中世纪石砖的路径上，立即有一种穿越的感觉。白天我和草莓毫无目的地到处闲逛和拍照，累了就找家咖啡馆听着优雅的音乐尽情放空，就像身边那些欧洲人一样，什么也不想，只是单纯地消磨着恬静的自由时光。

　　马斯特里赫特有着很多别具特色的文艺小店，因此草莓在拍照之余又多了项热衷的活动——购物，说到这个我就更是啧啧称奇了，明明前一秒钟她已经累得筋疲力尽，后一秒看到家精致的小店便立即满血复活，必须进去转转，哪怕最后什么也不买，也绝不能视而不见。特别是位于马斯河畔的那排时装店铺，更是让她流连忘返。要知道草莓本来就是大模身材，加上眼光独特，只要她相中的衣服，穿上保准特别漂亮，因此选择反而变成了一件特别困难的事，好几次草莓看着一堆试穿完都特别喜欢的衣服犯了愁，拿起这件放下那件，最后都快哭了，眼巴巴地看着我说："小安，我到底该买哪一件呀？你帮我选好不好？我真的一点儿主意都没有了。"

　　"买哪一件？"我没反应过来，"为什么只买一件？"

　　"不然呢？"她也纳闷了，显然也没听懂我的话。

　　"这些你穿着都很好看啊，我刚才都拍照了，"我点点头，"一直拍，不停拍，你说的。"

　　"哦，有照片就好，要不我们再去别的地方逛逛吧，说不定有更合适的呢。"草莓恋恋不舍地放下衣服，悄悄噘起了嘴。

　　"那怎么可以，你不是告诉过我，要珍惜眼前的吗？"我走过去，一把将所有衣服拿起，递给在边上守候已久的女老板："装起来，我都要了。"

　　趁着女老板算账的间歇，草莓小声却急切地对我说："小安，快别胡闹了，我不需要那么多衣服的，再说了，我也没那么多钱。"

　　"我有，我买给你。"

"不行，不可以的。"

"我愿意。"

"我不愿意。"

"这次，听我的。"我们的"争论"最终以我不容置疑的回答而告终，或许是我的眼神太坚毅，以至于草莓竟然没有再反驳，而是小声嘟囔了一句："听到了，那么大声干什么。"

哈哈，这样的草莓，好可爱，这样霸气的我，相信也是她第一次看见。

很好，在路上，我们都充分展现了自己的另一面，并且，喜欢上了彼此的全部。

记得在马斯特里赫特的第三天，我们一直逛到暮色四合，最后拎着一大摞购物袋心满意足地走回酒店，这是我们一天的战利品，每一件草莓都特别喜欢。我看着草莓一蹦一跳地走在我前面，夕阳的余晖打在她的头发上，她的周身被光环笼罩着，散发出一种别样的美丽，或许是心情真的很好，她走着走着竟然开始翩翩起舞了，中世纪的古老教堂是她的背景，空中传来一曲优美的旋律，在空无一人的石板路上缓缓流淌着，草莓在舞动的间隙对我微笑，宛若精灵，让我沉迷。

很快，她停止舞动，站在我面前，对已经完全看痴的我说："喂，发什么呆哪！"

而我竟然说出了一句根本不属于我的话："知道吗？在你的好心情面前，再多的钱，都一文不值；再华丽的语言，都自惭形秽；再大的梦想，都黯然失色；再遥远的明天，都值得憧憬。"

"小安，你说什么呢？"草莓肯定听蒙了，眼睛瞪得大大的。

"我也不知道，我说什么了？"我如梦初醒。

"没什么，我听进心里了！"草莓竟然主动上前抱了我一下，"我今天真的好开心，从来都没有这么开心过，我很满足了，谢谢你，小安！"

3

美好的时光总是那么短暂，不知不觉我们已经出来一个多礼拜了，游完了大半个荷兰。

本来我看彼此兴致甚高，还想继续玩下去，比如可以顺着海岸线到比利时，那里有更多美丽的风景等着我们。如果愿意，我们甚至可以自驾环游整个欧洲大陆，那就太酷了。只是这个疯狂的念头怎么也打动不了草莓，她说什么也要回阿姆斯特丹，那里有她的学业、工作，甚至生活，我知道不可能再说服已经恢复理性的她，只好作罢，于是想抓紧在最后一天完成此行最重要的事——向她示爱。

是的，我已经不满足草莓只是我的老师，我的领路人，我的启蒙者，我要亲口对她表白，告诉她，我爱她，希望她做我的爱人，我要和她成为人生的伴侣，并且永生永世不分开。

对于表白的结果，我自信满满，我坚信草莓一定会接受我，事实上，过去的这些日子我们同进同出，彼此关心，已然"在一起"了，除了身体的接触，和真正的恋人并无两样。现在我要做的就是亲手将我俩中间那层薄薄的窗户纸捅破，这当然需要一个隆重的仪式。为了给草莓留下一个终生难忘的美好回忆，我特意将我们旅行的最后一站设在了"古堡之都"莱顿，花重金租下一座有300多年历史的城堡，并聘请米其林星级餐厅的厨师精心准备了顶级烛光晚宴，现场布置得如梦似幻，还有专门的爵士乐队为我们表演。我会在晚宴的最高潮向草莓表白，同时送上我为她精心准备的礼物：一颗两克拉的梵克雅宝钻戒。

我当然不会让草莓事先知道这一切，事实上，那天下午我强按着激动和紧张的心情，装作若无其事一样陪草莓在莱顿的街头闲逛，并"不经意"地给她买了条非常华丽的晚礼服。我说晚上在一座古堡里有场Party（晚会），我们正好没事就一起过去看看吧，你就穿上这套礼服，肯定能够成为全场最受瞩目的焦点。结果草莓说不想去，因为明天就要回阿姆斯特丹了，这一路玩下来她已经很尽兴了，也觉得挺累的，所以想早点儿回酒店休息——我被吓坏了，赶紧使出浑身解数好说歹说总算让她答应，然后赶紧拉着她前往一家当地极负盛名的造型机构，那里有一支顶尖的团队正在等着我们。很快，我和草莓被簇拥着来到不同的化妆间，一群人围上来从头到脚开始为我们盛装打扮，等数小时后再见面，我们都觉得对方的全新形象非常惊艳，对此我很满意，完美的开头是成功的一半，从现在起，"好戏"正式开始上演。

4

傍晚六点，天色微暗，我挽着草莓登上了一辆高大的马车，马车缓缓行驶在古老的街道上，马蹄和石板撞击发出的声音无比清脆，传到我耳中宛若动听的旋律，不知何故，更不知何时，原本的紧张竟消失殆尽，剩下的只有甜蜜，也因为有着极好的心情，所以看什么都觉得分外美丽。不时有成群的白鸽在头顶飞翔，像极了周董为蔡依林写的那首《布拉格广场》，彼时他俩正在热恋，一定和此刻的我一样，对未来充满了神圣且天真的想象。

很快马车停在了高大的古堡前，一条撒满花瓣的红毯指引着我们的去向，大门缓缓开启，扑面而来沁人心脾的幽香，高顶空旷的大厅里只有一桌摆满洁白蜡烛的宴席，穿着燕尾服的私人管家热情地为我们领位，爵士乐队开始演奏，一切都像童话里才有的景象。

草莓似乎有点儿紧张，小声问我为什么没有其他客人。我含笑不语，轻举红酒杯，对草莓深情地说："今晚这一切都只属于你，Cheers（干杯）！"

草莓显然已经明白过来这是怎么一回事了，她心里肯定觉得我太过兴师动众，但还是表现出了非常得体的言谈举止，她的风情和美丽与周边的一切，彼此映衬，相得益彰。在我的牵引下，我们共同完成了一支优雅的华尔兹。当旋律停止，灯光亮起，最关键、最重要、最激动人心的时刻终于来临。

只见管家托着一个无比精致的丝绒珠宝礼盒缓缓走到我们中间，盒子里嵌着一枚漂亮至极的钻戒，正中央那颗硕大的钻石在灯光映射下发出璀璨的蓝光，炫目夺眼。我轻轻取出钻戒，走到草莓面前，单膝跪地，就像电影里看到的求婚仪式那样，对草莓深情告白——

"亲爱的草莓，自从你出现在我生命中的第一天开始，我的人生便有了不一样的色彩，更是变得有意义。曾经，每一天对我而言，都是度日如年，因为我是一个没有灵魂的存在，我敏感、胆怯、渴望爱，又害怕被拒绝，更怕被伤害，我以为此生都只能苟且，幸福和我没有毫无关联。直到遇到你，这一切都得到了改变，是你拯救了我，给了我勇气和灵魂，让我成为现在的我，让我可以直面自己的内心，可以去争取我渴望的幸福。是的，草莓，我爱你，很爱很爱你，我渴望保护你，渴望给你幸福，渴望和你一起迎接未来的每一次日出，送走每一个黄昏，做你幸福的摆渡人。亲爱的草莓，你可以接受我的爱，做我的女朋友吗？"

　　为了此刻的这一段话，我真的准备了很久很久，现在我圆满地表达了出来，只要草莓点点头，一切便将真正地完美，现场变得鸦雀无声，所有人都面带微笑看着我们，管家甚至准备好了香槟，庆祝这个美丽的世界上又多了一对甜蜜的恋人。

　　草莓眼眶早已湿润，嘴角流露着一丝说不上高兴还是悲伤的笑容，在用手捂嘴的瞬间，眼泪大颗大颗涌了出来。

　　我看到她深呼吸了下，轻轻摇了摇头，接着颤抖着、哽咽着，却非常坚决地说："谢谢你为我做的这一切，可是我真的不能答应你，对不起。"

5

　　回到阿姆斯特丹，一切都变得截然不同。

　　草莓依然是我的老师，依然和我生活在同一屋檐下，但我们不会再毫无芥蒂地同进同出，甚至在家里也不会有太多接触，往往是各自关着房门，即便知道对方就在门外，也不会开门相见，更别说像原先那样她为我读诗，我为她歌唱了。有时候在客厅碰见，都会觉得分外尴尬，随意点个头，然后赶紧各回各的房间。

　　是的，我们开始了可怕且讨厌的冷战，我们之间的那层窗户纸不但没有被捅破，反而变得更厚了，我们的关系没有更进一步，反而倒退了。这是两周前无论如何我都想不到，更无法接受的事，而现在就赤裸裸地横亘在我面前，让我难以呼吸视听，却又不得不面对。而如果是其他人、其他事，我早就逃避了，可她是草莓，是我们之间的感情，我又怎么舍得？哪怕已经被明确拒绝，我依然做不到。

得不到，离不开，放不下，想不通，构成了告白失败后我的全部精神世界，无奈又悲哀。

为什么会这样？我反复问自己，绞尽脑汁，费尽思量，却始终不明所以。难道只是我贸然示爱的错？我的表白方式不合适？太突然了她压力太大没有想清楚？还是说她有其他难言之隐？对，这个最有可能，可她为什么不告诉我呢？要知道，不管她有什么苦衷，只要说出来，我都会理解的啊！对我而言，没什么比她幸福更重要，为了这，一切都可以让步。

可她显然没有想过对我坦白，当场不愿意就算了，事后都过了这么多天，她依然没试图获得我的理解，或者说，根本没想过让我去理解她，那么只能说，她其实没有那么在乎这件事，更没有那么在乎我。在我心中，她是神，是一切；在她心中，我只是一个异国偶遇的同胞，彼此可以取暖，再重要，终究是外人，她对我所有的关心、所有的好，始终有着分寸。

说到底，这其实才是我最在意，也最无法接受的地方——情感上的不对等，付出的不平衡，往往是破坏一段亲密关系最野蛮的力量。

我觉得自己受了委屈，却不知如何表达，甚至该不该表达，于是只能再次变得封闭起来。只是原来我可以躲在一个人的世界里自得其乐，可现在已经做不到那么纯粹，何况我心里还深爱着草莓，根本不可能真的就此放手，于是我又寄希望于她能主动找我和解，哪怕她不愿意对我敞开心扉，只要能像原来那样关注我，关心我，我也会好得多。已经失败的我一退再退，根本不再奢望更多，只求我们关系能够恢复，便是全部。

6

就这样，我整整熬了小一个月，却始终等不来她的主动，仿佛受伤的人不是我而是她，我们之间也变得越来越尴尬，无论在学校还是在家，几乎不再说话，"狭路相逢"后甚至连点头示意都不愿意，而是直接装作没看见，转身离开，或者低头，擦肩而过，比见到陌生人还要疏远，或者说，我们已然成了陌生人。

物极必反，一个狂风大作的午夜，我的坏情绪突然爆发，我无法再忍受这令人窒息的冷战，也顾不上矜持和所谓的尊严，只想找她问个明白，立即，马上，就现在，否则我会疯的，我会死的，我真的一分一秒都不能再坚持。

我就像一个喝多了的醉汉，理智丧失，浑身充满了不管不顾的勇气，开门，上楼，我要把草莓从梦中叫醒，我要当面问她为什么要这样做，亲耳听到她给我一个解释，不管什么原因，今天都必须说清楚。

刚上到三楼，远远便看到草莓房间里透出的灯光，奇怪，都这么晚了她怎么还没睡。我情不自禁放慢脚步，随着距离的接近，耳边渐渐传来了草莓的声音，她显然正在打电话，认识草莓这么久，从来没听说过她在这里有什么朋友啊，不对，她说的是中文，对方应该在国内，嗯，现在中国是上午，草莓显然是为了将就对方的时间只能自己等到半夜，那么这个人对她而言就应该是个很重要的人……我大脑飞转着，蹑手蹑脚地来到了她的房间门口，屏气凝神，终于可以清晰听到她的谈话声。

"你要相信我，他就是我的一个普通学生……我不是和你说过为什么要住在他家了吗，我和他真的什么事都没有……知道了，我会和他说清楚的，你不要再逼我……好了，我说过我一定会回去的，你再给我一点时间可以吗？我求求你了……"

  我永远忘不了那一瞬间的感受，仿佛发现了某个惊天的秘密，心脏跳到了极限，头晕目眩。就算我是傻瓜，也能够明白她在和谁说话，说的又是什么意思。

  原来她是有男朋友的，原来在她心里我真的就是一个普通人，原来我一直都在自作多情。原来所有的关切都是谎言，原来所有的美好都是幻境，原来一切的一切都没有改变，所有的所有都回到了暗黑的童年，任凭我再怎么挣扎努力，也不过是那个无辜又无助的五岁孩童，可以被无情抛弃，恣意践踏。

7

  我忘了自己得知"真相"后的那几天是怎么度过的，只知道用"生不如死"来形容毫不为过，没人告诉我该怎么办，只能自己生生忍受这痛入骨髓的折磨，最后自己找寻的出路不过是"重操旧业"，而比起此前的颓废、疯狂、极端，则有过之而无不及。

  是的，我又开始打拳了，又开始成天逃课了，又开始拒绝和任何人交流，又一个人独来独往了，很好很好，这本来就是我该有的样子，之前的回归正常不过是一场意外，我没有朋友，也不需要朋友，所有虚与委蛇的关怀，统统给我滚蛋。

  弗兰克，对，自从上次群殴救了他后，他对我变得特别好，人前人后总说我是他最好的兄弟，狗屁，谁和你兄弟了？我认识你吗？还真给你脸了？好几次他热脸贴我的冷屁股，被我当着所有同学的面羞辱得无比难堪，他还恬不知耻地继续向我各种示好，最后我实在受不了了，我大声告诉他我从来就没把他当作朋友过，之前的种种只不过是逢场作戏，逗你玩儿呢，在我眼中，你弗兰克就是个白痴。我清晰记得他挨骂后的表情是多么尴尬和失望，最后甚至流下了眼泪，那一瞬间我的内心悲喜交加，浑身充满了被虐的快感。

至于我的其他同学，就更加无足轻重，说来也可笑，嘉年华结束后，他们还真把我当钢铁侠了，一个个对我无比热情，我不需要，我和你们没关系，至于你们交口称赞的那套原版钢铁战衣，早被我扔到臭垃圾堆了，谁要谁捡去。

我开始夜不归宿，不是在拳场，就是在夜店，我以为自己还可以像原来那样总是赢，却怎么也想不到几乎每场都会输。后来我才明白，其实是我自己在求输，特别是后半程，基本上会放弃抵抗，我喜欢被对手往死里揍，那种剧痛会让我上瘾，让我忘了被草莓伤害带来的疼痛。几乎每晚我都会像死狗一样被人从拳场扔出来，然后挣扎着爬起，找到最近的夜店，进去喝得酩酊大醉，很多次我醒来时发现自己竟然睡在马路上，过往的行人步履匆匆，他们纷纷用讶异的眼神打量着我，仿佛看到了一个病入膏肓的神经病。

8

一天清晨，我醉醺醺地拖着伤痕累累的身子回到了家，刚进门就看到草莓端坐在客厅的沙发上，表情肃杀，说起来，我差不多有两个星期没见到她了，那一瞬间酒立即醒了大半，赶紧低头匆匆上楼，结果身后传来她不怒自威的声音。

"你站住！"

我愣了下，不过没回头，继续往上走。

"说你呢，鹿安。"她加重了音调，而我竟然真的应声而停，只是依然没回头。

"有什么事？"我冷冷地问，死死咬着嘴唇，竭力让自己的声音听上去很平静。

"你先下来。"

"你先说。"

"你这样做，有劲吗？"草莓竟然从我身后生生将我拖拽了下来，然后圆目怒瞪着我，只是里面已然泛红。

"我觉得挺有劲的。"我感觉自己鼻子也酸了起来，不行，我不能看她，感觉所有的坚硬都在迅速融化。

"我觉得没劲，你这是在糟践自己，你知不知道？"

"我知道，可你管不着。"

"我就要管。鹿安，真想不到你会这么脆弱，这么愚昧，这么可笑。你真是太让我失望了。"

"够了，你别说了。"心中的委屈、郁闷、愤怒汇聚到一起喷薄而出，"我为什么要这样？我为了谁？你难道还不知道吗？你知道那种希望破灭是什么感觉吗？你知道每天生不如死是什么感觉吗？你知道我这样作践自己有多痛苦吗？你什么都不知道，光知道站在道德的高度来批判我，对不起，我不需要。"

"小安，我……"草莓的眼泪终于涌了出来，"我知道是我伤害了你，可是我真的是有苦衷的。"

"是啊，你有苦衷，你明明有男朋友，却还要接受着我对你的各种好，"我冷笑，"你在我面前是一种样子，在那个人面前又是另外一副面孔，你说你活得多累多苦啊！"

草莓脸色煞白："你……怎么知道的？"

"你管我怎么知道的？我没冤枉你就行，"草莓的反应让我又痛又爽，嘴上情不自禁讽刺起来，"也真是够难为你的，我看你来这里根本不是学什么心理学，你学的是表演吧！"

"不是这样的，小安，真的不是你想的这样。"草莓的声音急剧颤抖，似乎在哀求一样。

"那是什么样？你倒是说啊！"我厉声呵斥，"不，你也别说那些没用的，你就告诉我，你是不是早就有男朋友了？"

草莓迟疑了好一会儿，终于还是点了点头。

"那就够了，你明明有男朋友，为什么还要对我这样？为什么不早点儿告诉我？你把我当什么了？小三吗？很好玩是不是？"

"不是的，不是的！"草莓拼命摇头，"我……"

"说不上来了吧？"我冷笑，"你说不上来，是因为你根本就不在乎我。"

"不是的，因为我害怕！"草莓突然喊了出来。

"害怕？付出的人是我，受伤的人也是我，你有什么好害怕的？"我不依不饶，"你就不能编个更好点儿的理由吗？你不觉得自己真的很贪婪，很自私吗？"

说完这些后我自己也惊住了，我觉得自己内心黑暗极了，这些话实在太过了，可我就是不想停止，这么多日的委屈和痛苦全部化为此刻的负面能量，一股脑地发泄了出来，倾泻到了草莓身上。

"算了，不说了。"草莓的眼神突然黯淡了下来，嘴角更是流露出凄然的笑，"其实你没说错，我确实太自私，也太贪婪，是我把你害成了现在这副模样，其实真正愚昧的人是我，可笑的人也是我，总以为自己可以把握什么，没想到还是和过去一样，什么都把握不了，只会让自己的生活变得越来越糟糕。"

　　看到草莓示弱，我反而心疼了起来，我好想问她为什么要发出如此感慨，她过去到底经历了什么，也就是在这一瞬间，我突然意识到其实我对她并不了解，甚至，是一点儿都不了解。我太过主观地理解着她以及我们的关系，如果说她欺骗了我，错的人不只是她，也有我。

　　只是我没有机会再去好好询问，我看到草莓收拾起伤感，用我们第一次相见时的表情对我说："既然这一切因我而起，我希望现在也能因我而止，谢谢你为我做的这一切，我会永远记得。"

　　我冷冷问："你要干什么？"

　　"我不认为我还有住在这里的必要，这两天就会搬走，谢谢你这段时间的收留。"

　　我的心里明明在疯狂地喊"不要走，求求你了，不要走"，可嘴上却是无所谓地说："好啊，随便，不过要走就早点儿，还嫌便宜占得不够吗？"

　　然后头也不回地上楼了。

　　回到房间，卸下伪装，我感觉自己全身最后一丝力量都消失殆尽，心头更是从来没有这么空虚过，躺在床上，用被子紧紧将自己包裹，我害怕听到外面的声音，那会让我崩溃。草莓无情伤害了我，我也狠狠还击了她，我们之间为什么会变成现在这副模样？

那天我在床上整整躺到傍晚才走出房间，外面很安静，我纠结不已，最后鼓足勇气上到三楼，我看到草莓的房门敞开着，房间收拾得很干净，只是她所有的物品都已消失不见，以致让我产生了恍惚，仿佛她从来都没有来过。

9

我不知道草莓是如何做到在这么短的时间内搬家的，我只知道这是一件特别费时费钱费力的苦差事，她到哪儿找的房子？现在又在哪里？条件会不会很差，甚至是否又会遇到危险？我越想越担心，也越想越自责。

没错，她是伤害了我，可现在我也伤害了她，算扯平了，问题是，我依然深深爱着她，难道我真的这辈子都不再和她联系了？当然不可能，说不定她真的不是故意的呢？她不是说自己有苦衷吗？为什么我不能好好听她解释呢？与其像现在这样无助地痛苦着，我是不是更应该找到她，然后好好心平气和地聊一次？

答案显然是肯定的。

人就是这样愚蠢且可笑，此一时，彼一时，怎么说都有理，其实都不过是虚妄的自我安慰。

不管如何，我已经冷静了下来，脑子也转过弯来，这让我宛若新生，一想到自己可以重新去面对草莓，甚至我们很可能重归于好，我就无比兴奋——她有男朋友就有吧，不接受我就不接受吧，只要我们还能像过去那样好，比什么名分都重要，不是吗？

可是问题又来了，我怎么才能找到她？

本来这不是问题，毕竟她是我的老师，搬走了我们还可以在学校见，可第二天上课时我惊愕地发现语言老师竟然换人了，下课后我立即去教导处询问，被告知草莓已经主动辞职，且去向不明，我又赶到她就读的大学，好不容易才找到她的导师，结果那个老教授以保护学生隐私权为由，怎么也不愿意对我透露草莓的行踪，只是说她刚申请了休假，近一段时间内不会回校，至于什么时候回来，无可奉告。

就这样，草莓就像人间蒸发了一样，再次从我生活中消失，和上次不同的是，她这次是为了躲避我，而且连最重要的学业和工作都可以放弃，由此可见，她的决心有多大，那天我将她伤得又有多深，每当想到这点，我的心就会很疼很疼。

我对自己说：鹿安，只要草莓还在荷兰，就算你走遍这个国家的每一寸土地，也要把她找到，就算她回国了，你也不可以放弃，反正余生还长，你也别无方向，和草莓再次相遇就是你的终极理想，无论异国还是故乡，终有一日，你们一定会再相见。

SCENE 5
STRAWBERRY
草莓·终场

第五幕

众里寻她

我也爱你,从见到你的第一眼开始,
我就知道你是我人生最美丽的意外,也是老天对我最悲悯的怜爱!

1

草莓并没有离开荷兰,而且,离我并不算远。

我苦苦找寻了大半年,始终一无所获,最后还是弗兰克无意中给我提供了线索。那是个平淡无奇的上午课间,我一如往常地趴在桌上琢磨着寻找草莓的事,盘算着下一步该如何是好。我真的已经用尽了所能想到的一切办法,就差在报纸上刊登寻人启事了,正郁闷着呢,突然听到弗兰克和同学说他前两天打工时竟然遇到了我们的一个熟人,还让大家猜是谁,然后看没人猜对就提示说这个人身材超好,是个妹子,我立即警觉了起来,冲过去脱口就说:"是不是草莓?"

"草莓?"弗兰克一脸懵懂,"还苹果呢!拜托,我可不认识卖水果的。"

"哦哦哦!"我连连应诺,这才反应过来"草莓"只是我的专属称呼,其他同学都不知道的,于是赶紧改口,"是我们的语言老师吧,之前教过我们的。"

"对咯。"弗兰克点点头,接着继续和其他人吹牛,看都没看我一眼。

"然后呢?"我急不可待。

"什么然后?"

"你遇到她之后发生了什么?"

"什么也没发生啊,怎么了?你那么紧张干吗?"

"没有啊,我就是随便问问,她教得挺好的。"我赶紧装作若无其事,"对了,你在什么地方见到的她?"

"就在……"弗兰克刚想说,突然顿了顿,表情疑惑地瞅着我,"不对啊，我为什么要告诉你？"

"因为……"我实在想不出来应该怎么扯谎，只得生硬地说，"你必须告诉我。"

"哟，瞧您这话说的，强买强卖啊！"弗兰克一脸鄙夷，"鹿安同学，你该不会忘了前阵子你是怎么对我的吧？想我全心全意把你当作我最铁的哥们儿，到处维护你，你可倒好，当着所有人的面讥讽我，你知道我有多伤心？你觉得我还可能搭理你吗？"

弗兰克说得入情入理，我不知该如何反驳，只是现在我不可能放弃这唯一的线索，所以我深深吸了口气，对弗兰克真诚道歉："对不起。"

"听到没？你们听到没？不可一世的鹿安竟然向我道歉啦，真是太阳打西边出来了，"弗兰克表情浮夸，手舞足蹈，"我真是好意外，好过瘾，好激动哦，不行，我还没听够，你再说一遍，光说对不起还不行，你得说你错了，以后再也不会这样对我了。"

"你……"

"怎么着？不说拉倒，我还不稀罕呢，喊！"

这个弗兰克，真是得理不饶人，气死我了，可现在除了他没人能够帮到我，没有办法，我只能就范。

"对不起，我错了，以后再也不会那样对你了。"

"真听话，爽爽爽——可我还是不会告诉你，气死你，哈哈哈！"弗兰克笑嘻嘻地对我翻着白眼，然后赶在我发飙之前又抢着说，"我不会告诉你我在哪里见到的她，但我会亲自带你去，怎么样？哥们儿够意思吧。"

2

在我的强烈要求下，当天下午弗兰克便带我前往他遇见草莓的地方——一家位于伦勃朗广场的大型夜总会。据弗兰克所讲，他来荷兰后一直在那里兼职当服务生，虽然很辛苦而且不安全，但挣的比其他地方都多，一天晚上他突然发现台上的表演嘉宾里有草莓，她正和其他穿着性感的舞娘一起跳着艳舞，不过草莓应该没看到他，表演结束后他还想着要不要过去打声招呼，毕竟她当过我们的老师，而且大家都是中国人，相互之间理当有个照应，可又怕草莓觉得尴尬，结果犹豫了一会儿，等决定过去时草莓已经离开了，后面的几天再也没来过。

我不无担心地问弗兰克："夜场灯光那么昏暗，而且鱼龙混杂，你有没有可能看错了人？"

"晕。哥们儿如果连这点儿眼力都没有，压根没法在那地儿混这么久，"弗兰克一脸不屑地回答，"再说了，跳艳舞的亚洲人本来就很少，长得像她那么漂亮的更是绝无仅有，总之，我是绝对不会看错人的。"

我不再质疑，只是愈发心疼，如果当初我不那么冲动地将她气走，她决计不会"自甘堕落"到以跳艳舞为生，待我找到她，一定要好好弥补她这段时间受的苦累和委屈。

见我不语，弗兰克开始感叹起来："安，你说是不是很奇怪，她学历那么高，教学也很好，为什么要到那种地方跳艳舞呢？好违和的。"

我瞪了他一眼，反问："这有什么？你明明是来荷兰留学的，不也在那儿打工？"

"这倒也是，其实大家都是为了钱，理解，理解！"弗兰克尴尬地笑着，"可你说如果我们过去根本找不到她的线索怎么办？毕竟她只来过一次。"

弗兰克担心的当然也是我最担心的，只不过我不允许自己有半点儿犹疑和退缩，我无比坚定地说："不会的，只要她出现过，我就一定能够找到她。"

"嗯，相信你有这个神通，可你还没有说，你为什么一定要找到她？"弗兰克小眼睛盯着我，间或鬼魅一笑，"当然了，你不愿意说也没关系，大家都是男人，理解，理解哈！"

我确实不愿意和他说太多草莓的事，但这一次我同样不想退缩，我觉得没有什么好逃避的，我也不允许自己再逃避，于是我一字一字地回答："因为我很爱她，我把她弄丢了，现在我要把她找回来。"

我看到弗兰克眼睛瞪得滚圆，嘴张着却说不出话来，过了好半天才从喉咙里挤出几个字："你丫竟然爱上了老师，你丫太狠了。"

3

正如弗兰克说的那样，草莓确实只来这家夜场表演过一次，因此几乎没人知道她的确切行踪，现在唯一的线索只有通过夜场负责演艺经纪的主管打听到那些组织表演的群头，然后再联系群头以获得进一步的信息，不管怎样，这个方向已经无比清晰，只要投入足够的时间和精力，就一定能够按图索骥，找到草莓。

只是让我们没料到的是，这家夜店的主管竟然也拒绝向我们透露任何信息，之前弗兰克对我吹了半天牛说此人是他的好基友，让他帮忙就是一句话的事，结果这下糗大了，气得弗兰克要和此人决斗。我赶紧拉住他，然后掏出100欧元塞到主管手里，于是这家伙脸色秒变，立即和颜悦色地给了我们一个人的电话,说整个阿姆斯特丹夜店表演的野模都归此人管,向他打听我们要找的那个姑娘准没错儿。另外,他们是好基友,届时可以提他大名,绝对好使。

走出夜店,我迫不及待地给对方打电话,结果一直关机,弗兰克说我们肯定被骗了,丫肯定给了我们假号码,白瞎100欧元了,然后愤然要踅回去继续和他拼命,我没心思再折腾,一个劲儿地继续打。

皇天不负有心人,我整整拨打了两个多小时,就在近乎绝望之际,电话突然通了。

电话里我简单表明来意,对方只说了两点:第一,给我们介绍的那人他不认识,想打听消息必须给钱;第二,我们要找的姑娘他有印象,只要钱到位,包在他身上。

我欣喜若狂,赶紧问他要多少钱,他张口便说一口价两万欧元,少一分都不行,弗兰克听了拼命制止我,说这么多钱够他上一年学了,千万别冲动,等他回去好好梳理人脉,肯定还有其他方法。我自然毫无心思听他吹牛,好不容易走到这一步,哪怕存在风险,也值得尝试,于是问对方要了账号,到附近的银行立即将钱转了过去,接着就是更为漫长的等待。

一小时过去了,两小时过去了,三小时过去了,天已经完全黑了,对方还是杳无音信,再打电话过去,又关机了。

弗兰克急得在原地直蹦,大声埋怨我不听他老人言,吃亏在眼前,又不停向我道歉,说自己遇人不淑害了我。我始终没有言语,心中很难受,当然不是为了钱,而是希望的破灭,如果这一切真如弗兰克所言是场骗局,那下一步我又该如何是好?

就在我们手足无措之际,手机突然传来提示音,一个陌生号码发来一个地址,以及寥寥几个字:今晚八点,你找的人在那儿有演出。

4

仿佛是老天故意要考验我,收到这条信息时已经快八点了,而草莓要表演的夜场则位于"遥远"的代尔夫特,从阿姆斯特丹过去至少需要一个小时,来不及多想,我立即驱车前往。弗兰克要和我同去,我没答应,一来是怕此行很可能扑空,太耽误他的时间和精力,二来也不想让他参与太多我和草莓的事。弗兰克下车前千叮咛万嘱咐我一定要多加小心,有任何事随时给他电话,他在代尔夫特也有很多朋友,我虽然知道他在吹牛,但心里还是暖暖的,无论如何,我以后都不会再那样去随意伤害朋友了,哪怕他们帮不上什么忙,至少也会让你知道自己并不孤单,这就足够了。

高速公路上,我将车速开到最快,力争在九点前赶到,结果很不巧地遭遇了极为少见的大堵车,好不容易通过堵点时已经九点半了,接下去的路程我心无旁骛,终于在十点整抵达了位于目的地的夜总会,只是等匆匆进场后才发现表演已经结束,演员们早就离开了。

那一瞬间,我终于体味到了什么叫欲哭无泪。真的,我都不知道自己是怎么走出去的,更不知道自己要去向哪里,就犹如行尸走肉一般行走在代尔夫特清冷的街道上,气温越来越低,我的心越来越凉,也不知道走了多久,直到无路可走,于是又花了很长时间踅回。我突然感到自己很可怜,情不自禁抱着肩蜷缩着蹲在车头,这样的姿势多少能让我感到一丝安慰,我竭力调整着沮丧至极的情绪,试图梳理出一个头绪,决定明天一早再给那个人打电话,让他提供草莓新的演出信息,一次不行就两次,两次不行就三次,总之,我一定不会放弃。

这样的念头让我再次活了过来,就在我准备起身上车回阿姆斯特丹时,我看到了一双漂亮的脚款款停在了眼前,我的目光顺着修长的双腿慢慢往上,很快看到了那张让我魂牵梦萦的脸,不是我的草莓又是谁!

5

谢天谢地,我终于找到了草莓,只可惜这并不是简单的寻宝游戏,所以不可能是故事的终点,事实上,生活很快又给了我一记残酷暴击,让我再次濒临崩溃。

记得见到草莓的那一瞬间,我血脉偾张,什么也顾不上,只想将她拥抱入怀,我真的太想太想她了。可是当我张开双手时,她分明往后退了一大步,并且在我再次上前时,对我小声却不失严厉地说:"别碰我。"

我愣住了,却也清醒了,这才意识到自己的动作确实大为不妥,虽然此刻我的内心柔肠百转,可对草莓而言,我对她的伤害依然没有消除,我首先要做的不是表达自己强烈的情感,而是要消除她的戒备,其次再通过沟通,取得她的谅解。

我听话地放下双手,用最真诚的口吻对她说:"我一直在找你,真的找得很辛苦。"

草莓没有再后退,嘴角又流露出那种凄美的笑:"那我是不是应该谢谢你?"

"我不是这个意思,我只是想告诉你,我很后悔那天说的话,更后悔把你赶走,我想请你再给我一个机会,让我们重新来过。"

"不是你赶我走的,是我自己待不下去了,"草莓摇摇头,"你没做错什么,更无须后悔,今天这一切都是我自作自受,不需要任何人的同情。"

"草莓，求求你，不要这样说，更不能这么想，"看到草莓"自暴自弃"，我再也无法淡定，几乎是在哀求，"一切都过去了，你说过的，生活要往前看，我们重新开始，好不好？"

"不好！"她提高声调，坚决地回绝了我，"本来就是，我明明一直有男朋友的，我真的太可恶了，我应该受到惩罚！"

"可是如果你根本就不喜欢那个人，你喜欢的人只是我呢？"我同样大声回应，"你没有背叛你的感情，更没有玩弄我的感情，我们都是无辜的。"

"你为什么会这么想？"我明显看到草莓愣了一下，眼神中闪烁过一丝奇怪的色彩，虽然很快又恢复了冷静。

"不为什么，就是直觉，我喜欢你，信任你，也了解你，当初我是被愤怒蒙蔽了心智，这半年来我无时不在反省，我知道你这样做一定有苦衷，你身不由己。"

我以为我的这些话会消除我们之间的芥蒂，却没想到只是换来了她的嘲笑："鹿安，你是不是没脑子？这么自以为是的话都说得出来，难道有钱的富二代都像你一样是白痴吗？我以前说你幼稚可笑还真没冤枉你。我不管你是怎么想的，现在你给我听清楚了，我从来就没喜欢过你，我接近你只有一个目的，那就是贪图你的钱，因为我很需要钱，我为了能来荷兰在国内欠了很多债，现在快到期了，我要还的，否则就会失去个人征信，被判为老赖，从此连飞机都坐不了。所以我才会去拳场当举牌女郎，穿得那么少被无数男人围观；所以我才会搬家到那么危险的地方，因为原来的房租我根本承受不了；所以我现在才会到夜场跳艳舞，因为这是我现在唯一能接受的在短时间内赚到很多钱的方式。和你在一起的那段时间我确实很开心，开心不是因为我喜欢你，而是因为可以省下很多钱，而且你还给我买了那么多礼物。你送我的东西我统统都转卖了，加起来有好几万呢，你自己都不知道吧，你就是个冤大头，还每天都反省呢，真是太可笑了。"

"不是的，你撒谎。"我喃喃自语，心却一点点坠向无底深渊。

"撒谎？我倒是希望能够继续留在你身边撒谎，这样就可以继续从你身上轻易得到很多钱，可是你竟然知道我有男朋友了，竟然发现我一直在骗你了，也好，反正我已经很满足了，正好也烦透你了，看到你就一肚子气。你知不知道你有多差劲，一天到晚阴着脸，好像全世界都欠你钱，还动不动就打架，简直是个暴力狂，所以我巴不得你找我麻烦呢，这样我就可以立即离开，你那破地方我真是一分钟都不想多待。"

"不是的，不是的。"面对这连番暴击，除了这句绵软无力的话，我不知道还能说什么。

"原本这些话我也不想告诉你，至少还能给你留个念想，何况我也没打算再见你，结果你倒好，阴魂不散，竟然找到这里了，还想和我重归于好，真是太可笑了。现在你都明白了吧？快醒醒，你被骗啦，我就是那个骗你钱骗你感情的浑蛋，我根本就不值得你付出和喜欢，赶紧回家洗洗睡吧，好好做你的富二代，从此以后我们桥归桥，路归路，老死不相往来。"

"草莓，草莓……"

"别叫我，别过来，快滚开！"草莓突然歇斯底里地嘶吼了起来，"再不走，我就喊人了，说你性骚扰我，说你抢劫，让你坐牢，滚啊！"

6

> 后视镜里的世界/越来越远的道别/你转身向背/侧脸还是很美
> 你站的方位/跟我中间隔着泪/街景一直在后退/你的崩溃在窗外零碎
> 我一路向北/离开有你的季节/方向盘周围/回转着我的后悔/我加速超越/却甩不掉紧紧跟随的伤悲
>
> ——周杰伦《一路向北》

你看过周董主演的电影《头文字D》吗?拓海在亲眼看到自己清纯的初恋女友夏树竟然进行援交后边流泪边开车的场景,基本上就是那晚我离开草莓时的场景,只是我比他更狼狈,也比他更疯狂。

回阿姆斯特丹的高速上,我将车速开到极限,大脑完全一片空白,有那么一瞬间,我中邪了一样,竟然想到了死亡,觉得自己实在太失败,所爱非人,活着一点儿意义都没有,甚至双手真的松开了方向盘,任凭车失控地在黑暗中横冲直撞,幸亏对面疾驰而过的大卡车的远光灯将我惊醒,回过神来的我将车窗全部摇下,让冷风灌进来,尽情打在我的身上,这样才得以慢慢冷静,然后立即将车速降低,开启双闪,等来到安全停车区域时赶紧熄火停车。当时温度明明很低,我却浑身大汗淋漓,瘫倒在座椅上,感觉在鬼门关走了一回。

我不怕死,但我害怕死了就再也见不到草莓了,虽然她刚才骂我的那些话很残酷,也很真实,但此刻我还是觉得有点儿不对劲,但也找不出什么具体反驳的理由,依然是一种本能的直觉,因为我还是不相信草莓会是她自己说的那种人,绝对不相信。

我接连抽了好几根烟，决定再给自己一个机会，掉头，回代尔夫特。

半小时后，我再次来到那个伤心之地，我永远无法忘记眼前的那一幕，草莓，我深爱的女孩，依然待在原处，一个人，失声痛哭着，看上去是那么孤独，那么委屈，那么让人心疼。

我下车，不顾一切地冲上前去，双手紧紧抓住她的肩膀。

看到是我，她拼命想推开，却怎么也推不动，于是对我又打又骂。

"你为什么回来？你为什么还不放弃？你到底想干什么？你怎么这么可恨？为什么？为什么啊？"

我一动不动，任凭她的拳头一下又一下地落在我身上。只是我的灵魂仍然是自由的，我深情地看着她，一遍又一遍地高喊——

"我爱你，我爱你，我爱你，我爱你，我爱你，我爱你……"

就这样，也不知道草莓打了我多久，最后终于放弃，然后用尽全部力量将我紧紧拥抱，同时头埋在我的怀里，号啕大哭起来。

"我也爱你，我也爱你，从见到你的第一眼开始，鹿安，我就知道你是我人生最美丽的意外，也是老天对我最悲悯的怜爱！"

7

那一夜，我没有再回阿姆斯特丹，而是和草莓住进了当地的一家洲际酒店。

那一夜很长，那一夜很短；那一夜，我经历了最残酷的伤害，却也拥有了最难忘的幸福。从进门那一刻，我们便紧紧相拥着，试图将身体的每一寸皮肤都贴合到一起，这就叫如胶似漆吧？后来我们也不知道拥抱了多久，草莓似乎已经睡着了，眼睛紧闭着，嘴角还挂着笑意，那是幸福的滋味，我情不自禁在她光洁无瑕的脸上亲了又亲，突然很后悔没将那枚钻戒随身携带，否则现在就可以亲手给她戴上，为我们失而复得的爱情画上完美的句号。

不过没关系，天亮后我们就会一起回阿姆斯特丹，我不会再把她弄丢，从此人山人海，地老天荒，哪里有她，哪里就有我，我什么都不要，什么都不在乎，只要和她在一起，就是世界于我的全部。

后来我也睡着了，睡得很香，睡了很久，仿佛要把过去半年欠下的睡眠一股脑地全部补齐，等醒来时，房间里洒满了和煦的阳光，草莓却早已不知去向。

我的衣服被折叠得整整齐齐，摆放在一旁，衣服边上，静静躺着一叠手写的信笺。

我颤抖着打开，从第一个字开始，眼泪就再也没有停止。

8

亲爱的小安：

　　记得在我青春期时，曾看到过一句无比打动心灵的话——"我将于茫茫人海中访我唯一灵魂之伴侣，得之，我幸；不得，我命。"

　　说这话的人叫徐志摩，写着很美的诗，还有着很动人的爱情故事。

　　我很喜欢很喜欢这句话，却觉得离我的世界好遥远，我的人生里没有这些美好和浪漫。

　　那我的人生里有什么呢？闭塞的山村，孤独的童年，破碎的家庭，家暴的父亲，残疾的母亲，还有贫穷且卑微的成长。噢，亲爱的小安，若非要写这封信给你，我真是不愿再回忆起过去的半分半毫。

可是不愿回忆并不能抹去这些对我成长的影响，从小我就很要强，明白要在绝望中寻找希望，我长得最漂亮，学习永远第一名，离开贫瘠落后的家乡，是我成年前全部的理想。

我做到了，19岁那年，我以全县前三名的优异成绩考进了省城H市最好的那所大学最好的专业，这当然不会是终点，我看够了眼前单调的风景，我无数次告诉自己，既然选择了离开，便要风雨兼程，我的双脚要走遍这美丽的世界，就像一只自由的无脚鸟，永远在空中飞翔，唯一能够让它停下的力量，只有死亡。

呵，那时的我真以为自己是自由的，可现实很快狠狠抽了我一记耳光，施暴者不是其他的，仍然是我最熟悉不过的贫穷。

是的，我没有钱，虽然我已经很努力地学习，每学期都会拿奖学金；虽然我已经很勤奋地打工，不放过每一个赚钱的机会；虽然我靠自己的能力养活自己已经没有问题，但是我想医治好我那病入膏肓的母亲依然力不从心，我需要钱，需要钱去尽孝道，需要钱去完成学业，需要钱去看看世界，需要钱成为那只自由的鸟。有一部电影的台词特别好——这世界只有一种病，穷病——说的就是我这样的人。

亲爱的小安，我知道你对我描述的这些完全无感，甚至，可能会反感，因为你不会理解，这不是你的世界，可是请你相信我没有矫情，更没有撒谎，我之所以强调这些，只是要告诉你，人的很多选择都无法做到真正的纯粹，身不由己才是人生的常态。

是的，那个人就是在我最贫穷、最狼狈、最自卑，甚至最绝望的时候走进我的生活的，并且给予了我莫大的帮助。他是我的学长，我

愿有人替我去爱你

们是在新生入学晚会上认识的，我俩都是这场晚会的主持人，他的主持功底很一般，现场出了不少错，我竭力去弥补，总算有惊无险地完成了工作。事后他说要感谢我救场，请我吃饭，我没答应，他就一直约，各种约，后来我实在烦不过就答应了，结果见面后他突然向我表白，吓了我一跳，给我的感觉真心很不好。

后来的事我就不细说了，总之最后我还是答应了他，因为他对我确实很好，虽然他和我是两个世界的人，但每次看到他笨拙地用我并不欣赏和喜欢的方式竭力取悦我时，我还是会感动，这或许是女人的通病吧，时间长了，习惯了，就很容易把感动当成感情。至于他这个人，只要不酗酒，整体来说挺好的，属于适合过日子的那种吧。

而我答应他更重要的原因是，他一直在经济上资助着我，除了出钱给我妈妈治病，还通过关系给她找到了一份工作，交上了社保，也免了我的后顾之忧，这让我尤为感激。他不想我打工累着，就主动承担了我的学费，甚至他家连我毕业后的工作都给安排好了。总之，在他的主导下，我的人生变得有序且安逸起来，曾经的风风雨雨统统不见，站在今天仿佛就能看到永远。

他觉得这就是一种幸福，对我而言却是劫难。

照他的计划，前几年我们就该结婚了，我当然不可能答应，这太可怕了，我就一直拖，好不容易拖到毕业，他又说到要结婚，简直一天都不能等，我依旧不愿意，我还没有去看过世界呢，我还要去继续学习呢。我挣扎了很久，最终决定不妥协，于是我提出来自费这里继续读书，他听了后怒不可遏，当天晚上喝了很多很多酒，第一次打了我，让我想起了那个家暴成瘾的父亲，真的很可怕……

后来，我们俩僵持不下，闹了很长时间的矛盾，最后他答应放我走，但前提是需要和他先订婚，我答应了。来荷兰后我一直半工半读，也足够节俭，虽然很累很苦，但却很满足，更重要的是，一个人又渐渐找回了那种自由的美好感觉。

　　尽管我知道自己并不爱他，但我欠他实在太多，而且我们已经有了婚约，于情于理我都没想过要离开他。事实上，我已经做好准备，只要学成回国，就会和他结婚，从此不再折腾，因此我倍加珍惜这两年的时光，这是我人生最后的伊甸园，灵魂的游乐场。

　　只是我将所有一切都想得那么清楚，却怎么也没想到在荷兰的最后一年多会遇到你，遇到一个灵魂和我如此相通的男孩，真的，你是我人生最大的意外，也是老天对我最悲悯的怜爱，更是我此生注定的一场劫难，从我在那个拳场看到你的第一眼开始，我就彻底沉沦了，我知道我们是同类，尽管我们对这个世界的表达方式截然不同，但我们拥有相同的灵魂底色。我之于你，你之于我，便是茫茫人海中的唯一伴侣，一旦相逢，便注定再也无路可逃。

　　亲爱的小安，我究竟应该进行怎样的书写，才能表达出我对你的爱？文字太贫瘠，所以我不能，就像我不能接受你的钻戒一样，这是我的悲哀，我知道你因此很痛苦，可是我现在要告诉你，无法成为你的恋人，我的痛苦比你有过之而无不及，我会恨我自己，我还会埋怨老天，甚至我想放弃一切，和你私奔，从此天大地大，四海为家，只要有你，只要有爱，便是故乡。

　　可是，我依然不能，我真的不能啊，我不能放下我远在祖国的妈妈，她已经年老体衰，时日无多，我不可以对她不管不顾；我也不能放下对那个人的承诺，这和我爱不爱他没有关系，他很无辜；我更不能自私地去占有你的全部，我真的是那个可以给你幸福的人吗？不，不会那么简单的，我们之间除了爱，还有着太多的隔阂，将来这些都会成为我们生活中的挑战。你还是孩子，可以任性地只要有爱，可是我不行，我没法那么纯粹，我只能向现实低头。

所以我只能离开你，这是一件多么令人痛心的事，可是长痛不如短痛，如果我不这么做，我将害了你，也害了我自己，还会害了更多的人，我是罪魁祸首，所以我必须主动承担一切。我辞掉工作，暂停学业，离开阿姆斯特丹，来到代尔夫特，我白天足不出户，夜晚出来跳舞，我要以我能够接受的方式在最短的时间赚到最多的钱，然后回国，和那个人结婚，带着你留给我的甜蜜回忆，开启人生的下半场。这就是我的命，我的生活，我认命了，从此心无旁骛。

小安，你是这个世界对我最好的男人，可是我却没法做你唯一的女人。有的人，无限接近，但永远无法在一起，说的就是我们。我以为我们此生都不会再见，却怎么也没想到你竟然找到了我。昨晚见到你的那一瞬间，我好感动，好想立即放下所有的戒备和心事，不顾一切地跟你走，可是我真的不能前功尽弃，这条路走到现在我们都太不容易，都付出了太多太多。为了让你彻底绝望，甚至恨我，我编出那么多言不由衷的谎言，用世界上最歹毒的话将你伤害，看到你最后愤然离开，我觉得自己浑身都已被掏空，我亲手伤害了我最爱的男孩，我们之间竟然会以这种残酷的方式收场，我真的接受不了，除了停留在原地，尽情哭泣，我不知道还能够做些什么。心好痛好痛，就在我濒临崩溃之际，你竟然又回来了，我不知道你是怎么想的，我只知道，我再也没有力气拒绝你，如果这一切都是错，那么就将这个错在这个夜继续下去；如果这一切都是梦，就让这个梦在这个夜永不醒来……

如果真的可以这样，那该多好啊！可是，我还是醒了，看着你躺在我的身侧，紧紧搂着我，感受着你肌肤上传来的温度，这一切真的好幸福，有这一刻铭记在心底就够了，真的够了。可这种幸福只能到此为止，它无法改变我们之间错误的本质，所以尘归尘，土归土，这条路再难走，也得咬牙走下去。只是我知道无论如何你都不会离开我，所以只能是我再次选择离开你，而且这一次要更加决绝和彻底。

亲爱的小安，请不要再找我，我会立即回国，并且立即和他结婚，即使再相见，我也已经是别人的新娘。

亲爱的小安，你还年轻，值得拥有更好的爱，请你忘了我，早日找到一个真正适合你的人，她一定能够替我去更好地爱你。

亲爱的小安，请允许我最后一次给你"朗读"诗歌，我对你所有的心意，所有的情感，所有的不舍，所有的祝福，所有的所有，都在这里。

亲爱的小安，今生我们无法在一起，如若真有来世，让我们早日遇见，好好相爱，永不分开！

我曾爱过你

普希金

爱情，也许在我的心灵里

还没有完全消亡

但愿它不会再去打扰你

愿有人替我去爱你 ◇◇◇◇◇◇◇◇◇

我也不想再让你难过悲伤

我曾经默默无语地
毫无指望地爱过你
我既忍受着羞怯
又忍受着嫉妒的折磨

我曾经那样真诚
那样温柔地爱过你
但愿上帝保佑你
另一个人也会像我一样地
爱你

第六幕

人间红尘

我很快喜欢甚至依赖上了这种状态,特别是喝了酒微醺之际,总觉得自己终于找到了同类,从此可以不再颠沛流离,无家可归。

1

生活永远不会沿着你既定的轨迹有序前行，意外才是生命的主旋律。

虽然我曾一度深信不疑自己将永远不会再回国，然而在草莓再次离开我不久后我便飞回了祖国，并在那里迎来了更为跌宕起伏的人生。

从下定决心回去到站在这片故土之上，前后总共不超过二十天，可中间发生的闹心事儿，简直比过去的二十年还要折腾。无论对谁而言，突然要放弃学业都不算一件小事，最大的阻碍必然来自家庭，我清楚记得当老鹿得知我的想法时差点儿没直接抽过去，即便是隔着越洋电话，都能强烈感受到他的崩溃，那已经不是简单的愤怒，更夹杂着不解和委屈，直接的体现就是好半天说不出话来，最后也不过是一句"等我过去再说吧"，然后第三天下午便匆匆赶了过来。

我以为我们之间必然少不了一场恶战，为此我做好了充分准备，结果他并没有像过去那样直接暴跳如雷，而是让保姆做了满满一桌子菜，然后开了瓶白酒，说想和我喝两口，谈谈心。

好吧，我必须承认，老鹿也变了，不，进化了，这样的老鹿其实比以前更可怕。还好，我也不再是当年那个只知道被动接受以及主动放弃的可怜虫，该面对的躲不掉，那就来吧，还有什么比失去草莓更让我无法接受的呢？当然没有，那就更没什么好怕的了——如你所见，我已经可以从一件极坏的事中获得正面思考的力量，可见我真的成熟了很多。

酒过三巡，菜过五味，老鹿瞪圆眼问："给我一个你必须回去的理由。"

我想了很多答案，最后还是决定坦白："为了一个人，她刚走，我不想就这样放弃。"

老鹿手一抖，杯子没拿稳，掉到了桌子上，接着长叹了口气，眼神黯然："这下麻烦咯！你个臭小子。"

我不知道他这话是什么意思，我只听到他装作若无其事地问："那个人，男生还是女生？"

这次轮到我不淡定了，我叫："你想什么呢？当然是女孩了。"

老鹿嘴角突然流露出一丝神秘的笑容，似乎还点了点头："那就好，有点儿我当年的意思。"

我不得不承认老鹿这一套迷踪拳打得相当成功，根本不按套路出牌，完全把我带到了他的节奏里。见我正用好奇且疑惑的眼神看着他，老鹿拿起酒杯，倒满酒，美美地喝下，然后用一种过来人的神情向我感慨："今天在这里，我让你喝酒，就没把你当儿子，而是当你是朋友，我这人别的没什么，就朋友多，大家为什么都认我？因为我对朋友从来都是真心实意，有一说一，做对了，我全力支持；做错了，我也不藏着掖着，这就叫讲究。那么好，现在我也得和你好好唠唠，说说真话，说说心里话，你还别嫌烦，也别听不进去，我比你多活了几十年，好坏都是人生的经验，对不对？"

老鹿说完停了下来看着我，见我没反驳，继续娓娓说了下去："这一年来我看到了你的改变，变得越来越好，越来越成熟，甚至超出了我对你的期待，这当然有我的功劳，但主要还是你自己的努力，这点咱俩谁也别否定谁。可你现在突然说要放弃学业，要回去，这我当然不能接受，我来的时候都想好了，就算囚禁也得把你留下来。臭小子，你还别瞪我，这事儿我做得出来，可你现在说你是为了爱情，我就不阻拦你了，因为我知道，我拦不住，这世界有谁能阻止年轻人的爱情呢？谁又没在年轻时为爱奋不顾身过呢？当年所有人都说我和你妈不合适，我不也一意孤行了吗？所以说，我理解你，也尊重你，但是，关键就是这个，你听清楚了啊，我最后得到的结果是什么，相信没人比你再清楚，而究其原因就是当时的我太年轻，太冲动，太把自己的感情当回事了，明明不合适，也硬着头皮要去争取，最后是两败俱伤，还连累了孩子。"

说到这里，老鹿眼睛微微湿润了起来："我和你妈是成年人，遭罪了就当是报应，你是无辜的，没道理跟着我受了这么多年的委屈，可我有什么办法？啊！你说我有什么办法？我除了在物质上弥补你，除了让你接受更好的教育，拥有更好的未来，还能为你做什么？哦，你最在乎的完整家庭已经被我亲手摧毁了，你最离不开的母爱我再有能耐也给不了你，有人劝我再娶一个，就算冲我的面子，肯定对你差不了，理儿是这个理儿，可这话我不爱听，她对你再好那也不叫母爱，那叫施舍，能是真心的吗？我绝对不能让我儿子接受别人的施舍，更不能受别人的委屈，一点点都不行，所以我亲自来，哪怕你不理解，你不接受，你天天和我作对，你把我气得半死，那也是咱爷儿俩之间的事，我愿意——说岔了啊，我的意思是，你为爱冲动，为爱付出，没关系，但你得想明白了，如果这份爱不是像你想象中的那么完美无瑕，甚至最后的结果是你无法承受的，你现在究竟应该怎么办，是依然闭着眼睛不管不顾地往前冲，还是缓一缓，静一静，再琢磨琢磨，最后做出一个更合适的决定呢？"

"说完了吗？"我竭力控制着自己的情绪，让声音听上去没有太多起伏，而彼时我的内心早已经翻江倒海，我不知道老鹿为什么会突然说这些，好像他已经完全洞悉了我和草莓之间的事，句句都在要害上。我只能说，我对这个世上和我最亲的男人，知之甚少，也不知道这到底是悲哀还是幸福。

"说完了，舒坦！"老鹿表情轻松地又自斟自饮了一杯，"有些话早想告诉你，现在你终于长大了。"

"爸，你累了，早点休息吧，"我起身上楼，"我会好好考虑你说的话，明天再给你一个答复。"

"成，到底是我儿子，就是沉得住气，"老鹿冲我挥挥手，"去吧，我再喝点儿，好久没这么放松咯！"

2

我嘴上说着要考虑考虑，事实上压根就没这么想，我只是不想那么快回绝老鹿，让他生气——我竟然会在意他的情绪了，这简直不可思议，可这就是成长，我在变，他也在变，我们都无法、也不应该总是停留在原地自怨自艾，不是吗？

而面对我最后的决定，老鹿丝毫没吃惊，反而告诉我这里的事他都会帮我处理好，我无须操心。

"你真的……同意了？"他这么痛快，我反而有点儿不适应了。

"我不答应有用吗？"

"没用！"

"那不得了，昨天和你聊完我就知道答案了，"老鹿又长叹了口气，"其实回去也好，我最近越来越觉得自己老了，干不动了，家里那摊活儿交给外人总归不合适。"

"爸，我……"我刚想告诉他，其实我对他的生意一点儿都没兴趣，是不可能接他班的，可是被他适时打断了。

"现在什么都不要讲，先把你感情的事处理好再说。"老鹿提高了声气，"行吗？"

"哦！"我第一次感受到他身上散发出的那种不怒自威的气质，竟然没有再反抗。

老鹿突然举起三根手指头，说："三年，接下去三年，我会给你足够的空间，让你自个儿在生活里摸爬滚打，如果你真蹚出一条路，那么我会尊重你，也会支持你；如果你不行，就要答应听我的，从此不再瞎折腾。"

然后他不等我回答，收起手指，紧握成拳，伸到我面前，紧盯着我的双眼，一字字地强调："这是我能够作出的最大让步，你不是一直强调自己已经成人了吗？你不是一直喜欢和我对着干吗？好，这就是我对你发起的挑战，是男人，就应战，有能耐，战胜我，敢不敢？"

姜到底还是老的辣，都到这份儿上了，老鹿还不忘以退为进，和我做"交易"，可不得不说，他的提议合理且诱人，他的"挑衅"更是让我血脉偾张，从小到大，我一直反抗他，这一次，我更要让他刮目相看。

我嘴角露出笑容，同样紧握拳头，在空中和他的拳撞碰，然后大声说："成交。"

3

不管如何，顺利"解决了"老鹿这个最大的障碍，剩下的事虽然麻烦但不棘手，唯一让我意外的是和弗兰克的道别，竟颇为令人感伤。

说起来，弗兰克算是我在荷兰的第一个，甚至是唯一一个同性朋友，我一直没敢告诉他我要回国的事，甚至想过干脆等回去后再说，但又觉得逃避不是办法，还是勇敢面对吧，他那么洒脱，朋友又多，不会太在意的。

万万没想到，当我约他出来，含蓄地告诉他我要退学回国时，哥们儿竟然直接哭了起来。

当时我第一反应：假的吧，我又没死，这家伙也太能演戏了。

可是他足足哭了半个小时，哭得还特别伤心，整得我都紧张了，是不是我误会了什么？

"鹿安，你什么意思嘛，有你这样的吗？"好不容易停止哭泣后，弗兰克一把眼泪一把鼻涕地开始控诉起我来。

"不是，我怎么了我？"

"你说走就走，你把哥们儿放哪儿了？哥们儿处处为你着想，还我怎么了？"

"对不起，我真的是有急事要回去处理。"

"不就是为了爱情吗？你可好，昨天还是师生恋，今天就成跨国恋了，指不定明天就搞成生死恋，"弗兰克用幽怨的眼神瞅着我，"爱情简直比你的命还重要，友情呢？你怎么不能为友情也付出一点点呢！"

"友情我也很重视，这不向你道别了吗？"我很尴尬，避开他的目光，"你那么多朋友，不少我一个人。"

"谁说的？在我心中，真正的朋友只有一个，那就是你鹿安！"弗兰克抓住我的言语漏洞，得理不饶人，"什么叫没事，多大的事才算事？我现在为你流泪不算事？你走后我想念你不算事？"

"好了，好了，以后我会经常和你联系的。"我真害怕他会说出《还珠格格》里台词一样的话，赶紧打住话题，"等你回国后，一定要和我联系。"

"说定咯，以后哥们儿混得不好就投奔你，你可不许嫌弃。"

"必须的。"

"不是亲兄弟，胜似亲兄弟。"

"没毛病。"

"我……还是舍不得你走……我又想哭了怎么办？简直一年的眼泪都要为你流干。"

"快别这样了，喂，你嘟嘴干吗？"

"你说嘴巴嘟嘟，嘟一声你快回来呀……"弗兰克竟然唱了起来。

唉！这个弗兰克，真是让人受不了，不过倒也算给我增添了别样的人生经历。只是怎么都没想到他竟然一语成谶，说中了我和草莓的结局。多年后回想起来，彼时或许除了我自己，他人其实都可以看到我这份初恋的最后情景——其实我也不是完全看不清，所有的理由汇集起来不过三个字：不甘心。

是的，我不甘心和草莓就这样分隔天涯，我不甘心我们的感情就这样无疾而终，我不甘心从此我的人生没有她的笑容，更不甘心她的世界没有我的影踪。只要我们还活着，还能够自由支配我们的感情，哪怕幸福的可能只有万分之一，也要全力去争取，哪怕此行困难重重，甚至充满风险，也绝不后悔。

4

就这样，我很快来到了草莓信中提及的H市，找到了她就读的那所高校，接下去便没了线索。好在我倒也不急于立即出现在她的面前，毕竟草莓的态度已经非常明确，在我和那个人之间，她选择了后者，她宁可中断学业回国也要嫁给他，就是为了彻底断了我们的念想，如果现在我贸然现身，只会让她受到惊吓，后果更是无法收拾。所以我只能暗中观察，伺机而动——不，我其实也不知道具体要做什么，我质朴且单纯的想法只是可以离她近一点，哪怕能够每天躲在黑暗里看她一眼，就很满足。

我在草莓学校附近的酒店长住了下来，每天戴着帽子、眼镜和口罩，穿着肥大的衣服在学校里四处游荡，为的就是能够和她不期而遇，并且还要不被她认出。感谢日趋严重的雾霾，让我夸张的装扮显得毫无异常，只是我从来都没有如愿以偿，这座综合类的学府真的太大了，好几万名学生在一起学习、生活，要想偶遇一个人特别不现实。而在度过了最初几天的兴奋期后我开始不淡定了，慌乱之余细思更是恐极：或许草莓回来后没有继续上学，或许她并不在这个城市，或许她根本就没回国——想到这里，我顿时手脚冰凉，突然意识到自己因为太过冲动很可能犯了一个极其愚蠢的错误，如果真是这样，那我现在该怎么办，是立即回去，还是继续苦苦找寻？眼前突然一片空白，面对生活，我再次感到了手足无措。

翻来覆去想了很久，答案当然是坚持到底，只是得换个思路了。如果草莓说的是真话，她回来就是以结婚为目的的，那么不管她和那个人是已经结婚了还是正在筹备婚礼，有个地方是一定会去的——婚纱影楼，没错，我只要去那里打听，没准儿就能获得有效信息，而且这个难度不大，有名的婚纱摄影机构就那么几个，网上都有地址电话，我逐一拜访就是了。

想到就做，我立即把能够找到的婚纱影楼信息收集齐全，按照地址归类，然后开始逐一走访。最开始我就是拿着手机让对方看草莓的照片，问她们是否认识，结果毫无效果，几乎所有工作人员都会很警惕地看着我，然后矢口否认。后来我改变了方法，我会装作顾客，说未婚妻有事来不了，由我来咨询具体拍摄事宜，然后给对方看草莓的照片，请她们推荐合适的方案。这一招立竿见影，至少对方会很热情，特别是看到草莓的照片后，一个劲儿夸她漂亮，然后拍着胸脯说一定能够将我们拍成神仙眷侣，而这个时候我会特别认真地观察对方的表情，判断其中有无我需要的信息。

在我走访的第五天，事情终于出现了进展，那是一家专做大理、丽江的婚纱影楼，规模不大，但口碑很好，老板娘亲自接待的我，人特别热情，一个劲儿地说她有关系，可以带我们独家到玉龙雪山上拍，效果保准满意。我一边应允着，一边打开手机里草莓的照片给她看，结果明显看到她眉毛抖了下，然后轻微发出声"咦"，我心顿时一沉，装作若无其事地调侃："怎么了？我女朋友长得哪里有问题吗？"

"怎么会？是您未婚妻太漂亮啦，我都被惊艳到了，"老板娘意识到自己有些失态，赶紧赔笑，"啧啧啧，真是个美人，哪哪儿都完美！"

"谢谢，那你刚才……"我故意顿了下，然后紧紧看着她，"是不是觉得有点儿眼熟？"

"嗨，您这么一说还真是，您未婚妻呀，真挺像我一位客人的。"

"那么巧？"我的心开始狂跳不已，感觉声音都开始颤抖起来。

"那可不是？他们刚在我这儿拍完照，所以印象挺深的，"老板娘说着又看了看草莓的照片，"真像，眼角还都有一颗泪痣，真是奇了怪了。"

"我能看看他们照片吗？"

"这个？"老板娘迟疑了。

"我没有其他意思，就是被你说得感到很好奇。"我赶紧"解释"，"再说了，如果真的特别像的话，我正好可以看看我女朋友拍出来的效果。"

"这倒也是，那你等会儿。"老板娘说完去屋内取出一个iPad（平板电脑），然后在屏幕上一番操作，很快草莓身穿婚纱的照片出现在了我眼前。

5

照片很多，也很美，我贪婪地一张一张地看着，完全不在意老板娘正用越来越疑惑的目光打量我。

"先生，先生……可以了吗？"

"哦，可以了，谢谢！"我收起复杂的情绪，"还真是像呢……对了，你能告诉我她的联系方式吗？"

"这个不行的，我们要保护客人的隐私的，"老板娘显然已经反应过来是怎么一回事了，脸上露出愠色，"先生，您来如果不是想拍照的话，我就不接待了。"

我被看穿了，特别尴尬，可又不想放弃这来之不易的机会，正不知所措之际，门外突然闯进来几个社会大哥模样的人。

"哟，在呢！好，没白来。"为首的那个戴着大粗金链子的胖子皮笑肉不笑地迅速打量了一圈。

看到他们，老板娘的脸色霎时变了，嘴角挤出笑容迎了上去："三哥，怎么今儿个还来了呢？"

"怎么着？三哥为什么来你还没点儿数吗？"胖子大摇大摆地坐在沙发上，喘着粗气，"今儿都几号了，你想什么呢？"

"不是，三哥，我这几天有点儿忙，但事儿可没敢忘，"老板娘一个劲儿赔笑，"您看我现在还有客人在呢，三哥您先回去，我容空了一定给您打过去。"

"滚蛋，打个钱能要你几分钟？"胖子瞬间勃然大怒，站起来用又短又粗的手指指着老板娘脑门，"别跟我扯那些没用的，你在这里开店的第一天我就说过，这一带归你三哥我管，要想安稳做生意，份子钱少不了，知道不？"

"知道，知道，三哥您看这样行不行……"

"不行，今儿我必须见到钱，否则我还不走了，"胖子再次坐下，端起桌子上的茶壶直接对着嘴儿喝了起来，然后重重地摔在地上，"你不是忙吗？你快忙你的，忙好了赶紧打钱。"

我想了想，走到胖子面前，冷冷问："多少钱啊？这么激动！"

胖子很意外，一脸不愤："你谁啊？"

"你甭管我是谁，我就问你要多少钱，我给你。"

老板娘不停拉我，让我别管，我没听，安慰她没事，看着就行。

胖子疑惑地瞅着我，然后说了个数，还好，几千块而已。

我从包里掏出钱递给他。胖子接过，对我咧嘴一笑："谢了，哥们儿，仗义。"然后又对老板娘挤眉弄眼："这什么时候还找了个有钱的小狼狗？真行！"说完招呼弟兄们准备走了。

"等会儿，"我叫住了他们，"你要的钱给了，这打碎的茶壶怎么算？"

胖子又急了:"你什么意思?"

"你看能不能这么着,今天你钱也收了,气也撒了,以后就不要再来了。"

"不能,你谁啊?敢这么和我说话,活腻了是不是?"胖子怒不可遏,用手指猛戳我。

胖子的动作在我眼里就跟慢镜头似的,我压根没躲,一把抓住他的手指,一翻腕,差点没将他的手指掰断。

"啊!!!"胖子立即发出杀猪般的哀号,单膝跪了下来,脸都疼得变形了。

他身后的两个弟兄同时扑了上来,结果还没近我身,分别挨了我一脚,又飞了出去,再没爬起来。

"大哥,大哥,轻点儿,好疼的,"胖子满头大汗,不停告饶,"我答应就是,以后再不来了。"

我松开手,一个字一个字地说:"听好了,我叫鹿安,如果你不服,随时可以来找我。"

"知道了,知道了!"胖子赶紧拉起地上的兄弟,抱头鼠窜。

"先生,太解气了,这帮人欺负我们好久了。"我以为老板娘肯定会埋怨我给她惹了麻烦,没想到她双眼噙满泪水,不停向我道谢,"只是你以后要当点心,他们人很多的。"

"没事,谢谢!"我看着她,欲言又止,"我……"

"先生,按理说我们不该把客户的信息透露出去,但你帮了我大忙,我也该回报你。"老板娘边说边从iPad里调出一张客户信息表,打印出来递给了我,"其实第一眼我就知道您女朋友就是我的这位顾客,你们之间究竟发生了什么我不知道，但这些年我看了太多红尘里的人和事，我相信您是一个重情重义的人，也肯定对她特别好。上次听她说再过一个多月就会举行婚礼，这是她的电话和地址，抓紧时间去找她吧，再晚，就来不及了。"

从影楼出来，我五味俱全，更是无比纠结，本以为我会立即去找草莓，然而我没有，甚至，我一度产生了放弃的念头。

原来她真的就要和那个人结婚了，尽管我早有心理准备，但再次被第三方证实后，那种悲伤失落的心情，依然无以言表。回到酒店，我如坐针毡，挣扎了好半天，最后还是控制不住欲望，于是一番"乔装打扮"，打车前往草莓的住所。

那是位于城北的一个别墅区，由此可见草莓要嫁的那个人条件还不错，这让我多少有些宽慰。我并没有想办法进别墅区内，而是静静地在小区外待了很久。我翻过山，越过海，走了几万里的路，为的就是来到她身旁，守望她，保护她，现在我知道我们之间的距离已经很近很近，近到似乎可以感受到她的体温和呼吸，对我而言，已然胜利。

我满足了，是真的满足了。

所以接下去我要执行计划中的第二步——留在这里，和草莓"生活"在一起。

6

经过多日找寻，我在几公里外的商业街上发现了一家因经营不善正往外转租的健身房，我不假思索地盘了下来，并决定将之改造成一个拳馆。这样从此不但可以正大光明地和草莓做邻居，还能做自己喜欢且擅长的事，简直没有比这再合适的了。

说起来，从小到大我花了很多钱，从未挣过一分钱，但对于自己的第一次创业，竟然充满了谜之自信。据我了解，目前H市还没有一家正规拳馆，我想当然地认为这里一定有很多像我这样的搏击爱好者，因此只要拳馆的硬件设施足够好，师资力量足够强，服务再跟上，就不愁招不到会员，市场简直就是一片蓝海。我越想越激动，赶紧投入重金升级装备，小到拳套，大到八角笼，一水儿全是采购的国外大品牌，又高薪聘请了不少私教和工作人员，为了吸引眼球，我还在门口放置了一个真人等高的钢铁侠模型。就这样整整折腾了大半个月，终于可以开门迎客啦！

我满心以为一定会门庭若市，没想到试营业的第一天根本就没几个人过来，而且大多是问了价格后摇头就走的那种。我这才明白过来，在这种三线城市，根本就没多少人对打拳真感兴趣，更关键的是，相对于硬件和服务，价格便宜其实比什么都重要，可是我定的会员费已经远低于经营成本，根本没法再降了，现在可谓是进退维谷，这才意识到做生意远没有自己想的那么简单，也因此突然对老鹿多出了一分理解和钦佩。

第二天，情况更糟糕了，整个上午都没人过来咨询，七八个工作人员大眼瞪小眼，搞得我特尴尬，干脆让他们早点下班回家，然后关上门自己一个人狠狠练拳，几个回合打下来大汗淋漓，周身通畅，一扫心头郁闷。

突然传来了敲门声，我大喜，心想肯定是来顾客了，赶紧冲过去开门，结果就看到门口斜斜地站着一位面相很是不善的家伙，光头，满脸青春痘，穿着背心，露出一身腱子肉，说话瓮声瓮气的，冲着我就嚷："你们老板呢？我找他有事。"

我心想：难道我看上去很不像老板吗？虽然不爽，但还是很客气地回答："我就是，请问你是要来学拳的吗？"

这哥们儿摇头："不是，我是来教拳的。"

我愣了下，转念一想我们确实也还缺教练，看他这样子显然练过，可以聊聊，于是客客气气地把他请了进来，端茶递烟，他也不谦虚，东望望，西打量，摸摸这，踢踢那，嘴里还念念有词："不错，挺好，可以可以。"

我以为遇到行家了，问："你以前教过拳吗？"

他回答得倒干脆："从来没有，不过我认为我够格。"

什么情况这是？这家伙也忒莽撞了吧，我有些不高兴了，声音沉了下来："凭什么？"

"凭这个，沙包一样大的拳头。"哥们儿挥了挥拳，眼睛直勾勾地盯着我，"既然你是老板，那我现在就挑战你，如果我赢了，你得请我当你这里的教练，管我吃喝。"

"你要是输了呢？"

"输？"小伙子一脸疑惑，"我为什么会输？我从六岁开始打架，打了整整十四年，从来就没输过。"

"行，那来吧。"我不愿再和这种莽汉废话，于是起身，走到设备区给他拿头部护具，结果他还不要。

"那些东西太麻烦了，直接干就是，反正也不会死人，"他套上拳套，双拳猛击数下，"有这个就行，放心，我会手下留情的。"

我再次无奈地叹了口气，并且决定手下不留情，好好教训下这个自大的家伙。

比赛开始后，对方先是打出了一记势大力沉的后手直拳，颇具威力，只可惜速度慢了些，而且拳与拳之间的转换不好，显得特别凝滞，脚步也够乱，这都是打拳大忌，我一边轻松闪躲，一边直惋惜，要是他能虚心地到我这里学习该多好，我可以亲自教他，保准进步神速，只可惜此人实在不识好歹，也罢，今天就让他明白什么是理想和现实的差距，清醒清醒。

我拿捏好一个闪躲之间出现的空当，就势一记摆拳重重地打在他的脸颊上，心中默念着"KO（击倒）"，结果这家伙只是晃了两下，眯了眯眼，摇了摇脑袋，说了句："爽，继续！"然后没事人一样又朝我发起连续进攻。

行啊，没想到这家伙拳头不怎么样，脑袋还挺硬。不行，我必须快速拿下，否则起不到以儆效尤的效果，于是我屏气凝神，快速打出一组精湛的组合拳，拳拳落在他的脑袋上，这一次我已经使出了八分力量，有绝对的信心可以将他击倒。

只见这家伙再次晃了晃，挤着眼，摇脑袋，然后突然白眼一翻，轰然倒地，不省人事。

我赶紧将他搀扶到一边的沙发上，找来冰块放在他的脸部，五六分钟后，他突然诈尸了一样从沙发上弹了起来，在空中挥舞着拳头，嘴里还念念有词："爽爽爽，再来再来再来。"然后看到一边的我，突然脸色懊恼沮丧，拳头更是有气无力地垂了下来，小声说："我输了。"说完转身便走。

"站住，你输了，就想这样走了吗？"我在他身后冷冷说，"不留下点什么吗？"

他应声留步,回头,一脸落寞:"我真的什么都没有,连饭都没得吃,你想要什么?"

我心突然一阵悸动:"留下你的人好了,虽然你的拳很烂,当不了教练,但是当我的助手还是没问题的,而且我可以亲自教你打拳。"

他的眼睛顿时亮了:"那有饭吃吗?"

我笑:"不光有饭,还有肉有酒,这地儿很大,你要是愿意,还可以睡在这里。"

他愣在原地,表情倔强:"我不相信,除了我奶奶,从来没有人对我这么好。"

我走到他面前,真挚地说:"那你把你奶奶也接过来吧。"

他的眼圈突然泛红,声音哽咽:"奶奶已经走了,所以我才没得饭吃。"

我拍了拍他的肩膀:"生活不可能一成不变,你总要学会去相信别人,我真的没骗你。"

这一次,他突然重重点点头:"我叫甄帅,从此你就是我的大哥,我跟你了!"

7

缘分真是件特别奇妙的东西,我从未想过我第一次见到草莓时的那种心动竟然也会发生在一个男人身上,当然了,用"惺惺相惜"应该更合适。总之,这个叫甄帅的家伙让我觉得无比亲切,有种强烈想和他交往的冲动,相信他也一样,事实上,从开始的不打不相识到后来的把酒言欢,前后不过一个多小时,我们便成了无话不谈的好兄弟,而此后的几年,他更是一直死心塌地地追随着我，我们同心同德，情比金坚，齐心协力打了若干场硬仗，更是并肩走过了无数坎坷，算是名副其实的生死之交了。

甄帅是一个特别简单的人，而且挺幽默，三观也很正，这些都很让我欣赏。接下去的几天，我们天天开会探讨究竟如何才能把拳馆的人气做起来，最后甄帅一拍大腿说："老大，有了。"我们好几个人立即齐刷刷地用充满期待的眼神看着他，只见他特美地说："免费，只要我们不收钱，肯定有人来，哈，这么英明的主意，我怎么才想到？我真是个天才。"

后来，他被我们集体暴打了一顿。

不过甄帅的话却让我有了全新的想法：既然这里用来做生意不合适，那么干脆当成一个兄弟伙的大本营得了。这几天甄帅总带人过来健身或打拳，我也结识了不少新朋友，他们大多来自社会底层，个个都很鲜活，说话还好听，关键是兴趣爱好和我很相似，和他们混在一起时我总是很开心，要是现在能有一个我们的专属"基地"，大家同吃同喝，不分彼此，岂不妙哉？

主意拿定后，我们立即将消息散布了出去，很快一传十，十传百，在那些江湖人士里引发了不小的轰动，从此每天都门庭若市，三教九流，夜夜笙歌，好生热闹。

当然了，有人的地方就有江湖，有江湖的地方就有恩怨。因为我们的免费策略无意中伤害了一些健身房的利益，因此隔三岔五便有一些人不怀好意地前来踢馆滋事，以前我一个人的时候都不怕，现在有这么多兄弟，就更不放在心上了。甄帅是个急脾气，每次话都没说两句就直接开干，而且只要打架就特兴奋，永远冲在最前面，无论挨多少打从不退缩，经常是满脸鲜血依然斗志昂扬，吓都能把对方吓跑。

慢慢地，我和我的拳馆名气越来越大，前来投奔的人也越来越多。在甄帅带头下，他们都管我叫大哥，唯我马首是瞻。

说起来也真是讽刺，老鹿一直希望我能当贵族，没想到我却混成了社会人。不过我倒没觉得有什么不妥，可能是从小到大都太孤独了，也可能是希望通过这样的方式发泄因为思念草莓而引发的痛苦，我很快喜欢甚至依赖上了这种状态，特别是喝了酒微醺之际，总觉得自己终于找到了同类，从此可以不再颠沛流离、无家可归。

STRAWBERRY
草莓 · 终场

第七幕

永失我爱

请珍惜你爱的人对你说的每一句话,以及她的每一次道别。
我们都是如此脆弱而敏感,很可能某一次转身离开,就是永恒。

1

那些天，因为兄弟们的存在，多少缓解了我对草莓的思念。我没有急于更进一步地去找她，却怎么也没想到她竟很快出现在了我的面前。

那是一天晌午，我和甄帅刚睡醒，正晕乎乎地琢磨着去哪儿吃饭呢，门外突然传来一个女孩的声音："请问，有人吗？"

草莓——我心一激灵，这个声音我再熟悉不过了，瞬间清醒，刚准备示意甄帅别回答，结果这家伙已经乐颠颠地冲出去开门了，我来不及多想，赶紧闪到一边的更衣室里，关好门，屏气凝神，从门缝里向外看去。

很快，我看到甄帅领着一个高挑的女孩走了进来，不是我日思夜念的草莓还能是谁？甄帅手舞足蹈地向她介绍着什么，草莓不停地点着头，站在原地和他说了几句后就走了。因为太过突然，我长出一口气后感觉浑身乏力，一屁股坐到地上，接着听到甄帅在外面喊我，只得强打着精神走了出去。

"大哥，你干啥呢？来生意啦！"甄帅满面红光，"还是个大美女呢，这下我们要发财咯。"

"哦，就刚才那个人吧，"我竭力装得很淡定，"你们都说什么了？"

"我就是给她介绍我们的课程，让她办会员呗，"甄帅对我挤眉弄眼，"说得可好了。"

"还有呢？"

"没啦！"甄帅挠挠自己的后脑勺，"拢共也没两分钟，怎么了，大哥？"

"那她说什么了？"

"她就说挺好的，应该是心动了。哎呀，你别急嘛，这种事总归是要回去考虑考虑的，不少钱呢。"

"你不是说免费的吗?"

"那是对咱自己人,对外当然不可以,你真以为我傻啊!"甄帅美滋滋地看着我,"这段时间我们吃你的、喝你的,你不急我都急了,这好不容易来个人,必须拿下。"

"嗯,挺好的——然后呢?"

"然后?大哥,怎么你今天说话老是吞吞吐吐的,肚子不舒服吗?"

"别打岔,她还说什么了?你再好好想想。"

"没了吧,基本上都是我在讲,她光顾点头了。"甄帅作苦思冥想状,眼睛突然一亮,"对了,她最后好像问了声老板是谁!"

"你怎么说的?"

"还能怎么说?实话实说呗,"甄帅一脸得意,"我说我就是,哈哈!"

"你!唉!"

"哈哈,别急嘛,我说我就是老板的助理,老板刚刚还在,可突然就不见了,估计蹲大号去了吧,她就没再说话,有问题吗?"甄帅突然伸手要摸我的脸,"别动,你的脸怎么那么白?完了,你肯定中毒了。"

我边躲边摆手:"没事,只是有点儿晕,歇会儿就好了。"

"哈哈,我知道啦!"甄帅突然一脸不明觉厉,"你隐藏得可真够深的,还好我明察秋毫!"

我刚放下的心又提了起来:"你知道什么了?"

"其实你也很着急想赚钱,是不是?你的不在乎都是装出来的,对不对?"

"没有啊!"我百口莫辩。

"没有？那你为什么会这么在乎那个妹子？难道你对她有意思？"

"好吧，那就有吧。"我感觉被他带到沟里了。

"这才对嘛，有就有呗，有啥不好意思承认的？放心吧，有兄弟们在，拳馆倒不了的！"甄帅用力在我肩上拍了一下，"好了，你先歇会儿，然后我们抓紧时间练拳，告诉你我昨天夜里做梦新悟出了一招，特别厉害，你肯定招架不住！"

看着他一副自以为是的样子，我正好没地方发泄郁闷的情绪呢，于是戴上拳套，狠狠说："不用了，赶紧来吧！"

两分钟，甄帅同学又被我暴揍了一顿。

2

我的情绪因为草莓的"意外出现"而无法自控地发生了微妙转变，原本我觉得只要离她不远就已经很满足，可现在这种平衡被打破了，我会责问自己，是不是该主动再去找一次草莓？告诉她我一直在等她，告诉她我不愿就此放弃，我很想，却不敢，只因害怕再被拒绝，那样的话连现有的距离和空间都会失守，这已经是我最后的防线。可是，现在我又看到了她，她明明就在我的眼前，我又怎么能够做到无动于衷？一边日夜思念还一边安慰自己这样很好？

就这样，我进也不是，退也不是，待在原地更加不是，每天郁郁寡欢，精神恍惚，连和兄弟们一起锻炼都变得毫无兴趣。甄帅认定我生病了，说自己精通中医，一个劲儿地要给我熬药扎针，我当然不愿意，却又不想告诉他实情，只能自己憋着，默默忍受，茶饭不思，不过一个多星期，瘦了足足有十斤。

这种悲催无力的局面随着草莓的再度出现终于宣告结束，一天中午，我正躺在床上百无聊赖，门口突然传来甄帅的声音："大哥，有人找你，起来没？"

我有气无力地回答："谁呀？等会儿吧。"

"就是上回那美女，我先陪她聊会儿哈。"

接着就听到甄帅小声嘀咕："我大哥要睡到中午的，你要不过会儿再来好了。"

天！草莓竟然又来了，而且就在门口，我的小心肝吓得差点儿没从嗓子眼里跳出来，赶紧跳下床四处找衣服，边穿边说："没事，没事，我起来了，你带她进来吧——哎，你看见我的袜子了吗？"

"没看见——我去，好像在我的脚上呢，要不要我脱给你？"

"算了，算了。"我光脚穿上拖鞋，却又感觉站也不是，坐也不是，躺着就更不像话了，简直不知如何是好。

就在我手足无措之际，甄帅已经推开了门："美女，请进，有点儿乱，别嫌弃哈！"

"谢谢！"熟悉的声音再次响起，接着草莓迟疑地走了进来，然后微微颦眉，手轻轻掩了掩鼻子。

"大哥，美女非得见你，还不说为什么，我估计是想办卡，让你给多打点儿折。"甄帅美滋滋地躺在我床上，冲草莓直乐，"是不是啊，美女？"

草莓没言语，而是紧紧盯着我，说不上是什么表情。

我回过神，对甄帅说："你帮我去买点儿……早饭吧。"

"你从来都不吃早饭的。"甄帅一动不动。

"今天想吃了。"

"可现在都快中午了，要不再忍忍，等会儿直接吃中饭得了，叫上美女一起。"

"你能不能别废话了？"我佯怒，"让你买就赶紧去。"

"得嘞，你这么说我不就明白了嘛！"甄帅从床上蹦了起来，"美女，你要不也来份？我们这里的土豆丝卷饼那是相当好吃。"

"不要了，谢谢！"草莓在甄帅走后，立即关上了门，然后自己倚在门上，咬着嘴唇，表情变得落寞且忧伤。

我突然觉得有点儿害羞，无法自拔地又想起那个痛苦又幸福的夜，仿佛就是昨日，不，就是现在，这中间的离别和心酸，统统都是梦幻。

过了好一会儿，还是草莓先开的口："你房间怎么这么味儿？臭死了！"

"呵！"我讪笑，"主要怪刚才那哥们儿，和我关系不大。"

"油嘴滑舌，你为什么不吃早饭？"

"原来也不吃，没这习惯。"

"谁说的？我在你身边的时候，你都吃的。"

"那不你在嘛！不想让你不高兴。"

"来这儿多久了？"

"你一回来后我就来了。"

"既然都来了，为什么不找我，为什么要躲着我？"

"我觉得这样挺好的，离你不远，又不至于打扰到你。"

"是吗？"草莓嘴角突然露出冷笑，"那我是不是应该谢谢你？"

"对了，你怎么知道我在这里的？"我只得尴尬地转移话题。

"想念一个人，总归能够找到，"草莓的目光再次落在我的脸上，"我走得这么突然这么远，你不也找到我了吗？"

我心头一酸，赶紧低下头。

"其实就是女人的直觉，我们这种小城市喜欢打拳的人不多，突然开个拳馆多少有点儿突兀，我听说后就莫名地觉得和你有关。等看到门口那钢铁侠模型，就确定是你了。"

"既然上次你就确定了，为什么这么久都不再过来？"

"因为……"草莓眼圈突然红了。

"因为你不确定是否还要见我，对不对？"

"不全是，因为……我不是很方便。"

"什么意思？"

"我现在不是一个人了。"

"我知道，你就要结婚了，"我故作轻松，"我找到了你拍婚纱照的那个影楼，老板娘告诉我的。"

"难怪……"草莓若有所思，"那天，你会来吗？"

"你希望我去吗？"我反问。

"不希望，"草莓回答得很干脆，"那样我会受不了的。"

"我也是，所以我还是不去了。"

"但如果你来了，我也会很高兴，"草莓突然话锋一转，"真的！"

"为什么？"

"因为，我就可以穿着婚纱，站在你身边，"草莓哽咽了起来，"小安，对不起，我总是让你受委屈，真的对不起！"

"不要这么说，一切都是我自愿的，是我没法放下你，不想忘了你，也不想打扰你，就只想安静地在你身边，守望着你。"我再也无法自控，上前紧紧抱住了她，"草莓，求求你，不要再赶我走了，更不要突然消失了，好吗？"

草莓不停地点头，眼泪顺着她漂亮的脸庞流了下来："你对我的好，我都知道，可是这样对你不公平。"

"没事，我愿意，只要可以让我留在你身边，我什么都愿意接受，什么都愿意放弃。"

草莓不再言语，只是将脸深深埋在我的怀里，过了好一会儿突然抬头，眼神里是我前所未见的色彩，我分明听到她对我一字一字地认真说："小安，带我走吧。"

见我没有立即回答，她又说了一遍，依然很坚定："带我走！"

"去哪儿？"我喉咙发涩。

"我不知道，越远越好，走了就永远都不要回来。"

"什么时候？"

"就现在，好吗？"她的眼神急剧闪烁着，"我今天出来，就做好了准备，我不想回去了。"

"我……"我突然语塞，无言以对，如果是在荷兰，在上次那一夜之前，我都会毫不犹豫地答应，只要能够和草莓在一起，我都毫无顾忌。可在经历了这么多次失望、打击、无助后，我已经没法再保持纯粹，不知道草莓为什么会突然说这些，只知道现在我们之间根本不是要不要一起走的问题。我很怕她是因为感动而一时冲动，那样等她恢复理性后只会做出更加让我无法接受的决定。

总之，我迟疑了，没有理由，或者有很多理由，最主要的，那一瞬间，我对自己没信心，对我们之间的未来更加没信心——原来我真的变了，变得我自己都无比陌生。

尽管我迟疑的时间真的很短,但对草莓来说,已然一眼万年。

"好啦,别纠结了,我逗你的!"我看到她嘴角再次流露出那种充满戏谑的笑意,"我们都好不容易才走到今天这一步,哪能轻易回头?"

"呵,逗我,好玩吗?"我暗自庆幸自己没有冲动,否则现在肯定又被伤害得很深。

"挺好玩的,在我眼里,你永远都是那个长不大的孩子。"草莓收起所有的落寞,"我走了,其实我今天过来就是想告诉你,我的婚礼提前了,下星期二,无论你来或不来,今天能够亲口对你说出我的内心,我都已经很满足了。小安,再见!"

3

小安,再见!

再见,草莓!

请珍惜你爱的人对你说的每一句话,以及她的每一次道别。

我们都是如此脆弱而敏感,很可能某一次转身离开,就是永恒。

4

你挽着他/他挽着你/向我走过来/同桌的人蜂拥而上/将你我隔开

我干杯/你随意/这是个残酷的喜剧/我的人生早留在你那里/我却还要故作潇洒地

……

我的请帖是你的喜帖/你要的一切/如今都变成我的心碎/你总是太

清醒/我始终喝不醉/连祝福你还逼我给

你的喜帖是我的请帖/你邀我举杯/我只能回敬我的崩溃/在场的都知道/你我曾那么好/如今整颗心都碎了/你还要我微笑

——陈奕迅《婚礼的祝福》

从来没一首歌像Eason（陈奕迅）的《婚礼的祝福》一样，可以将草莓婚礼时我的心境刻画得如此细致入微。

那天草莓走后，一直到她的婚礼举行的那天，我都不知道是怎么过来的，感觉好像等了很多年，每天都无比煎熬，又仿佛不过转瞬，昨天我俩还你侬我侬，情深义重，今天她却要外嫁，成为人妻。

呵，我爱的女孩结婚了，新郎不是我——好烂俗的剧情啊，竟然真真切切地出现在了我身上。

尽管我无数次对自己说：不要去，绝对不要去，她结婚是她的事，你对她好是你的事，谁也不要影响谁。可最终我还是来到了现场。婚礼很隆重，现场很炫丽，梦幻舞台上，璀璨灯光下，司仪激情四射地主持着，那个男人笑得很开心，这么多年的苦苦经营，今天终于抱得美人归，或许此刻就是他人生最高光的时刻。草莓看上去没有明显喜悦的表情，却也没有失礼，目光偶尔向台下扫射，不知道是不是在寻找我的踪影。我戴着帽子，混迹在一众宾客中，冷冷打量着这场与我无关的盛典，心情始终很平静，平静到自己都觉得不可思议。

交换戒指后，司仪起哄让两人当场接吻，那个男人积极响应，一把搂住草莓，狠狠亲了上去，草莓似乎在躲避，可是当然无能为力。于是我亲眼看着他俩唇齿相依，现场爆发出热烈的欢呼声，这更加刺激了我的神经，我能明显感受到热血上涌，还有内心传来的剧烈疼痛。

我深爱的女孩，此刻在另一个男人的怀里，我除了眼睁睁看着，什么也做不了。

我真可怜，连自己的女人都保护不了，简直就是个窝囊废。

不，我不能无动于衷，我其实可以做一件很疯狂，却很有意义的事，就是现在。

我被自己突如其来的念头吓了一跳，但立即又觉得亢奋无比，我深知这件事只要我做了，一定会后悔，但不做，更后悔。

那就做吧，没什么好犹豫的，为了爱，我顾不得那么多了，一瞬间，冲动完全蒙蔽了我的大脑，我没有办法再自控，顺手从桌上拿起一把餐刀，悄悄走向舞台。

是的，我要"劫持"草莓，然后一起远走高飞。

谁也不可以阻挡我，我已经完全丧失理智，见神杀神，遇佛诛佛。

舞台上的他们还在接吻，现场明明很喧闹，可我的耳边却变得无比宁静，我紧握餐刀，眼中喷射出愤怒的火焰，离他们越来越近，越来越近……近到草莓已经看到了我，眼神中流露出惶恐，她拼命摇着头，可是她的嘴巴被别人堵着，根本无法呼救。

草莓，我来了，我这就带你走，从此浪迹天涯，四海为家。

就在我行将冲上台动手的那一瞬，我突然被人从身后拦腰抱了起来。我竭力挣扎，但那个人力量很大，我悬在空中完全无法发力，只能眼睁睁地离舞台越来越远。我放声喊叫，可声音完全被现场的音乐、欢呼和掌声淹没，从头到尾，甚至都没有其他人意识到我的存在。

就这样，我一直到酒店外面才被放下，回头，就看到甄帅那张惊慌失措的脸。

"老大，你疯了吗？你要干吗啊这是！"甄帅紧紧拽着我的胳膊，气急败坏地说着。

"松手，赶紧放开我！"我狠狠威胁。

"我不，你今天就算打死我我也不会松手的！"甄帅再次死死抱住我，苦苦哀求，"老大，你可千万别做傻事，这样会坐牢的你知不知道？而且还会伤害你喜欢的那个妹子，你就这样把她抢走让她以后怎么做人？再说了，你要是进去了，我们怎么办，以后谁还给我们饭吃？！"

也不知道是甄帅的话点醒了我，还是自己突然过了那股劲儿，我瞬间冷静了下来，这才意识到自己刚才是多么冲动多么愚蠢，感觉像做了一场噩梦，还好，梦醒了。

我慢慢坐到台阶上，看着仍然不放心地拉着我手的甄帅，调侃："我还奇怪你怎么那么在乎我，原来是怕吃不上饭，真够没出息的。"

"老大，你好啦！"甄帅看我真没事了，咧开嘴笑，"刚才吓死我啦，你是不是走火入魔了？"

我点点头，心中对甄帅充满了感激，却很是疑惑："你怎么来了？"

"主要是我太英明，"甄帅又恢复了平常那种夸夸其谈状，"我发现你最近总是不对劲儿，永远一副魂不守舍的样子，尤其是今天，竟然一大早起床，而且招呼都不打一声就出去了，实在太反常，我不放心，就一路跟踪你到这里，没想到你是去参加那个美女的婚礼的，更没想到你竟然想在光天化日之下强抢民女，哈，老大，你太牛了。"

"我不牛，我傻，我也不知道怎么就成了今天这个局面。"我苦笑，看着甄帅，突然意识到外表大大咧咧的他其实很细心，有这样的兄弟在身边,感觉真的很温暖。

"老大,你干吗这样看着我,你是又要揍我了吗?"

"不是,我想谢谢你。"

"那你还不如揍我呢。"

我起身,深呼吸了一口气:"好了,走吧。"

"回去?"

"不,我想喝酒。你陪我。"

"哈哈,这个可以有,"一提到喝酒,甄帅就眉飞色舞,"我绝对不拦你,你也不许拦我哦。"

"行,今天咱俩一醉方休。"

"没毛病,一醉解千愁,不醉不归,醉了更不归。"

5

我那么爱草莓,却没办法和她好好相爱。

我那么想喝醉,可怎么喝头脑都很清醒。

生活,就是你要什么,它偏不给。

那天我和甄帅在一家小酒馆从日上三竿喝到暮色四合,啤酒瓶摆满了一大桌,看上去甚是壮观,就连外面路过的人都情不自禁地停下脚步给我们拍照,估计转身就要发小视频。

我们喝了很多,聊了更多。我聊我的草莓,他说他的成长。我和草莓的故事有痛苦,更多却是幸福,他的成长则全是累累伤痕,比起我有过之而无不及。

他说自己命太苦,刚出生不久,父母就在打工的路上遭遇车祸,双双离去，从此和一只眼睛失明的老奶奶在棚户区相依为命，因为太穷，他没怎么上过学，一路打打杀杀，艰难长大。

"我还能活下来，命很硬，"他指着身上的伤疤对我说，"幸好我活了下来，否则就不认识大哥你啦！"

他又说："我从来没喜欢过别人，所以不是很能理解你的心情，不过你是我大哥，你说的，我都信。只是请你不要伤害到自己，那样我第一个不答应。"

我举杯，再次感谢，今天若不是他的突然出现，我真不知道自己究竟会做出怎样的傻事，但我肯定，事态会非常糟糕且严重，决计没可能像现在这样自由惬意地喝酒聊天。

在你最需要的时候拉你一把，或许这就是兄弟的意义。

甄帅问我以后打算怎么办。

我摇头说不知道，先维持现状吧，走一步算一步，以后的事以后再说。

甄帅又问我有朝一日会不会离开这个城市。我想起了和老鹿的三年之约，点了点头。草莓是我留在这里的唯一理由，可是今天她已经结婚了，我不确定自己是不是真的还不走，或许换个环境对我来说是种解脱，我应该积极尝试。

甄帅目光怯弱地问："大哥，那我能和你一起走吗？我现在一个人，哪儿都没有家。"

我点头，说："这个还要问？有我的地方，就有你的家。"

甄帅眼圈顿时红了起来，将整瓶酒一饮而尽，然后狠狠砸在地上，高呼："痛快，今天是我最幸福的一天，从此我终于可以不再浪迹天涯了。"

若是从前，我肯定觉得他这样鲁莽的举动甚为不妥，可此刻在酒精和热血的催动下,我也无法自持,同样喝光瓶中酒,然后狠狠砸掉,觉得确实很过瘾。

我终于喝多了。

6

漫天星辰,待走出那家小酒馆,竟然已是午夜时分。

我和甄帅相互搀扶着,头脑其实还算清醒,只是身体不太听指挥。我想打车,甄帅不让,说要和我走回拳馆,不过七八公里的路,走慢一点说不定还能一起看日出。

这个想法不错,我满口答应,于是两个人东倒西歪地边走边唱,好生快活。结果没过多久,便在一处偏僻的胡同口被人给堵住了。

对方人不少,每个人都手持棍棒,为首那个人我认识,正是上次在婚纱影楼被我揍过的胖子。看着他们的架势,显然是有备而来。

我停下脚步,拍拍还在原地打转的甄帅:"快看,快看,我们被人截胡啦!"

甄帅摇头晃脑地往前瞅,身体猛地一抖:"哟,还真是!你们想干吗?是不是要找我们喝酒?来来来,赶紧走!"

胖子怒不可遏,手中钢管猛敲地面:"喝你奶奶个嘴,这些天我一直在找你,今天要不是看到有人发了你视频还不知道你躲在这里。"

我摊开双手,大笑:"完了,不是来喝酒的,是想打架的,怎么办?"

甄帅一脸兴奋,竟鼓起掌来:"太好了,那就直接干呗,大哥你就负责左边那几个笨蛋,剩下的统统交给我。"

我不乐意了:"什么意思?瞧不起我吗?你先一边儿待着,我干不过了你再上。"

"不行不行，还是我先干，你歇着，睡一觉也行。"

……

"严肃点，你俩被我们包围了知不知道？"胖子快崩溃了，又用钢管猛敲地面，"今天你们谁都别想走，兄弟们，上！"

我和甄帅面面相觑，甄帅还吐了吐舌头，然后一起迎着对方的钢管，冲上前去。一场街头混战，正式拉开序幕。

对方虽然人多，但战斗力很一般，如果是平时，用不了太久，就会被我和甄帅搞定，但那天我们实在喝了太多酒，手脚不太听指挥，实力大打折扣，因此双方算是打了个平手，我一个不留意，竟被对方从背后成功偷袭，一闷棍狠狠抽在腿上，我就势向前一滚，摔倒在地，虽然卸了力，但看上去很是狼狈。

眼看一群人抡着钢管铁棍疯狂冲了过来，甄帅却突然扑到我的身上，用身体死死护住了我，然后双手紧紧抱着自己的后脑勺。

棍棒暴风骤雨般落在他的后背上，发出声声闷响，鲜血更是很快涌了出来，滴在我脸上。

刹那间，我体内的能量被全部唤醒，我推开甄帅，鱼跃起身，迎着铁棍，全力进攻，确保每一拳每一脚都不落空，而只要沾了我拳脚的人，都立即丧失战斗力。就这样，我打红了眼，二十几个人很快倒下一大片，剩余的，吓得屁滚尿流。

我抱起地上已经晕厥的甄帅，用尽全力向大道跑去，准备拦车前往医院。

甄帅双目紧闭，脑袋还在血流不止，也不知道到底伤在了哪里，是不是很严重，会不会留下后遗症。

那一瞬间我真的慌了神，如果他因此有个三长两短，我会遗恨终生。

只是甄帅真的好重啊，我没跑两步就感觉抱不动了，等他出院了必须让他减肥。

不对啊，刚才他手还耷拉着的，怎么现在已经挂在我脖子上了？

我突然反应了过来，干脆一松手，甄帅重重摔了一个大屁墩。

"哎呀，疼死我了，老大，你好狠心哦。"甄帅边叫唤边没事人一样爬了起来，不停揉屁股，好像对他来说，满脸是血反而算不得什么，然后对我直乐，耍贱说："刚才被你抱得可真舒服呀，人家还要嘛！"

"去你大爷的，"我又朝他屁股上加了一脚，"没事就走吧。"

"回去？"

"不，找个地方，继续喝酒！"

7

接下去，我的生活迅速恢复了平静。草莓婚后再没来过拳馆，我也从没有主动去找过她，物理距离上，我们明明离得很近，却第一次觉得她是那么遥远，遥远到接近陌生。

每每想到这点，我就特别心疼。

我是多么希望草莓能够突然再次出现在我的面前，告诉我她的婚姻很不幸福，这样我就有勇气带她走。

可我又希望她永远都不要找我，这样就表示她过得很好，只要她好，比什么都重要。只是我忘了还有一种可能，就是她婚后生活其实很糟糕，只是她没有告诉我，因为怕我担心，或者觉得没必要，总之我一直都不知道，还生怕自己太唐突，将她打扰。

很遗憾，真相正是这一种。

是的，婚后的草莓过得一点儿都不幸福，非但不幸福，还每天生活在水深火热之中——那个人总是酗酒，酒后必然会家暴，其实结婚前就有此迹象，只是结婚后变得更加猖狂，基本上每星期都要狠狠揍草莓一两次，每次都持续好几个小时。为此草莓痛不欲生，她报警，反抗，求饶，躲藏，可是都没用。那个人酒醒后会跪地忏悔，发毒誓恳请草莓原谅，然后很快又会喝醉，变成魔鬼，将草莓从肉体到灵魂，一遍又一遍地摧毁。

这些自然是我后来才知道的，事实上，当草莓再出现在我生活中，已是大半年后。这段时间我整个人的状态着实发生了很大改变，在甄帅的辅助下，我的身边聚集了越来越多的弟兄，我们恣意挥洒着激情和青春。很快论实力和名气，整个城市再无其他人可以和我抗衡，关于我的传闻越来越多，也越传越夸张，甚至被妖魔化。对此我从不解释，我甚至喜欢上了这种江湖生活，觉得找到了人生要义。

是的，那半年是我人生最为恣意的半年，也是我人生真正迷失的半年。如果不是后来草莓突然出了大事，或许我会在"混社会"这条路上一直狂奔下去，并终将万劫不复。然而那个湿热的初夏，随着我用一把20厘米长的锋利匕首，割开那个人的腹部，我炽热和暴力交织的青春戛然而止，生命中的一切都变得踟蹰。

8

整件事其实并不复杂，只是来得太过突然，不过事后回望，发现其实一切早已注定。

噩梦的起源来自那个浑蛋又一次醉酒后的家暴，这次比以往的每一回都更残忍，他疯狂举起身边每一件物什砸向草莓的脑袋，草莓当场便人事不省。更恶劣的是，他在施完家暴后竟然就在草莓身边睡着了，等醒过来时才发现自己置身鲜血之中，身边那个可怜的女人已经奄奄一息，他惊慌失措，叫来救护车，只是一切都太晚了，草莓在经过二十几个小时的抢救后，虽然保住了性命，却成了植物人。

司法机关很快介入调查，他当然不会承认自己家暴，通过撒谎、栽赃、伪造现场等无耻手段，成功掩饰了自己的罪行，他还重金聘请了顶尖的律师为自己辩护，通过家里的关系封锁了消息源，如果最后不是一家很小的自媒体突然进行了报道，这起恶性家庭暴力案件很可能从头到尾都会无声无息，直到完全被人遗忘，而那个暴徒也会彻底逃离法律的制裁。

因此，当我意外得知时，离草莓被伤害已经过去了整整两个月，那一瞬间我觉得整个世界都坍塌了，我根本不敢相信，更无法接受，脑海里充溢的全是后悔，我觉得是我害了草莓，如果那天在拳馆我毫不犹豫答应带她走，就不会有今天；如果那天在婚礼现场我出手阻止，情况也当有所改变；如果她婚后的这些日子我有勇气主动去找她，听她倾诉，给她安慰，劝她不必忍受，结果更是不会如此。

鹿安啊鹿安，你来这里口口声声说是要保护她，可她竟然在你眼皮底下遭受了毁灭性的伤害，是你一而再、再而三地退缩，才酿成了这个悲剧，所以你也是凶手，你也有罪！

我不能原谅自己，更不能原谅那个直接伤害了草莓的魔鬼，我必须给草莓报仇，这一次无论发生什么都不会再退缩。我调动起全部的斗志，开始精心谋划，时间、地点、方式统统在我的大脑里演绎了千遍万遍，没有人知道我内心的仇恨，连甄帅都不知道，这样很好，我根本就没想着要全身而退，我要在全世界面前，让那个浑蛋接受最致命的报复。

就这样，我又默默忍受了两个多月的煎熬，终于等到了那一天的到来。"草莓案"终审的那个黄昏，我混迹在人群中，在法庭外等待最后的判决——结果并不出人意料，因为证据不足，那个浑蛋被宣判无罪释放，我看到他在家人的簇拥下走了出来，脸上挂着得意的笑容，只是他高兴得太早，老天对他的审判才刚刚开始，而我就是行刑的使徒。我冷静地掏出匕首，一步步，一步步走向他，他完全没有意识到危险即将降临，甚至还对我微笑，于是我很快站在了他的面前，然后在所有人的注视下，将手中的匕首狠狠扎进他的腹腔。整个过程一气呵成，酣畅淋漓，充满了某种无法言喻的仪式感。

鲜血喷射，遮住了黄昏的余晖，很快在我的眼前形成一片猩红的光晕，我仿佛看到光的最深处款款走来我的草莓，她青春靓丽，充满活力，笑靥如花地对我说：小安，你好，我在这里等你，从此不再分离！

人们很快发出惊恐的尖叫，无序地向四周退让，我扔掉匕首，取出手机，拨打110，然后坐在那个人的身前，闭上了眼睛。远处很快传来警笛声，我一点儿都不害怕，更加不后悔，高度紧绷了两个多月的神经完全松弛了下来，仿佛整个人都得到了解脱，只是一想到从此以后草莓再也无法拥有自由，再也不能开口说话或唱歌，这个世界无论幸福还是悲伤都和她无关，而我也已永失我爱，无法再重来。一切如梦如幻，如电如露，如虚空如无为，空洞的心突然被巨大的悲伤掩盖。我再也无法控制情绪，眼泪汹涌而出，自从十多年前离开我的妈妈后，再一次哭得如此可怜，如此无助。

STRAWBERRY
草莓·终场

第八幕
爱之重生

时间真伟大,时间最残酷!
三年时光一晃而过,我终于回到了阔别已久的故乡。

1

时间真伟大，时间最残酷！

三年时光一晃而过，我终于回到了阔别已久的故乡。

一切仿佛都没改变，一切却早已面目全非。

过去的一千多个日夜，我一直在监狱里服刑，从身体到灵魂，接受着各种改造。我态度端正，表现良好，屡受嘉奖。随着多次的减刑，以及开明的政策，我得以提前数载再见天日。

若论这段监狱生活对我人生的影响及意义，八个字足以说明：改头换面，重新做人。

是的，那个春寒料峭的清晨，我缓缓跨出监狱高大威严的铁门，冷冽的空气中夹杂着花香的味道扑鼻而来，顿时有种强烈的感觉，就是原来的那副皮囊已经彻底留在了里面，此刻的我，宛若新生。

这种感觉，真好！

老鹿接的我，他早早守候在门外，我们父子相见，未语泪先流。他递给我支烟，心疼地说："小安，你受苦了。"

"早戒了！"我轻轻摆手，咳嗽了两声，然后上前主动拥抱了他，"爸，谢谢你！"

我很清楚过去的三年，老鹿为了我的事操了多少心，又付出了多少，如果不是他的不懈争取，我决计不可能这么早重获自由。在里面，我学到的最重要的一点就是做人要懂得感恩，因为感恩才会让这个世界变得更加美好，此刻我面前这个双鬓早已斑白的父亲，就是我最应该感恩的人。

从对立到认可，从叛逆到回归，一切都已改变，无论爱，还是恨，没什么会永垂不朽。

"儿子……你终于长大了！"老鹿僵硬的身体渐渐柔软了下来，他同样大力地抱着我，在我耳边暖暖地说，"走，我们回家！"

2

我们回家——第一次觉得语言的力量如此伟大，所有的情绪、所有的心事，都被这四个字尽情表达。

我的家乡离我服刑的监狱并不远，上午十一点，在离开了近六年后，我再次踏上了家乡的土地。透过车窗，我瞪大眼睛看着外面熟悉又陌生的街景，百感交集。过去的日子里，家乡和这个国度的绝大多数城市一样迎来了史无前例的大发展，仿佛一夜之间新建了许多高楼，开通了很多马路，增添了数倍的人口……城市化的浪潮浩浩荡荡，锐不可当，从互联网经济的全面兴起到实体制造的强势回归，从个人观念的迭代到社会风气的更新，一切的一切都以史无前例的速度变化着，每个置身其中的人都能明显感受到这个时代的伟大，并从中汲取能量，而从一个更高更远的视角来看，今时此刻，当真是三百年未有之大变局，值得历史去铭记。

然而，不可否认的是，时代的风云突变在我身上出现了可怕又可悲的停滞，在里面的生活太过平静，平静到我们轻而易举就错过了时代赋予我们的机遇，因此当现在可以重新自由地面对这一切时，我首先感到的是巨大的陌生感，甚至恐惧，我能否跟上这个时代的步伐，能否成为一个有用的人，能否不再给外界增添麻烦和负担？太多的未知让我突然陷入深深的焦虑中，我没有安全感，更加缺乏信心——没有"进去"过的人，真的无法理解这种复杂的心情。

老鹿显然洞察了我的恐慌，他宽慰我说："你干脆就到公司上班吧，看看喜欢什么岗位，都可以。"

"我不想去你公司。我已经大了，不能总依靠别人，"我摇头，"我想开家小店，自力更生。"

"小安，我是你爸，不是别人，"老鹿脾气又上来了，"我就你一个儿子，我必须对你负责。再说了，公司迟早要传给你，我之前和你的三年约定，早就到了。"

"这三年……我在里面学了不少新技能，应该能用得上，我想试试。"

"嗯，这几年确实不能算，"老鹿显然比我还要无法面对这"蹉跎"的时光，并且很快像过去一样选择了妥协，"这样吧，我再给你两年时间。不过你必须答应我，如果两年后你的事业还是没什么起色，从此不管我说什么，你都不能再拒绝。"

"还有，这两年你给我老实点儿，不要再做出什么伤害自己的事，"不等我表态，老鹿又重重强调起来，"唉！我老了，禁不起几次折腾了。听话，啊！"

"嗯！"我点点头，有些迟疑地说，"对了，还有件事……"

"是那个女孩吧？"老鹿的目光变得柔软起来，"你进去后不久我就想办法把她接了过来，这几年一直在市中心医院接受治疗，现在情况还算稳定，虽然暂时没法醒过来，但也不会再受到伤害，你就放心吧。"

"爸，谢谢你，真的！"我眼眶一酸，再也说不出话来。

"唉……真是作孽！"老鹿又长叹了口气，"要不，现在我们就去看看她？"

3

在市中心医院的VIP病房内,我终于又见到了日思夜念的草莓。时光在她身上仿佛完全静止了,她依然那么年轻,那么漂亮,除了双眼紧闭着,其他几乎没有任何变化。

眼泪,慢慢滑过眼眶,我走到她的面前,紧紧拉住她的手。

亲爱的草莓,我来了!这一次,我再也不用担心她会逃、会躲;这一次,我们将彼此厮守,不再分离。

静静地凝视着草莓,我能够清晰地感受到自己内心发生的变化。在经历了这么多的风风雨雨后,我们或许无法再像过去那样炽热地相爱,但我们的感情已经来到了一个全新的境界,于我而言,她是爱人,更是亲人,不管她将来能否苏醒,我都会一直照顾她,这是我的终身责任。

从医院出来后,我问老鹿:"那个人……现在怎么样了?"

"谁?"老鹿一愣,"哦,你怎么还惦记他?"

我很坦诚地说:"无论如何,都是我伤害了他,他也是受害者。"

"嗯,你能这样想,证明你真的成熟了,很好。"老鹿欣慰地点点头,"放心吧,他现在身体恢复得很不错,基本上没留下后遗症,事后我给了他很大一笔钱,他也同意不再追究此事。"

"没事就好,"我长长叹了口气,"都过去了。"

"是啊!都过去了,一切重新开始,"老鹿轻轻在我肩上拍了两下,语重心长地说,"儿子,你没问题的,当年我不也是这样走过来的吗?"

"嗯!"我重重点点头,"不管过去发生了什么,生活总要继续,我们都应该往前看!"

"很好。"老鹿颇为满意地看着我,"对了,你说自己要做点儿营生，想好干什么了吗？"

"奶茶店。"我认真回答。

老鹿刚喝下去的一口水差点喷了出来："我的好儿子啊，你说你想开奶茶店？我没听错吧。"

"对！奶茶店，"我很坚定地重复了一遍，"小时候我就特别喜欢喝奶茶，那时候就梦想将来有一天如果能开家奶茶店，肯定特别幸福，现在，就是实现梦想的时刻——有问题吗？"

"问题倒是没什么问题，开个奶茶店也不需要几个钱，只是这一天到晚都要干活儿，人能舒服吗？"

"我以前就是太舒服了，结果才犯了那么大的错误，"我淡淡笑了笑，"安心比什么都重要，自力更生，不丢人。"

"这倒也是，行，那咱就开奶茶店，"老鹿殷切地看着我说，"我的小祖宗啊，只要你以后别再折腾，平平安安的，想做什么老爸我都支持。"

话虽如此，我还是很快听到他小声抱怨："他奶奶的，老子的公司市值多少亿，我儿子却要开个奶茶店，我找谁讲理去？"

呵，这个老鹿，越来越可爱了。

4

说干就干，不过折腾了小半个月，我的奶茶店便开张啦！

说起来，这已经是我的第二次创业了，我充分吸取了上次开拳馆的失败经验，将成本控制放在了第一位。所以并没有像那些个网红奶茶店一样选址在商业街上或购物中心里，而是开在了一家文科院校的附近，这样租金足够便宜，而且离目标人群更近。当然了，在整体装修及食材原料等硬件上我还是保持着一贯的高标准，这样虽然毛利会少一些，但能保障安全以及体验的舒适，要知道奶茶的复购率很高，好口碑比什么都重要。至于产品的包装和口味，我也没有追求新奇特，而是采取复古路线，主打经典款，为的就是守住小时候的那种怦然心动。事实上这一系列举措都特别奏效，越来越高的人气就是最有力的回报。

奶茶店的后面是一个很大的院子，前店后院的模式完美协调了我的工作和生活，院子很安静，我在里面安放了一些健身器材，得空了就在那里锻炼身体。院子里有几只流浪猫，我会喂养它们，它们也愿意陪伴着我，很快我们便成了朋友，让我更加不觉得会孤独。

每个星期我都会去看望草莓两次，风雨无阻，每次都会和她说话，给她做按摩。慢慢地我和医护人员都熟稔了起来，他们虽然不知道我和草莓究竟有着怎样的过去，但显然都被我的行为感动了，会积极告诉我草莓身体的情况，以及国际上一些最新的相关医疗信息，其中有一条让我们大为振奋，那就是车王舒马赫在滑雪撞伤大脑昏睡了五年多后成功地被唤醒，这让我更加坚信有朝一日草莓身上也会发生奇迹。

总之，回归社会的头半年内岁月静好，日子过得虽然平淡却安心，无限接近我向往的生活。

后来我常想，如果不是这个叫七七的女孩突然出现在我的生命里，或许我会一直如此安逸地活下去，直到草莓醒来或离开的那一天。

只可惜，生活没有如果，属于我的刀光剑影和儿女情长，也远未结束。

5

重获自由后,我一直没和甄帅联系,不是不想,而是害怕,我想彻底告别过去那种生活,更怕将他的信任和情感辜负,既然我还没做好准备,不如先相忘于江湖。

只是怎么也没想到,他竟很快找上了门来——那天快下班时,我照例在店里的厨房间清洗着各类器具,突然听到外面传来一个怪怪的声音,感觉像是在捏着嗓子说话。

"老板,给我来杯奶茶,少糖多冰不要珍珠哦。"

我没太在意,低着头答复:"不好意思,已经下班了,明天再来吧。"

"不要嘛,人家就要今天喝,求求你了,老板!"这一回,声音恢复了正常,瓮声瓮气的。

我心里一个激灵,赶紧跑出去,站在我面前的不是甄帅又是谁!

我们紧紧相拥,甄帅更是激动地一把将我抱了起来,过了好一会儿才松开,接着五官都挤到了一起:"老大,有吃的吗?我快饿死啦!"

哈哈,这个家伙,每次出现,都和饿死鬼投胎一样。

"我这里除了奶茶,什么都没有,"我笑着说,"不对,奶茶现在也没了。"

"那可如何是好,为了见你,我故意饿了好几天肚子,就想吃点儿好的。"

"我这儿虽然没有,不过附近有很多饭店,而且都是你爱吃的。"

"哈哈,就知道你不会见饿不救,"甄帅高兴极了,又一把搂住我,"老大,今晚我们继续喝个痛快。"

两小时后,隔壁火锅店里,我们的饭桌上又摆满了啤酒瓶——不过这回基本都是甄帅喝的,我喝得很少,始终含笑看着他,听他手舞足蹈,各种聊天吹牛。

"我说老大,你能不能别总这样看着我,人家以为咱俩有问题呢!"甄帅将自己瓶中的酒一饮而尽,"谁能想到,叱咤风云的鹿安现在竟然躲在这里卖奶茶,他奶奶的。"

"卖奶茶挺好的,"我笑,"不过也没看上去那么容易。"

"那当然,没有一件事是真正容易的,这个我懂,"甄帅眉毛一挑,眼圈突然红了起来,"老大,我知道这几年你受了很多苦,没关系,心中有憋屈就说出来,喝酒也行,一切都在酒里面。"

"我还好,倒没觉得有多苦,"我浅浅地喝了一口,"人生没有白走的路,也就那么回事——对了,你还没说你这几年过得如何,怎么突然找到我这儿了?"

"说到这个我就一肚子窝火,"甄帅重重地将酒瓶拍在桌子上,"老大,你进去后我哪儿都没去,就一直待在拳馆里,本想把咱们的事业维持下去,等你出来后给你一个大大的惊喜,只可惜我真是没用,客人越做越少,到最后怎么也做不下去,只能关了,还欠了不少债,唉!"

"然后呢?"

"欠债还钱呗,还能怎么办?总不能一逃了之吧,那丢的也是大哥你的人,这事我可做不出。"

"你怎么赚的钱?"

"老本行,"甄帅挥舞着拳头,"还是这个好使。"

我心一沉:"你收保护费?"

"还有替人催债、看场子,"甄帅眼神里泛起了狠劲儿,"只要有钱，什么都干。"

我放下酒杯，面色不悦地看着他。

"哎呀，老大，我知道你不喜欢我们这样，可真的没办法，总要生活的。"

"生活虽不易，但还不至于完全没有办法，"我特别认真地强调，"有些活儿虽然累了点，但心安理得。"

"比如像你一样开个奶茶店？"甄帅乐了，"老大，怎么你进去了几年不光变深沉了，还磨叽了，像个老头，张口就是大道理，你以前不这样的啊！"

"这和我进不进去没关系，只是以前我没想明白，总以为靠拳头就可以解决所有问题，后来才发现那样只会伤人伤己。"我长叹了口气，"暴力能解决问题吗？不，什么都解决不了，反而会让我们的人生积重难返，我就是活生生的例子。"

"好啦，好啦，我知道了，"甄帅大手一挥，"只要以后我们还在一起，什么都听你的。"

我一愣："什么意思？"

"哈，我什么意思老大你还不明白吗？"甄帅一脸不乐意，"哦，我好不容易才找到你，难道你还想赶我走啊？那可没门！"

我调侃："你是想留在我的奶茶店里干活儿吗？"

"也不是不可以，我用沙包一样大的拳头调出的奶茶肯定很好喝，"甄帅眉飞色舞，"哈，干脆就叫沙包奶茶吧，不，拳头奶茶，现在的小孩啊，就喜欢这种稀奇古怪的，肯定特受欢迎。"

我暗自琢磨了起来，最近奶茶店的生意越来越好，光靠我一个人的确有点儿忙不过来，他能够过来帮忙倒也不失为一个办法。

"你是说真的吧?"

"当然,不光是我,其他兄弟也要过来的。"

我头皮一麻:"其他兄弟?"

"对啊,你以为就我一个人在找你?你以为就我一个人想继续和你在一起?我说亲爱的老大,你不会真忘了你还有那么多弟兄吧?"

"我……"我语塞了,我当然不会忘,正是因为怎么也忘不掉,所以才拼命想去逃。千言万语,最终都化为一声叹息,"唉!"

"你叹气干什么?"甄帅一脸紧张,"我现在都找到你了,你该不会还想继续躲着我们吧?"

我突然有点儿明白草莓当年为什么会一直躲着我了,除了自身有难言之隐,我这边给她的压力应该也是原因之一,有时候爱得太用力,反而会成为枷锁,让对方喘不过气。

这么浅显的道理,只可惜我明白得太晚,而且再也没有了机会。

我轻轻摇头:"我哪儿都不去了,就在这里,挺好的。"

"那行,明天我就让大家伙儿都过来,我们兄弟以后再也不分开。"

"可是……"我有些尴尬,"我的奶茶店真的不需要那么多人的,我也不打算再开拳馆了。"

"哈哈,瞧把你给吓的,"甄帅乐不可支,"没说都来你的奶茶店上班,我们这帮人个个凶神恶煞的,要真来了哪里还有客人敢过来买奶茶哈。再说了,就算真过来你还得管吃管住吧,没两天就得把奶茶店给吃黄了。"

"那你让他们过来是什么意思?"

"这些天我不是在这里找你吗,顺便考察了下市场,我觉得是个机会,"甄帅收起笑容,"这儿的经济要比H市好很多,只要我们兄弟过来后齐心协力，很快就会出人头地。"

我声音一沉："我刚才说什么了？"

"放心，放心，记得呢！"甄帅连声安慰，细细解释，"老大，我们就是靠能力吃饭，至于具体做什么，等人都来了到时候再说，反正绝对不做违法的事，更不干伤天害理的勾当。"

"这还差不多！"

"必须的！"甄帅这才松了口气，"我知道你是为了我们好，但你也要相信我们，我们的目的很简单，就是能够追随你，同时靠力气养活自己。我们一直就在你身边，无论你什么时候想回归，我们随叫随到，兄弟们在一起就一个字——干。"

6

那天我和甄帅在火锅店一直聊到深夜，我知道无法说服他，只得任由他做主，将弟兄们一一召集了过来。让我很感动的是，尽管过去的三年多我一直"销声匿迹"，但大家都没有真正离开，现在甄帅振臂一呼，不过一两个月的时间，我的身边又聚起了许多人。只不过我们不再像过去那样每天都混在一起，我和他们刻意保持着距离，他们也都体谅我，尽量不打扰我的平静生活，我们差不多每两周会见一次，吃吃饭，叙叙旧，仅此而已，平时他们具体靠什么讨生活我并不清楚，但我相信他们绝不会违法乱纪，因为这是我的底线，也是他们对我的承诺。

就这样，我的生活开启了全新的篇章——现在我和老鹿虽然不常联系，但关系越来越好，亲情算是回归了；甄帅和其他弟兄就在身边，友情也回归了；奶茶店的买卖不大，但至少是个稳定的营生，事业也算有了。

最重要的是，我再不是原来那个极端、莽撞、充满戾气的少年，我变成熟了，真正学会了与生活和解，接纳了不完美的自己。

是的，现在我的人生，除了爱情，似乎再无遗憾。

说到爱情，彼时的我并不认为自己还会爱上别的女孩儿，更是没有做好重新开始的准备。可能是老天觉得我太过自信，抑或太过可怜，很快让我遇见了一个姑娘，并且又开始了一段比起和草莓的感情有过之而无不及的历练。

为了草莓，我可以付出我的生命。然而为了这个女孩，我真的差点儿付出了生命。

草莓在我的心底留下一道深深的伤口，直到这个女孩的出现，伤口才慢慢愈合。

母亲给了我身体，草莓赐予了我灵魂，而这个女孩，则是我生命的全部。

她叫璐宛溪，外号七七，我们相识于一个风和日丽的下午。我们明明是性格截然不同的两个人，却又有着超过一切的缘分。第一眼看到她，我仿佛看到了世上的另一个自己，亲切无比，一眼万年。很多天以后才明白，原来那种感觉，就是命中注定。

7

遇见七七源于奶茶店的一次招新，因为客人越来越多，招新势在必行，哪怕只是兼职，也能大大缓解我的压力。于是我写了个广告牌，上面标明了招聘的职位和薪资标准，然后随意地放在了门口，结果刚过两分钟，隔着玻璃就看到一个扎着丸子头的女生对着广告牌歪着脑袋，掰着手指头，嘴里还念念有词，似乎是在算账，模样甚是可爱。

说来也奇怪，平时那个点顾客挺多的，但那天始终没人过来，于是女孩在店外看着广告牌，我就坐在店里面看着她，那种感觉颇有点儿"你站在桥上看风景，看风景的人在楼上看你"的美好意味。就这样十多分钟很快过去了，她似乎还没算明白，不停跺脚、噘嘴、挠头，这让我反而坐不住了——难道是我设计的薪资方案太复杂了？不能够啊，小学生都能算清楚的好不好？干脆打开门一探究竟，看向女孩的时候，女孩正好也抬头看我，瞬间我有种石化的感觉，让我忘了世间的一切，只剩下眼前的佳人。

这种感觉许久没有了，上一次还是多年前在荷兰的拳场，第一眼看到草莓时。

女孩个头小小的，长相很是精致，就犹如动漫里走出的少女，整体呈现出一种清新脱俗的单纯之美，和草莓的炽热浓烈是截然相反的两种感觉，却一样地让我怦然心动。

是的，我能强烈体味到自己的心明显"咯噔"了一下，我完全没有任何防备，却又来得酣畅淋漓，让我根本无法逃避，以至于一时竟然有点儿失态，眼睛迟迟没有从女孩的脸上离开。

只是女孩的心思似乎还在算账上，并没有在意我的存在，她很快移开眼神，继续傻傻地盯着广告牌，以至于我不得不干咳了两下，这才成功引起了她的注意，她又看了看我，然后突然对我明媚一笑，我的眼前顿时春风十里，仿佛整个世界都亮了起来。

"喂，傻乐什么呢？"好奇怪，我竟然一点儿都不紧张。

"我在算我要是来这里上班的话可以赚多少钱。"女孩很认真地回答。

"你是猪吗？"我忍俊不禁，"这么简单，还需要算？"

"当然咯，你看上面说了，如果不能按照要求完成工作是会扣钱的，"女孩说着说着突然来气了，"这个老板一看就抠门。"

"所以你担心……"

"对啊，我担心到这里上班是不是还要赔钱，那就糟糕了。"

哈，有点意思，我心里笑了起来，这个女孩傻傻的，好可爱。我乐呵呵地对她说："不要算了，你已经被录用了。"

"喂！可是我还没报名呢。还有，请问你就是老板吗？"

我没直接回答，继续说："明天就来上班，我等你。"

"好吧，"女孩乖乖地应了声，"不过你至少要告诉我你的名字吧。"

我驻足，回头，认真对她说："我叫鹿安。"

我叫鹿安——说出口的那一瞬间，我突然又想起了几年前的那个大雨滂沱的午夜，在狭小的车厢内，草莓笑着对我说：我叫草莓。

总有一种恍惚的感觉，过去的种种在重演，只是这一次我们更换了身份，我变成了草莓，而面前的女孩，成了我。

就仿佛一场能量的传递，过去，草莓是复杂的，我是单纯的，现在，我是复杂的，女孩是单纯的。那么这一次，我们的故事又将如何上演？结局是不是也会一样的凄惨？

我不知道，我只知道，第一次见到女孩后，她便留在了我的心里，那天和她道别后，更是一直惦记着她会不会真的过来上班。

如果她不来，我又该如何才能找到她，还是当作美梦一场，就此遗忘？

我不知道。

8

谢天谢地,第二天下午,就在我望眼欲穿时,女孩再次出现在了我的眼前。

她换了身衣服,依然清纯可人,一进门就不停道歉。

"对不起,对不起,我迟到了,都怪今天老师拖堂。老板,你不会扣我钱吧?"

"看你待会儿的表现咯,"我强忍住笑意,让自己看上去更像一个老板,然后将工作服递给她,"先换衣服吧,然后我带你熟悉下流程。"

"哦!"女孩冲我吐舌头,"你还真是抠门儿呢。"

接下去的时间,我手把手地教女孩做奶茶,女孩看上去笨笨的,不过学起东西来还算灵巧,加上工艺其实很简单,没用多久,女孩便能做出合格的奶茶,我试喝了一口,味道还不赖。

"我是天才,"女孩高兴极了,突然又脸色一沉,"不对。"

我吓了一跳,赶紧问:"怎么了?"

"你到现在还都没问我叫什么呢!"

"那表示我对你很信任。"

"可是我不信任你,"女孩看着我,撇撇嘴,"你不问我姓名,也不要我的身份证复印件,连个劳动协议都没有,肯定是最后想赖账,不给我工钱。"

这都什么鬼逻辑?如果是从前,我肯定会继续和她争辩,但现在我知道那样只会越说越乱,而且女孩的话也不无道理,于是我赶紧顺着她的话问:"那请问你叫什么呢?还是学生吗?多大啦?"

"嗯,我叫璐宛溪,不过我的朋友都叫我七七,今年19岁,大二,中文系,没有了。"

"那你为什么要来打工呀?"

"当然是为了钱了,"女孩白了我一眼,"难道还是想体验生活啊?"

"你很缺钱吗?"我又想起了草莓,想起了她为钱辛苦打工的日子。

"本来是不缺的,但卢一荻遇到了点麻烦,所以只能出来打短工赚点钱救急了。"

"卢一荻?"

"对啊,哦,她是我最好的闺密啦!"

"原来你不是为了自己,挺够意思的呀!"

"唉,卢一荻平时挺聪明的一个人,可只要一谈恋爱就保准犯傻,"女孩长长叹了口气,"这次她特别爱,所以尤其傻,为了那个什么都不是的余阮竟然……"

女孩突然停了下来,不好意思地看着我笑了:"算了,咱俩现在还不熟,不合适说这么多。"

我故意瞪了她一眼:"你已经说得挺多了,赶紧干活儿!"

"大不了刚才的时间不算工钱就是了,"女孩顿时委屈极了,"这么凶干吗!"

9

自从有了这个叫七七的女孩帮忙后,我轻松了很多,七七虽然始终很迷糊,但干起活儿来还是很投入,而且责任心超强。此外,因为她的存在，奶茶店也很快出现了一些别样的色彩。

比如原来我很少和顾客搭讪，一方面是太忙，另一方面也不太习惯。可七七不一样，她特别爱聊天，也特别能聊天，不管进门的是男是女，是老是少，她都特别热情洋溢地招呼着，而经过她看似随意的"推销"，买一杯的能买两杯，来一回的能来三回，每天的营业额几近翻倍，这让我不得不对她刮目相看，私下夸奖了她好几次。

对于自己的表现，七七自然很是得意，不过她也不是毫无怨言，那就是总有人问她是不是我的亲妹妹，理由是我俩长得挺像的。一开始她还逐个地解释，到后来实在太烦了，干脆就不搭理，如果对方再追问，甚至还会怼上几句。

空闲时，我故意调侃："你能不能对客人态度好点儿，你不怕把人吓走啊！"

"不管，谁让他们冤枉我的。"

"这也不能怪他们，我看咱俩长得真挺像的。"

"哦？像就是兄妹呀，不能是其他吗？"

"还能是什么？"

七七脸突然红了："算了，不说了。"

我笑："哈哈，我明白了，倒也是哦！"

"讨厌，不和你说话了。"七七将脸别了过去。

"好了，难道你不希望真有个哥哥吗？"我赶紧转移话题，"有兄弟姐妹其实挺好的？以后老了，就不孤独了。"

七七叹了口气："其实我从小到大都特别想有个哥哥，这样就有人能够保护我，宠我，对我好，可是我没有，现在我都大了，如果突然冒出一个哥来，等于这么多年我白伤心了，我可不乐意。"

我突然无话可说，这女孩的心思还真是奇怪呢，而且她给我的感觉很多变，一会儿觉得她挺简单，一会儿又觉得她其实也复杂；一会儿觉得她傻傻的，一会儿又觉得她特别聪明；一会儿觉得她挺听话，一会儿又觉得她很任性，到底哪个才是真实的她，还是说哪个都是真实的她？

不管如何，这个女孩是我前所未见的，和她聊天有意思极了。

"哎，你想什么呢？"七七又叹了口气，"放心吧，他们才不会不来呢，你生意这么好就是因为你的奶茶特别好喝，量很大而且里面东西又多，我们在别的地方根本喝不到性价比这么高的奶茶。"

"是吗？"我还没回过神来。

"是的，我都在想其实你这样根本就不是为了开奶茶店。"

"那我是想干吗？"

"逃避呗！"女孩一脸得意，"其实你是个坏人，身上有很多秘密，你想和过去告别，所以故意开家奶茶店掩盖身份，不为赚钱，只为安稳度过余生。"

我心一凛："你什么时候看出来的？"

"第一眼就看出来了啊！"女孩一脸的得意，"哈哈哈，被我说中了吧，你看你脸色都变了，放心，我不会出卖你的！"

见我不语，她又问："你又在想什么呢？是不是想重金收买我呀？"

"我在想……我要真是个坏人，第一个就先把你给卖了，不过你那么笨，估计也卖不上什么价钱，"我扮凶狠状，"赶紧干活儿，不然扣光你的工钱，看你还敢不敢胡说八道！"

10

人与人之间的关系就是这么奇怪,有些人在一起好多年,彼此间也不见得有多熟稔,有些人明明才认识几天,熟络得却像在一起了好多年。

我和七七就是后者,亲密程度可谓一日千里。说来也真奇怪,我并不是一个擅长开玩笑的人,但面对她时就特别放松,甚至会变得"油嘴滑舌",更是体味到了很多前所未有的快乐。如果说原来我和草莓相处是一种飘在空中的感觉,很梦幻,也没有安全感,那么现在和七七一起就很接地气,特别踏实,也特别真实。我知道这样比较并不合适,但我也不会因为现在而否定过去,更不会因为过去而羁绊现在,无论过去还是现在,我都无比珍惜。

绝大多数时候,我和七七是以一种"吵闹"的模式相处,就像两个没长大的孩子,偶尔我们也会正经谈谈心,交流一些社会热点什么的。令我暗自惊叹的是,从性格到经历,从年龄到性别,我们明明是两个完全不同的人,却总能够聊到一起,而且三观特别合拍。我很清楚大千世界里,芸芸众生中,想要遇见这样的对方,绝非易事,这是缘分,是恩赐,更是我们平淡生命里的光。

我相信,七七肯定也有同感,她似乎对我不再设防,告诉了我很多她的私事。比如她有两个最好的闺密,一个就是之前提到的卢一荻,她其实是个小太妹,很早就在社会上混,从来不带吃亏的,不过这次遇到了克星,爱上了一个叫余阮的渣男,不但受了伤,还没有任何幸福的希望,七七这次急需钱就是为了给她"治病"。

说这些时七七咬牙切齿,好像被伤害的人是她自己。七七还说自己绝不会袖手旁观,迟早有一天要狠狠惩罚余阮这个浑蛋,为卢一荻报仇。记得听的时候我还挺不以为然,觉得她小题大做而已,却怎么也没想到她口口声声提到的这个余阮将很快成为我一生中最可怕的对手,我们之间会发生那么多的恩怨情仇,此人不但让我充分领教了人性之恶,更是几乎让我付出了生命的代价。

至于七七的另一位闺密陶梦茹则是个乖乖女,她隐忍、谨慎,外表柔和,内心却很强大。她俩从小学到现在,一起走过了整整十年,从来没有红过脸。七七说自己最大的梦想就是和卢一荻、陶梦茹一起长大,永不分离,对此她深信不疑且身体力行,用尽全力维护着三个人的友情。虽然她口口声声强调自己一点儿都不偏心,和她俩的关系一样好,但其实很明显她的内心更向着卢一荻,对她而言,卢一荻更具有冒险性也更诱惑;而陶梦茹则会给她安全感,是她情感的大本营,是她受伤时,可以安心休养的避风港。

我想友情和爱情其实一样,年少时我们都更喜欢无法掌控的刺激,追求不确定的明天,而对那种稳定的关系却视而不见,直到受过伤,流过血,一切变得云淡风轻后才懂得平淡和平凡的可贵,只是很多时候再也无法回头,生生将青春撕出一道伤口,此生都无法愈合。

11

除了卢一荻和陶梦茹,七七还会提及一个叫崇礼的男生,说此人是他们学校公认的校草,无论颜值还是学业都独占鳌头。七七说陶梦茹暗恋崇礼好几年了,一直在背后默默对他好,却始终不敢表白,简直让她操碎了心。

后来我见过一次这个崇礼,那天一个兄弟被车撞了,急需钱做手术,我赶紧带着钱送到医院,整整折腾了一天,还好最后人没大碍。等傍晚回到店里时就看到一个高大帅气的男生正坐在吧台前喝着奶茶和七七聊天，从七七的表情判断显然她和此人挺熟的，我第一反应就是崇礼。见我回来了，七七赶紧让崇礼离开，我和他擦肩而过时仔细打量了一眼，小伙子比我还要高出小半头，气质很像韩国明星，的确年轻又帅气，不过人看上去有点儿木木的，不太像学霸的样子。

　　从七七的讲述中，我总觉得这个崇礼对她有意思，不过七七似乎还不知道，总一个劲儿地强调陶梦茹有多爱崇礼，而她又是多么希望陶梦茹可以幸福，所以她决定找个机会亲口替陶梦茹向崇礼告白，仿佛只要她说出来就能成人之美。我听后直皱眉头，明确指出她最好还是不要干涉别人情感表达的自由，哪怕对方是她的好朋友。不过七七可不会听我的忠告，她总觉得只要是真心对别人好，其他什么都不重要，哪怕因此受伤，也要孤勇向前，绝不妥协。

　　这当然是她的可爱之处，却也会成为伤害她的理由。可不管如何，我必须承认，这样的七七真的很吸引我，她就像江湖儿女，勇敢，仗义，随着交往的加深，这种感受越发强烈，让我无比欣赏，深深着迷。

STRAWBERRY
草莓·终场

第九幕

再起风云

既然命运让我再次走到台前,那我就要肩负起我应有的责任。
我,鹿安,现在决定重出江湖,而这一次,是为了彻底地离开。

1

随着时间的递进，我和七七越来越暧昧，只不过我并不着急我们关系的升级，作为一个过来人，我更在乎的不是结果，而是过程，反正岁月静美，只要她每天都在我身边，就胜过你侬我侬的蜜语甜言。

很显然，我还是把事情想简单了，因为感情其实是一种能量，如果两个人的关系不能及时匹配，就会出问题——这不，一个平淡无奇的下午，七七突然"郑重其事"地向我道别，着实吓得我不轻。

那天她来奶茶店后一直心神不宁，情绪很低落，也不和我贫嘴了，就始终低头干活儿，结果简单的几道工序总出错，还打碎了一只玻璃杯。

我也没太在意，随口就问："你怎么回事？"

结果小姑娘眼圈唰地就红了，哽咽着说："是不是等你找到合适的人，就不需要我来了？"

我这才意识到出了问题，赶紧关切地问她怎么了。

"我在你这儿上班都好久了，可你外面的招聘启事还贴着，显然是对我不满意。"

"我……"我刚想否认，就被她打断了。

"你什么你？如果你觉得我做得不够好，可以直接说嘛，我是不会强人所难的。"

晕，这个七七，通情达理时比谁都可爱，蛮不讲理的时候简直能气死人。

经验告诉我，此时绝不能一味解释，得有所行动，于是我立即走到外面将那招聘海报扯了下来，然后当着她的面撕得粉碎，扔进了垃圾桶。

"这下可以了吧？"我笑嘻嘻地看着她，"好啦，快别生气了。"

七七没直接回答，而是转过身，小声说："可我还是得走。"

"为什么啊！"

"因为你发的工钱已经足够给我朋友治病了，我没有理由再打工了。"

"这样啊！"我嘀咕着，早知道就不给她那么多奖金了。

"你看你，什么意思嘛？"她又急了，"我就说你对我不满意，你还不承认。"

"这不你自己说要走的吗？"

"那你可以挽留我啊，是不是正中你下怀？"感觉她就快要哭出来了，"你这人怎么这么腹黑啊！"

"没问题，我请你留下来，真心的。"

"感受不到。"

"好七七，乖七七，求求你，不要走。"

"我说了，现在我没有留下来的理由。"

"怎么没有？你可以继续打工，继续赚钱呀。我答应你，只要你不走，工资奖金，统统翻倍。"

"我不要，如果我真的愿意留下来，才不是为了赚你钱。"

"那是为了什么？"

"为了……"七七将到嘴边的话死死咬住，"算了，反正你也不在乎，我还是走吧，拜拜。"

说完作势要走，被我一把拉住："留下吧，我需要你——这个理由足够了吧。"

"假的。"

"真的，自从你来了之后，这里的一切就都不一样了，变得越来越美好，越来越有希望。"我凝视着她的眼睛，一字一字认真地说。

"真没骗我？"

"骗你是小狗。"

"不要侮辱狗！"七七破泣为笑，"那我考虑考虑。"

"你这家伙！"

"好吧，看你这么可怜，我就再帮你几天，不过如果你再这样稀里糊涂的，我可是随时都会走的哦。"

说完，她撸起袖子开始热火朝天地干活儿了，哪还有半分悲伤之色。

2

后来我才知道，那天七七同学之所以莫名其妙地"作天作地"其实是她有意为之，她觉得自己赚够了钱就没必要再打工，可又不想走，就希望我能主动挽留，于是就各种作，以此试探我的态度，虽然过程颇有起伏，但结果还算满意，毕竟对她而言，只要还能够留在奶茶店，就是胜利。

得知真相后，我心中暗自疑惑：这女孩的心思还真是复杂呢，只是她们这样难道不会累吗？

哈，能有此感叹，就证明我其实还是不懂女孩。

挺好，每一份爱情都是新鲜的，在爱面前，我们永远都是顽皮的小学生。

无论如何，那天绝对是我们交往过程中的一个分水岭，之前她打工是为了闺密，之后则是为了我。为了友情她可以奋不顾身，为了爱情则更为投入认真，不但过来的频率越来越高，待的时间也越来越长，简直把奶茶店当成了家一样。此外，她的责任心也越来越强，事无巨细地把控着奶茶店经营的大小事务，甚至还会照顾我的衣食住行，越来越像一个名副其实的女主人。

对此我开始还挺不适应，总觉得受宠若惊，不过慢慢也就习惯了，常常躺在沙发里一边玩游戏一边对她吆三喝四，对此她虽然每次嘴上都会抱怨，脚下却比谁都勤快。好几次看着她忙里忙外的身影，我都露出真心的笑容，由衷感叹：原来家里有个闲不住的女人是这么好，现在我都这样安逸了，等结婚了，还不得上天啊？哈哈，这个可以有。

时隔多年，我再一次憧憬起了婚姻生活，这种充满希望的感觉，真好！

3

一天看新闻，说省城新开了家"欢乐谷"，人气超旺，我决定带七七去玩。

记得她曾无意中说起打小就特想玩那种刺激的大型游乐项目，却因为实在害怕只能作罢，算是儿时的一大遗憾。

现在我要亲自弥补她的这个遗憾。而为了给她惊喜，我骗她说想周末一起去省城买只猫。

"买只猫需要跑那么远吗？"七七皱起眉头，"再说了，你后院有多少只猫了？快成灾了，还买！"

"这不省城的猫更好嘛，品种多，血统正，可以好好挑选。"

"那也不去，"七七还是摇头，"我又不喜欢猫，你知道的。"

"那你喜欢什么？"我反问。

"喜欢狗。"她随口说。

"好，那我们就去买条二哈，你可以陪我去了吧？"

结果她又吐舌头："我能说其实我也不喜欢狗吗？"

"不能，"我沉脸，"到底去不去？"

"哎呀，去也不是不行，可我有个条件，"她似乎有点儿不好意思，"晚上必须得回来，我要回家的。"

"那是肯定的。你想不回来还没门儿呢！"

"谁想不回来啦！你冤枉好人。"七七红着脸辩解。

"哈哈，你急什么呀，解释等于掩饰，"我乐不可支，"嘴上说着不要，身体却很诚实。"

"讨厌，不理你了。"七七气嘟嘟地去一边干活儿了。

"好啦，逗你的，"我赶紧上前哄她，"就陪我去嘛，好七七，乖七七。"

"那我还有一个条件……"

"哎呀，你能不能一气儿说完，我心脏受不了的，"我捂着胸部作崩溃状，"不带你这样折磨人的。快快快，速效救心丸在哪里？"

"哈哈，你演技好差哦！"七七笑了起来，见我还在"卖力"地表演，又说，"快别抖了，我害怕！"

我继续"口眼歪斜"地问："那你到底陪不陪我去？"

"好了，好了，我去，我去！"七七眼神嗔怨地看着我，"都这么大的人了，怎么还跟孩子一样！"

4

因为有了期待,那个星期过得无比漫长,好不容易才熬到周六,我早早地便来到高铁站,没过一会儿七七便出现了,她扎着马尾辫,背着双肩包,穿着运动服,嘴角含着笑,走起路来一蹦一跳的,好像刚刚遇见了什么开心的事似的,远远地看上去是那么青春、热情和美好。

本来我是想开自己的摩托过去的,但七七说害怕,只得作罢。坐高铁也挺好,快就不说了,关键还能够紧挨在一起,更方便交流。

省城离得本就不远,高铁不到一个小时便到了,下车后我叫了辆车直奔欢乐谷,很快若干让人眼花缭乱的大型游乐设施横亘在我们面前,七七看了后直吐舌头。

"请问这里有小猫小狗吗?"

"没有啊!"

"那来干吗?"

"不急,先玩会儿嘛。"我迅速买了门票然后拉着她跑了进去。

接下去的几个小时,我们几乎把每个大型游乐项目都玩了一遍。开始七七还总催快点儿走,不然宠物市场就关门了,慢慢地就不言语了,而是全身心投入了玩乐当中,疯狂尖叫着,放肆大喊着,简直就是全场最嗨的那一个。

"你这不挺享受的嘛,也没见你害怕啊!"坐高空极速飞车时,我揶揄她。

"啊……我没骗你……我以前真的超害怕的……可是你在我身边我就不怕了……啊……救命!"七七一边喊一边回答,脸都变形了。

"啊……"我突然也喊了起来。

"怎么……你也害怕吗？"

"我不怕……啊……"

"那你喊什么？"

"因为你在掐我，好疼……啊！！！"

"对不起，对不起！我不是故意的！"七七低头，这才发现我的胳膊已经被她掐得青一块紫一块了。

"没关系，你爽就好。"

"那我继续掐啦！"

"好……啊……"于是我们一起尽情喊了起来。

结果旁边的小姑娘不乐意了，一个劲儿地埋怨自己的男朋友："你看看人家男朋友，多体贴，多温柔，你也不学着点，讨厌！"

那一瞬间我看到七七特别得意，是我从未见过的表情。

5

要不是惦记着早点儿回去，估计我们能玩一整天。

下午三点是一天最闷热的时候，我们大汗淋漓、腿脚发软地走出了游乐园，路过门口一家冰淇淋店时，七七的眼睛瞬间亮了起来，更是情不自禁地舔了舔舌头，样子特别可爱。我立即说我去给你买呀，结果七七踮脚往后看了看，沮丧地说："算啦，排队的人太多了，晒也晒死了。"然后，拉着我匆匆离开。

我没言语，等来到一个阴凉的地方后，我说要去上洗手间，让她先歇会儿，然后赶紧跑到冰淇淋店前排起了队。

气温越来越高，阳光越来越毒，我口舌生烟地排了整整半个小时才算买到，生怕化了，赶紧捧着冰淇淋拼命往回跑，结果刚转身就看到七七站在我身后，她微笑地看着我，眼神里充满了感动和幸福。

"你怎么过来了？"我有点儿责怪她的意思，因为心疼她被晒到了。

"那你怎么过来了？"

"快吃吧。"我将冰淇淋递给她。

"你先吃。"她不接，还摇头，表情真诚。

"快点儿，我又不喜欢吃。"

"不！"她干脆将冰淇淋举到了我嘴边，然后噘着嘴看着我，"必须的。"

我只得轻轻舔了一口，甜甜的，透心凉。

"嗯，好好吃哦。"她这才大口大口吃了起来，然后大声宣布，"这是我吃过的最好吃的冰淇淋。"

"那我再去给你买。"

"不要了，不要了，我满足了！"说完，她一把拉住我的手，"不早了，我们赶紧走吧。"

这是我们之间第一次拉手，从游乐园一直到高铁站，都没有松开。

回去的车上，七七将头依偎在我肩上，很快睡着了，小妮子疯玩了一天，肯定累坏了。

我全程一动不动，腰杆挺直，生怕她睡不好，等到站后脖子又酸又疼，跟落枕了一样。

"好舒服啊。"七七醒了，美美地伸了个大大的懒腰，然后瞪大眼睛看我，"你睡了吗？"

结果还没等我回答，身后的大妈就抢话："睡啥睡啊，小姑娘，你男朋友对你可真好,一路上动也不动,就怕你睡不好,哎呀,我看得脖子都疼。"

七七深情地看了我一眼,习惯性地吐了吐舌头,满脸绯红,那模样,美极了。

6

那天的回忆真的很美好,白天只是一部分,更美好的发生在晚上。

回到奶茶店后,我瘫倒在沙发里,刚想拿手机玩会儿,突然意识到手机还在七七那儿呢——白天玩过山车时怕手机掉出来就放到了她包里,结果一整天都没顾得上看一眼,这下可麻烦了。

我担心的不是手机,而是怕手机里的照片被她发现,这些天我总悄悄拍一些七七的照片,她干活儿的时候、犯困的时候、孩子气的时候、可爱的时候、手舞足蹈的时候、生闷气的时候、发呆的时候、翻白眼的时候、惊慌失措的时候……有全身照,有半身照,有大头照,还有背影、脚、手,甚至头发的特写,可以说,我手机里面满满全是她。

不行,我绝不能让她发现这个秘密,她非认为我变态不可,必须赶紧要回来。还好我手机有开屏密码,她那么笨,一定不知道密码就是她生日。

于是我赶紧带上备用手机,骑上摩托,直奔她家。

到楼下时,我仰着脖子,给她打电话。过了很久才接通。

"喂,谁呀?"她的声音稍显迟疑,却依然无比好听。

"是我!"我温柔地回答。

"鹿安!"感觉她一下子变得又兴奋又紧张,立即压低了声音,"怎么现在给我打电话,爸爸在的。"

"我手机落你那里了,现在可以去取吗?"

"我知道。可现在太晚了,要不明天我给你送过去吧。"

"我就在你家楼下。"

"啊!"我听她轻唤了一声,接着楼上的窗帘被拉开一条缝隙,露出了她的半张小脸,好像一只淘气的猫咪。

我冲她挥挥手,虽然我们明明才分开没多久,但我已经很想念她了,不知道她是不是也有同样的感觉。

她也冲我笑了笑,说:"那你等会儿我,我这就下去还给你。"

我担心:"你出得来吗?实在不行就明天吧,这样看着你打电话也很不错。"是的,我所有的理由其实都是借口,都是为了见她而已,现在见到了,怎么样都可以。

"我尽量哈,等我!"她挂了电话,拉上窗帘,消失在我眼前。

没过两分钟,楼道里就传来急促的脚步声,很快素颜的她戴着眼镜,穿着睡衣,趿着拖鞋,松松散散地站在了我面前,整个人的感觉和白天完全不同,却各有各的味道。

"给你,"七七将手机递给我,一脸羞涩,"看什么看!"

"你怎么还戴眼镜呀?"我歪着头打量着,"还挺好看。"

"近视当然得戴了。"

"那平时怎么没见你戴过。"

"戴隐形的好不好?"七七噘嘴,"你个大直男。"

"好吧,你竟然能出来,你不是说他们看你看得很紧吗?"我有点儿尴尬。

"我撒谎说来大姨妈了,家里姨妈巾没了,得出来买。"她红着脸回答。

"真行,看来你也不是很笨嘛,"我情不自禁伸手揉了揉她的头发,"对了,我手机,你没看吧?"

"你说呢!"

"啊!你不会……"

"对,我都看到啦,你好变态哦。"

"可是你怎么知道密码的?"

"你以为我很笨吗?"

"我确实这样以为的。"

"讨厌啦!"七七用脚踢我,"我先上去,时间长了他们该怀疑了。"

"去吧。"

"嗯!"她点了点头,"我真走啦!"

"走吧,我看着你呢。"

结果她走了没两步,突然停下来,转身说:"等会儿……你再给我打电话好不好?就像刚才那样。"

"好啊!"我不假思索地答应了下来。

"嗯,等会儿聊。"她说完蹦蹦跳跳地上楼了,背影都透露着欢乐。

很快,她又出现在窗前,举着手机,对我做了一个OK的手势。

我立即心领神会地打了过去,她秒接了起来。

"你好!"

"你好!"

"哈，干吗这么客气！说话呀！"

"说什么？"

"随便？"

"随便是什么？能吃吗？多少钱一斤呀？"

"你好无聊哦！拍我那么多照片，不过还挺好看的。"

"那以后我继续拍？"

"好啊，不过拍好了一定要给我看的。"

"成交！"

就这样，那晚我们抱着手机，一个楼上，一个楼下，看着彼此，整整通了好几个小时的话，直到两个手机都没电了关机，才恋恋不舍地离开。

其实后来说的是什么我都忘了，只记得那种甜蜜的恋爱感觉，无与伦比。

7

就像纸包不住火一样，我和七七的感情进展神速，很快便冲破了我们所有理性的禁锢。

再过一个月就是她的20岁生日，我决定给她一个大大的惊喜，为她举办一个令她终生难忘的生日Party，然后在Party上郑重向她表白。

突然想起好几年前，在荷兰莱顿的一座古堡内，我向草莓示爱被拒绝的那一幕，不禁哑然失笑起来，那时候的自己真的太幼稚也太冲动，以为两个人只要有爱就可以，殊不知对的时机比对的人其实更重要，而往往看似平静的表面下不知道隐藏着多少刀光剑影，现在回头看看，失败几乎是我和草莓之间唯一可能的结局。

可这次不一样，七七是个足够简单的姑娘，她的感情世界很干净，没有包袱，也没有过往。而我虽然不再单纯，却也没有任何羁绊，我们在最好的时候遇见了彼此，一见钟情，两情相悦。所以这一次，我一定会成功的。

对于这个结果，我笃信不疑。我实在想不出还有什么力量，可以阻拦我们尽情相爱。

几年前，我猜错了，几年后，我仍然没猜对。

是的，我和七七刚刚萌芽的情感之途，很快便横生变故。命运面前，我们永远是那么弱小，那么无助。

8

说起来，这场意外还和七七总提到的那个男生崇礼有关，之前我就莫名觉得他对七七有意思，事实还真是如此，这也没什么大不了，反正七七对他不感冒，只是这种长得很帅学习还好的男孩身边最不缺少的就是爱慕他的人，这也没问题，七七的闺密陶梦茹不就暗恋了他好多年吗？可不是每个女生都像陶梦茹那样隐忍和善良，愿意付出和等待，更多的妹子是自私的，甚至充满了一种"得不到你就毁了你"的偏激。这不，一天中午放学后，他突然被自己的一个狂热追求者堵在了食堂前，然后当着若干同学的面被表白，那女孩显然做了精心准备，不但身穿婚纱，而且带来了戒指和鲜花，显然想把崇礼同学一举拿下。向来老实的崇礼哪见过这阵势，吓得还没等女孩把话说完就赶紧摇头拒绝，女孩哭着追问为什么，崇礼想也没想就说自己已经心有所属。事情到这里本来应该告一段落，结果那女孩不是善茬，一个劲儿地问崇礼他喜欢的姑娘是谁。

要说这崇礼也确实缺心眼儿，你都拒绝了，走就得了，还说那么多废话干吗呢？可崇礼偏不，他竟然倍儿自豪地告诉所有人，他心仪的妹子叫璐宛溪，是几年级几班的，只要她还在，自己就不可能喜欢上别人。或许他此举是为了让那个女孩彻底死心，结果倒好，彻底激发了那女孩强烈的嫉妒，她愚蠢地认为是七七抢走了她的幸福，并且天真地以为只要把七七赶跑，崇礼小朋友就会乖乖投入她的怀抱，你说这都哪儿跟哪儿？简直太荒谬了。但架不住这女人一旦钻了牛角尖，就怎么也出不来，加上那女孩打小就跋扈惯了，从来没吃过亏，又在社会上有点儿门路，当天下午便叫了人，在七七来奶茶店的路上，把她给截住了。

对七七来说，这是彻头彻尾的飞来横祸，她这还什么都不知道呢，一个满脸横肉，自称大力哥的"社会人"便对她进行了连番恐吓，甚至还重重抽了她一耳光，警告她从此离崇礼远一点，否则就毁她的容。七七哪里遭受过如此霸凌，身体的疼痛、内心的恐惧、精神的屈辱让她整个人行将崩溃，那被"挟持"的短短十分钟算得上她人生20年来的至暗时刻。

即便如此，七七那天还是坚持来到了奶茶店，并试图对我隐瞒这一切，她怕我担心，更怕连累我，彼时在她的眼里，我就是一老实本分的小青年，决计没有处理这种棘手麻烦的经验。只是她的身体很快出卖了她的内心，无论如何控制，她的眼泪都一直狂流不止，而我显然不会错过这些细节，在我一再的关心询问下，她终于宣泄出所有的负面情绪，号啕大哭着将自己的委屈、恐惧、愤怒还有痛苦和盘托出，她一个劲儿地强调自己根本没有伤害过任何人，不知为何会遭此厄运，更害怕对方没完没了，从此每天生活在担惊受怕中，惶惶不可终日。

得知真相的那一瞬间我无比心疼，更是出离愤怒，胸膛像爆炸了一样炽热，而拳头，早已紧握。

我历经世事，受尽磨难，自信可以承受任何挑战和阻碍，但绝不允许我爱的人受一丁点委屈。伤害七七的人，我必须让他付出沉重的代价。

是的，在爱面前，我根本什么都没变。

那个热血的、冲动的、疯狂的，甚至可怕的鹿安，回来了。

9

当天我将七七送回家后，立即给甄帅打了个电话，让他去彻查一个绰号叫"大力哥"的家伙的底细。

半小时后甄帅赶到奶茶店，告诉我此人是附近一带颇有势力的混混，姓胡，因为天生蛮力，所以自称大力哥，不过道上的人都称他胡胖子，他们之前打过交道，算是认识。

我点点头，说知道了。

甄帅好奇地问我打听他干吗，我不早就不过问江湖事了吗？

我冷冷说："我要干了这浑蛋。"

"我的天啦！我没听错吧，老大你竟然想干仗了，"甄帅立即跟打了鸡血一样兴奋，"什么情况？"

我没细说原因，只是问甄帅能不能把他约出来，其他的事就别管了。

甄帅当然不可能不管，这家伙兴奋极了，一个劲儿地请命："杀鸡焉用牛刀，这胡胖子虽然挺厉害，不过我对付他应该不成问题，大哥你就说吧，要怎么干他，卸条胳膊还是废条腿？"

我摇摇头："这样太便宜他了。"

甄帅倒吸一口凉气，用手在脖子上比画了一下，小声说："老大，你不会是想这样吧？"

"那倒不至于，你明天下午按照我的要求把他约到指定地点，其他事情我来处理。放心吧，我有数的。"

"保证完成任务，我这就去通知弟兄们把那家伙给看死咯，让丫插翅难飞，明天下午妥妥地出现在你面前，"甄帅对我挤眉弄眼，"大哥，能够再次和你并肩作战，简直太爽了——不过你可想清楚咯，这破戒了，就回不去啦！"

"唉……"我长长叹了口气，计划赶不上变化，事到如今，只能走一步算一步，先把眼前的问题解决了再说。

10

第二天下午，我穿着机车服，骑着我的本田金翼GL1800，风驰电掣般来到了七七学校门口，然后发消息告诉她，我在外面等她。

放学后，七七被裹挟在人潮中慢吞吞地走了出来，眼神中充满了惊恐，显然还沉浸在昨天的阴影中。等她看到戴着墨镜，斜跨在摩托上，表情冷酷的我时，整个人都愣住了。

"鹿安！"她轻轻唤了声，"你这是……"

"上车吧。"我将头盔递给她。

"我们要去哪儿呀？"

"等会儿就知道了。"

"哦！"七七乖乖地戴上头盔，坐在后座上，轻轻搂住我的腰。

"坐稳了！"我发动摩托，川崎的引擎爆发出巨大的嘶吼声，瞬间吸引了所有人的关注，我松离合，挂挡，加油门儿，载着七七犹如离弦之箭,向前飞驰而去。

很快我们来到位于城北地带的一处工业园区,那里有许多巨大的仓库,一小时前,甄帅已经将"大力哥"带到此处,等候我的发落。

下车后,我推开其中一间仓库沉重的大门,里面灯光昏暗,空气肃杀,宛若另一个世界。

仓库的最里端聚集了好几十人,他们大多手握钢管,表情倔强而稚嫩,见我过来,竟然集体爆发出震天喊声。

"大哥好,恭迎大哥。"

我始终面无表情地往前走,七七却被吓坏了,不停地偷偷看我,手心全是汗。

人群自动向两边散开,最里面站着一个五短身材的光头胖子,应该就是昨天欺凌七七的"大力哥"。只是此刻"大力哥"全无半点嚣张,眼神充满了恐惧,像只被霜打了的茄子,看见我后,竟然主动迎了上来,一脸的谄媚。

"鹿安……大哥……好……久仰大名……"

"谁让你动了?站直了!"甄帅伸出胳膊挡住他,然后对我说,"大哥,人我带来了,你看怎么着?"

"好!"我淡淡应了声,看着七七,柔声问,"你看清楚点,是不是这个人?"

七七直往我身后躲,小声回答:"嗯。"

"知道了,你先歇会儿。"我冲甄帅使了个眼色,他立即心领神会地带着七七退到一边。

我走到胡胖子面前,问:"知道今天我为什么请你来吗?"

"知道！知道！"胡胖子紧张到结巴，"大哥对不起……我真不知道她是您的人……否则借我十个胆子，我都不敢动她的。"

"你是为了你朋友出头，你没错，所以你不需要道歉。"我从身后取出一把匕首扔到他脚下，很认真地对他说，"我现在也要为我朋友出头，江湖事江湖了，我们就按照江湖规矩来解决，把刀捡起来吧。"

"大哥，不要这样，有话好好说，我愿意赔钱，多少都行。"胡胖子根本不敢捡刀，连连后退。

甄帅看不下去了，跑上前用手中的钢棍指着他脑门厉声呵斥："胡胖子，你快点儿吧，如果你打败了我大哥，今天就什么事都没有了，如果你都不敢应战，那就别怪我甄帅不客气了，我可不像我大哥有那么多讲究，我干死你信不信？"

胡胖子或许知道已无路可退，接受决斗是他唯一的选择，他停下了脚步，恐惧的眼神慢慢变得凶恶起来，和刚才的惊慌失措判若两人。只见他弯腰捡起匕首，然后对我狠狠说："好，我接受和你决斗。只不过我怎么也想不到你鹿安重出江湖竟然是为了女人，看来过去吃的亏还不够，鹿安啊鹿安，迟早有一天你会死在女人身上的！"

胡胖子的这番话让我有些恍惚，我不在江湖，江湖一直有我的传说，看来我的那些过去很多人都知道了。唉，为什么想要忘记就那么难？

就在我微微分神之际，胡胖子突然号叫着挥刀向我猛扑过来，老奸巨猾的他显然不会放过这稍纵即逝的机会。

现场鸦雀无声，只有七七的惊呼："小心啊！"

我始终没动，屏气凝神地看着他接近再接近，然后在他匕首近在眼前之际突然转身，将所有的力量都倾注在右腿上，随着一个标准的后蹬，右脚结结实实踹在胖子的胸前。

"啪"的一声闷响，胡胖子惨叫着飞了出去，重重摔倒在地，再也没能爬起。

一招制胜，从头到尾不过两三秒，人群顿时爆发出热烈的喝彩声。

"我勒个去，大哥你现在怎么这么厉害了！"甄帅眼睛都看直了，笑嘻嘻地说，"不都退出江湖了吗？看来平时没轻练啊！"

"你输了，"我走到胡胖子面前，"自己来还是我动手？"

"大哥，求求你，饶了我吧。"感觉胡胖子都快要哭了。

我有些不忍，只是已经到了这份儿上，谁也没法往后退，于是加重口气再问："自己来，还是我动手？"

"好，江湖规矩，愿赌服输，我自己来。"胡胖子说完捡起地上的匕首，高举着，然后朝自己的大腿根部狠狠扎了进去，然后惨叫一声，再次摔倒在地。

我蹲下，看着胖子，一字一字地说："今天这事就算结了，你要是不服气，我鹿安随时奉陪；你要是敢出阴招报复其他人，我一定会搞死你。"

然后我吩咐甄帅："快送他去医院吧，记得把医药费出了。"

"放心吧，我会办得妥妥的。"甄帅示意身边的人架起胡胖子，然后突然挥臂高呼了起来，"欢迎大哥重出江湖！"

现场的弟兄们立即齐声响应，发出排山倒海的欢呼："欢迎大哥重出江湖！欢迎大哥重出江湖！欢迎大哥重出江湖！"

我看着现场热血沸腾的众人，心中先是闪过一丝悲哀，为我自己，继而一个大胆又新奇的想法冲上了心头，让我眼前一亮，更是充满了斗志。

11

究竟该怎样描述彼时我的灵光一现呢？曾经的我是一名暴力少年，崇尚通过武力解决问题。几年前我追随草莓回国后流落江湖，没有想法，没有方向，每天就知道喝酒、吹牛。我想当然地认为这就是我应当拥有的热血人生，丝毫没考虑过个人感受之外的是非对错，直到最后被暴力吞噬，迎来了人生的最低谷。随后的数年监狱生活让我幡然醒悟，我终于明白虽然年轻热血没有错，团结义气也没有错，但错在我们对这个世界的表达方式上，暴力不但解决不了任何问题，还会害人害己，让我们的人生积重难返，甚至毁于一旦。所以出狱后我决意远离暴力，退出江湖，安心做一个小人物，平平淡淡过生活。

在我回到家乡的这段时间，我和追随而来的弟兄们始终保持着一定的距离，这也让我得以用一种更客观的眼光去审视他们，同时思考一些问题的本质。首先我非常清楚他们对我的信任和依赖，这很让我感动，同时也给了我莫大的压力，让我喘不过气来。我特别害怕会将他们的希望辜负，因为我很清楚时代已经变了，我们不可以也不应该再像过去那样靠打打杀杀讨生活了，那是一条彻头彻尾的不归路，对此我早已心知肚明，可我不知道该如何才能让他们也明白这一点，更不知道如何让他们放弃这种生活，我真的一点信心都没有，也找不到方法和出路，所以只能逃避，既然我无法度人，就选择独善其身。

只是暴力解决不了问题，逃避同样不可以，就在刚才那一瞬，我看到那么多鲜活的面容，看到他们对我的殷切呼唤，我突然获得了一种前所未有的力量，更是意识到我以前把问题想复杂甚至想偏了，我光想着我做不到什么，却没有去想我可以做什么，更没有想我应该做什么。正所谓不破不立，既然我们原来的谋生手段是错的，那我们就应当主动变革，选择正确的方式；既然他们信任我，我也想对他们的未来负责，那我就应该勇敢带领他们放下手中的"屠刀"，走上正道，并给他们创造正经的营生。我们都还这么年轻，个个身强力壮，精力旺盛，完全可以通过自己的努力来养活自己，哪怕苦一点，累一点，也会过得很安心。

正所谓：大丈夫有所为，有所不为。既然命运让我再次走到台前，那我就要肩负起我应有的责任，做最应该做的事，不要怕，更不能逃避，而是勇往直前，哪怕失败，哪怕牺牲，也在所不惜，更加无怨无悔。

我，鹿安，现在决定重出江湖，而这一次，是为了彻底地离开。

第十幕

原味告白

我知道你很喜欢我,我也很喜欢你呀,
可我现在不是自由的,对不起,我真的……不能答应你!

1

对甄帅而言，那段时间真可谓喜上加喜，一件是我终于如了他的愿，从此兄弟们又能像当年一样，每天泡在一起，有酒，有肉，有热血，有义气，这就是他无比向往的生活。

还有一件大喜事就是他竟然恋爱了，这真让我颇感意外，坦白说，认识这么久，就从来没听他谈过自己对异性的感觉，一度我甚至怀疑他的取向绝对有问题。现在好了，他不但突然坠入爱河，而且女朋友竟然就是七七最好的闺密——卢一荻，这简直太让人不可思议了。

甄帅告诉我，他和卢一荻相识于街头的一次冲突。前几天中午他骑摩托来找我时，有个女孩旁若无人地径直走到了马路中间，正好挡住他前行的方向，甄帅特别生气，就想吓吓这女生，他算好距离，一边疯狂鸣笛，一边加速，向女孩冲了过去，结果没想到这个女孩完全不为所动，眼神还特挑衅地看着她。甄帅后来不止一次地大声感叹："简直太酷了有没有？我从来没见过一个姑娘比我还要豁得出去，我简直太喜欢她这范儿了！"

第一次心动，往往爱得很深，也会爱得很认真。甄帅对卢一荻完全是溺爱，不计成本，更不求回报。只要她喜欢，就一定满足她的所有要求，只要能换来她的微微一笑，内心就无比满足。

如果是从前，我会觉得这是最美好的爱情模式，事实上，我当年也是这么做的。可现在，我多少会觉得有点问题，爱情绝非一厢情愿，更不是单方面的付出；爱情是两情相悦，更是彼此尊重；爱情是时间的朋友，更是两个人之间的一场势均力敌的较量。所以爱情是一种平衡，更是一场长跑，不到终点的那一瞬，我们谁也不能说我们真的就懂了爱情。

这些当然只是我个人对爱情的一些粗浅理解，真正让我替甄帅担心的是我从他和七七口中，听到了两个完全不同的卢一荻。甄帅说卢一荻简单真实，重情重义，外表漂亮，内心善良，简直美好得像天使。可七七说过卢一荻是个情感经历极其丰富的女生，而且一直死心塌地爱着一个叫余阮的渣男，现在她怎么又突然移情别恋喜欢上甄帅？这不得不让人心生疑问。

我当然没有将这些直接告诉甄帅，一来不合适，二来就算说了他也听不进去，肯定还会觉得我太多虑，在他眼中，全世界的女生加起来都及不上卢一荻。他原来每次和我见面，说的都是"建功立业"的大事，现在则全部是卢一荻，明明就那么几件事儿，翻过来倒过去地说，怎么也不腻。

他说不腻，我都听腻了，有次我故意调侃："瞧把你幸福的，啥时候也让我们见见呗。"

"我早想把小荻带过来见见大哥，就当认亲了。可她觉得还不到时候，可能觉得我们的感情进展太快了，她还需要再考验考验我吧，"甄帅眉飞色舞，"哈哈，小荻真是个认真的姑娘呢，想问题就是周全，我实在太喜欢了。"

见他如此投入，我只能暗自祈祷一切都是真的，可能是因为我在感情中受过伤，所以变得不再单纯。如果有一天她和卢一荻，我和七七，都能够终成眷属，那真是莫大的幸福！

可是，真的会有那一天吗？

我不确定。

2

我当然不确定，世事本就难测，何况那天为七七打架后，我和她的关系突然变得微妙起来，无论身体还是内心，都充满了距离感。虽然她还是会经常来奶茶店，干的活儿也和以前差不多，但总觉得中间隔了点什么，再不会像过去那样无话不说，亲密无间。

一开始我还以为是因为她迟迟走不出被霸凌的阴影，所以没有给她更多压力，而是静静地陪伴她，试图通过时间来淡化这些负能量。慢慢地我才意识到她的沉默和忧郁都与我有关，她不时逃避的眼神充分说明了一切，这着实让我很是费解。按理说，经过这次事件，她理当对我更加依赖才对，何以到此地步呢？

以我对她的了解，她憋着憋着一定会爆发，只是这次她始终引而不发，人则变得越来越蔫巴，就像大病了一场，这让我着实心不忍，于是我决定立即主动沟通，和她说个明白。

"七七，你到底怎么了？告诉我。"

"没有啊，我都听不懂你在说什么！"她言语冷漠而局促，看都不看我一眼。

"既然没有，那你为什么要突然这样对我？"

"我怎样对你了？"她终于肯正眼看我了，只是眼圈一下子就红了，"我根本一点儿都不了解你。"

"你是现在世界上最了解我的人。"

"谢谢，我可不敢当。"她竟然冷笑了起来。

"真的，不骗你。"

"我不相信，那天，那么多的小流氓都管你叫大哥，好吓人！"七七转过头，避开我的眼神，委屈极了，"你根本就不是一个卖奶茶的。"

我似乎有点儿明白是怎么回事了，不过没有急于辩解，而是静静地听她控诉。

"还有，那个打我的浑蛋口口声声说什么你又是为了女人，还说你一定会死在女人身上。鹿安，你的过去到底怎样？你从来没和我提过。我把所有的事都告诉你了，你却对我一点儿都不诚心，有你这样的吗？"

"绝对没我这样的，我确实太不应该了。"

"你说，你到底还有多少事瞒着我？"七七见我态度如此诚恳，语气也软了下来，"你这样让我以后怎么能够放心嘛！"

我连连点头："就是，就是，必须不放心。"

"你还油嘴滑舌，"七七破涕为笑，睨了我一眼，小声骂着，"真不要脸。"

她放松了，我就该正经了，我调整呼吸，认真对她说："七七，我的确不只是一个卖奶茶的，也的确有过一些过去，我没告诉你只是不想因为我的过去影响现在，主观上我没有欺骗你，我只是单纯地希望对你好，希望你幸福，包括这一次，因为你，我甚至违背了内心的诺言……"

"你别说了，你对我好，我是知道的，"七七的眼神变得哀怨起来，"我又不傻，只是……"

"只是怎么也过不了心里那一关，是不？"

"一想到你瞒了我那么多，就难受。"

"七七，相信我，再给我点时间，等合适的时候，我一定会告诉你我的所有，好吗？"

"可是还要让我等多久？反正我再也不想从别人口中听到你的事，我受不了的。"

"嗯，很快了。"我盘算着只要她生日那天我向她表白成功，就可以把草莓，还有我凛冽的青春里发生的事，通通说出来。

"好，那我就再相信你一次，要是你做不到，我就打死你，"七七的眼睛终于恢复了过往的明亮，"对了，你知道你那个大眼睛兄弟和卢一荻谈恋爱吗？"

"你说甄帅呀，"我点点头，"怎么了？"

"没什么，我也是刚知道，昨天卢一荻突然叫我唱歌，结果就看到了你那个兄弟，他俩能好上，我挺意外的。"

"为什么会意外？"

"就是觉得好奇怪啊，感觉他俩完全不是一路人，那个甄帅看上去还挺简单的，他肯定Hold（控制）不住卢一荻的。"

"那能怎么办呢？爱情本来就没道理可言。"

"这倒是，就像卢一荻根本Hold不住余阮，不也爱得死去活来的？"

"对了，那卢一荻现在和余阮怎么样了？"提及余阮，我正好有心多问几句，不知道为什么，对这个人我总有一种莫名的担忧。

"分了呗，还能怎样？"七七一脸不屑一顾，"那个人就是个渣男，早分早好。"

"你见过他吗？"

"谁？哦，你说余阮啊，没见过，卢一荻原来谈恋爱，第一个就会带给我看，可这个余阮感觉特神秘，不但从来没见过，连照片我都没看过，感觉卢一荻和他谈恋爱后，整个人都被洗脑了，甚至现在突然对我这么冷漠，肯定也和他有关。"

"你说卢一荻冷落你了？"

"是啊，莫名其妙的，以前我们那么好，可自从她和余阮谈恋爱后，哪怕我想和她说说话她都遮遮掩掩的，想和她见面也总推却，好不容易见了感觉完全不对，就像换了个人似的，你说不是余阮捣鬼还能是谁？"

"所以你特别讨厌余阮？"

"主要还是因为他伤害了卢一荻，如果他能给卢一荻幸福，就算从我身边将卢一荻抢走，我也能接受，可他不但没有对卢一荻好，反而在卢一荻有了他孩子后就把她抛弃了，简直就是最渣的渣男，这种人不得好死的。"

"那你说卢一荻现在对余阮什么感觉呢？会不会还爱着他？"

"你为什么这么问？我想想哈，我觉得肯定还有感情吧，毕竟像她这样的人是很少动真情的，一旦有了就没那么容易忘，但卢一荻也不是好惹的，既然余阮伤害了她，她很可能会因爱生恨，"七七边说边点头，"嗯，她现在对余阮应该是又爱又恨，爱恨交织，恨大于爱，没错，一定是这样。"

"恨大于爱？为什么不是爱大于恨？"

"因为你不了解卢一荻，她的报复心其实很强的，从来不会放过任何伤害过她的人，哪怕是她的妈妈，因为小的时候她妈妈出轨了，所以这么多年她一直想方设法折磨自己的妈妈。唉，很作孽的。"

"那照你这么说，余阮将她伤害得这么深，她岂非也会报复了？"

"肯定的啊，我说了，卢一荻从来都不带吃亏的，只不过就算她有这个心，能不能做到就不好说了。你想想，她为什么能够折磨她妈？因为她妈爱着她，所以爱就是她最有力的武器，可是余阮根本不爱她，她拿什么报复？我觉得这就是她最可怜的地方，记得他们刚分手的时候，我怕卢一荻想不开，总过去看她，她不吃饭不睡觉，就不停地哭，我看了真的很心疼的。"

我没有再说话，心中却开始嘀咕，我觉得七七分析得特别对，既然卢一荻无法利用余阮的爱进行报复，那么有无可能利用其他人对她的爱呢？如果这个猜测是真的，那么现在她和甄帅……我的心突然一凉，不敢再想，但愿一切都是我杞人忧天。

不管怎样，我好不容易消除了七七对我的芥蒂，眼下最重要的就是把七七的生日Party准备好，在此之前，其他事都可以先放一放。等Party之后，我会好好和甄帅谈一次，如果真的是我担心的那样，我一定不会袖手旁观。

我觉得我的想法是OK的，只可惜，这一次，时间依然没有站在我这边。仅仅刚过两天，我最不希望看到的事就发生了，而"久仰大名"的余阮，也终于站在了我的面前，并且让我意识到，他比传闻中的还要黑暗百倍。

3

"大哥，小荻终于同意见你们啦，就今晚，看来我已经通过她的终极考验了，"那天中午，甄帅在和卢一荻约完会回来后，无比兴奋地对我说，"好嗨哦，感觉已经达到了人生的高潮。"

"好啊，好事！"我有些意外，又觉得没那么意外。

"嗯，天大的好事，我已经通知弟兄们了，晚上大家伙儿一起好好热闹热闹，"甄帅激动得语无伦次起来，"哈哈，丑媳妇终于要见家人咯，呸呸呸，小荻一点儿都不丑的。"

"地儿订了吗？"

"小荻早订好了,我跟你说,她可上心了,什么事都要亲力亲为,"甄帅说完转身道别,"好了大哥,我得先走了,下午还要陪小荻去购物呢,她非要买新衣服,还要专门做造型。你说整得那么隆重干啥,都是一家人,哈哈!"

"去吧——小心点。"

"放心吧,对了,你记得叫上七七哈。"

"哦,也是卢一荻让叫的?"

"这个她倒没说,不过她和七七是老同学,现在七七和你那么好,我和小荻又是一对,这样就是亲上加亲,晚上大家一起肯定特别开心。"

下午七七放学后来到奶茶店,我问她知不知道卢一荻要和我们见面的事,七七显然不知情,一个劲儿抱怨卢一荻太不够意思了,不但好久没和自己联系,连这么重要的事情都不说。我问她晚上要不要一起去,七七犹豫了会儿,说:"虽然她这样做不太合适,但我还是希望能亲眼见证她的幸福,那就去吧,大不了不说话就是。"

晚上六点,我和七七来到指定的酒店,其他弟兄们差不多都到了,大家兴致都很高。过了会儿甄帅一个人来了,说卢一荻还在做造型,要晚点儿,让他先来招呼大家。于是我们一边聊天一边等,大家都调侃甄帅,问他什么时候和卢一荻结婚,甄帅说只要待会儿大家见了后没意见,他就立即向卢一荻求婚。有人说要是我们反对呢,结果被甄帅踹了一脚,甄帅说天王老子说反对也没用,他就算打一辈子光棍,此生也非卢一荻不娶。

时间在我们的起哄打闹中过得飞快,已经七点了,兄弟们早就全部到齐了,卢一荻依然没有出现,甄帅急了,不停发信息,结果卢一荻始终不回,打电话也一直不接,就在他要出门找她之际,手机突然发出信息提示音,卢一荻发来了一个酒店的房间号以及一段文字,上面写着:我被余阮强奸了,快来救我!

"可恶!"甄帅大吼一声,不由分说冲了出去,大家伙惊得面面相觑,我顾不得细想,赶紧带着其他兄弟,紧紧跟上前去。

4

卢一荻发来的酒店地址就在饭店对面,五分钟后我们便冲了进去,直奔那个房间,可还是晚了一步,等我们赶到时房门大敞着,里面除了一个衣冠不整的女生,再无他人。

"人呢?"甄帅冲到女生面前,厉声喝问。

"走了。"女生表情很平静,没有丝毫恐慌,真想不到我第一次见到卢一荻竟然是在这种场合。

"快追!干死余阮这王八蛋!"甄帅说完带着弟兄们"呼啦啦"又冲了出去,房间里很快只剩下我和卢一荻两人。

卢一荻从头到尾都没看我,她很快穿戴整齐后快速往外走,我紧紧跟了出去,在门外正好遇到了后赶来的七七。

"一荻!"七七轻轻唤了声,关切地问,"你还好吧?"

卢一荻没有理睬,低着头,匆匆离开了,七七愣了下,接着跺了跺脚,追上前去。

我刚想下楼,突然感觉不对,赶紧折回。

房门依然开着,房内的一切都没变化,可空气中却充满了杀气。凭借直觉,我断定余阮其实根本就没有离开,刚才不过是卢一荻的调虎离山之计,她故意将我们引走,好给余阮创造出逃跑的时间和空间。

好险，我们差点儿就都上当了。

可是既然卢一荻做局想"借刀杀人"，怎么会在最关键的时刻又突然反水，保护起余阮来呢？刚才这个房间内究竟发生了怎样诡异的事？

来不及多想，我细细打量着房间的每一个角落，最终目光停留在窗台上，我几乎可以确定，余阮此刻就躲在厚厚的窗帘背后。我屏气凝神，一步步向窗帘接近，此刻他是亡命之徒，必然会对我发出致命一击，甚至，会想和我同归于尽，我必须将所有可能发生的状况都提前想到，并做好应对之策。

空气中的杀气越来越浓，我更是感受到了一种前所未有的紧张。

这个余阮的可怕，显然超过了我遭遇过的所有对手——这同样是一种直觉。

短短几步，我走了许久，终于来到窗前一尺的位置，就在全身发力，将揭开窗帘的那一瞬间，突然身后传来七七的声音。

"鹿安，你在干吗呀？"

电光石火间，我立即决定放弃进攻，赶紧离开。

原因很简单，如果只是我一人，不管对方是谁，我都有信心全身而退，可现在身边有了七七，我绝不能冒险。

"没事，我们走！"我紧紧拉着七七的手向房外走去，窗帘在身后发出"沙沙"的摩擦声，仿佛是余阮对我无尽的嘲笑。

我和余阮这个我的一生之敌的第一次交锋，无疾而终。而从今天开始，我们之间的争斗，正式拉开了序幕。

5

那天甄帅和弟兄们一直搜寻余阮到后半夜,几乎查遍了他所有可能出现的地方,动用了江湖上所有的资源信息,却始终没有半点他的消息。

第二天一大早,甄帅发动了更大规模的寻找,他要求所有弟兄都立即停止手上的全部活计,统统上街去找寻余阮,对此我颇有微词,然而甄帅已经杀红了眼,就算我制止他也不会听的,我也很理解他的心情,人在江湖,最重要的就是面子,不管真相究竟如何,卢一荻名义上就是他的女朋友,现在江湖上人人都知道他女朋友被人给睡了,换谁都不能忍,更别说甄帅了,他就算掘地三尺也誓要将余阮挖出来,非千刀万剐不足以泄愤。

对余阮的搜寻整整持续了一个礼拜,却始终杳无音信,余阮就仿佛人间蒸发了一样,不但现在完全不见踪迹,更夸张的是,就算我们想找他以前的消息,也困难无比,他不隶属于任何组织,也没有一个敌人或朋友,宛如幽灵,一直潜伏在我们身边,却没人意识到他的存在,如果不是这次意外,很多人甚至不知道世上竟还有这样一个人,这显然就是他的可怕之处。

很多人都说余阮已经"畏罪潜逃",早已离开这个城市,流亡他乡,甄帅也这么认为,他根本不相信一个大活人可以在近乎天罗地网的搜捕下不留任何蛛丝马迹。可我坚信他没走,而且肯定就在我们身边不远处,暗中观察着我们的一举一动,我知道他绝对有这个能力,就犹如一颗藏匿起来的定时炸弹,你不知道它在哪里,但它随时都可能爆炸,这种感觉,最为可怕。

卢一荻当然是个很好的突破口,我们有理由相信她会和余阮保持着秘密联系,所以一直派人跟踪她,但结果同样令人失望。那天过后,她就好像变了一个人似的，每天深居简出，白天一直待在健身房，晚上回到租住的地方后就闭门不出，根本就不和任何人来往，我们盯梢了大半个月，同样得不到一点有效信息，只得作罢。

这段时间，甄帅倒是找过卢一荻好几次，说起来卢一荻和余阮沆瀣一气的迹象已经很明显了，但甄帅就是不愿相信，他坚持认定卢一荻不但没有欺骗自己，而且是最大的受害者，因此每次过去都嘘寒问暖，百般关爱。然而对卢一荻而言，甄帅已经彻底丧失了利用的价值，加上她对甄帅根本没有感情，自然希望他离得越远越好，此时她充分展现了自己在情感上足够无情的一面，无论甄帅如何好话说尽，甚至摇尾乞怜，她都不为所动，各种冷嘲热讽，坚决要分手，由此可见，甄帅在她心中究竟是多么微不足道。对此甄帅极度痛苦，他爱得太卑微，更加无能为力，只得变本加厉地讨好卢一荻，明知徒劳无功，也不愿放弃，宁可自我催眠，也要坚持到底。

6

事态至此陷入了僵局，随着七七生日的迫近，我方得以将注意力从余阮身上转移，并利用最后一星期的时间，通过反复的琢磨和强有力的执行，终于制定了一个足以让七七终生难忘的生日庆祝方案——为了让我给七七准备的惊喜有最完美的呈现，我包下了一家位于全市最高楼顶层的酒吧作为Party举办场地，在他家的超大玻璃露台上可以俯瞰整个城市，特别是在夜晚，头顶是璀璨星光，脚下是万家灯火，置身其中，宛若悬浮于半空，微风吹过，如梦似幻。

事后我常想，如果那天的结果能圆满，该是多么美好的一件事啊！不光于我个人是喜事，对弟兄们也很重要，毕竟这次大家花了好大的力气寻找余阮而不得，士气很是受挫，急需一件喜事来提振。

很可惜，这么一个简单的愿望，竟也成了奢望。

7

七七生日前一个星期，我们总共也没见两次面，一方面我忙于准备她的生日Party，无暇分身，加上她另一个闺密陶梦茹生病住院了，她每天都要过去探视。而且我为了提高她的惊喜程度，故意装作根本不知道她要过生日了这件事，甚至在她生日当天下午我们见面时，我依然不紧不慢地躺在沙发上打着游戏，看着七七烦躁不安地在我身边走来走去也视而不见。

七七最后显然沉不住气了，干活儿时将手中的瓶瓶罐罐摔得震天响。我这才将目光从手机上移开，"漫不经心"地问她："怎么着？你是不是有什么话要对我说？"

"没有啊！"感觉七七整个人都不好了，可嘴上依然装作若无其事一样，"我才没话和你说呢，讨厌！"

"我有话对你说，"我走到她面前，习惯性地摸摸她头发，"晚上我要招待一个外地来的好兄弟，你陪我吧。"

"没空，我不去，"七七气鼓鼓地走到一边，"你就玩你的游戏吧，一天到晚打打打，奶茶店都快被你打黄了你知不知道？"

"干吗呀这是？"我强忍着笑意，"吃炸药啦！"

"你管不着，晚上我有事，等会儿干完活儿就走。"

"别呀，今天晚上你不来可不行，你得帮我这个忙。"

七七听后果然好奇了："帮忙？"

"对呀，帮忙！"我认真地说着，"我那兄弟和他女朋友一起来的，你想想要是我一个人招待的话，感觉多怪啊！"

"那你和甄帅一起去不就得了嘛！我看你俩挺般配的，"七七说着说着自己都乐了，"反正最近他也闲得很。"

"也不是不可以，"我点点头，"只不过他刚失恋，被你的好闺密卢一荻伤得不轻，看到别人恩爱估计会抓狂，当场崩溃也说不定。"

"这倒是，可不能再刺激他了，他实在太可怜了。"七七当真了，看着我，嘟着嘴埋怨，"你可真烦人！"

"哈，你愿意帮忙啦！"我赶紧溜须奉承，"七七，你最好了。"

"唉！好人有什么用。本来人家今天……"话到嘴边又收了回去，"算了，我还是先去准备准备吧。"

"准备？"

"对啊，你兄弟不是带着女朋友吗？我怎么着也得化个妆吧，否则还不得丢你的人呀！"

"这倒是，你说我怎么就没想到？"

"你现在心多大啊！不，你现在根本就没有心。"七七撇撇嘴，感觉就快哭了，"以后再和你算账，哼！"

我又东拉西扯胡诌了几句，然后告诉她聚会的地点，接着说得先去车站接人，等会儿直接在那里见。

8

离开奶茶店后我直奔那家酒吧，现场早已布置妥当，我不放心，又将整个流程认真对了一遍，确保每个环节都万无一失。现在风和日丽，万里无云,一切都很完美,只等女主角的出现。

傍晚六点,天已渐黑,化着精致淡妆的七七准时到来,面对满眼的流光溢彩,迟疑地问:"奇怪了,我听说这家网红店生意一直超好的,怎么今天这么空?"

"我包场了,"我赶紧上前接应,发自内心地赞美,"你好漂亮啊!"

"谢谢!"七七跟着我来到室外,偌大的悬空玻璃台上只摆放了一张水晶桌席,在绚丽灯光的映射下,更显奢华。

"哇,你这到底是什么朋友啊,搞这么隆重!"七七略显不安地坐下,问,"人呢?你刚才不是去接了吗?"

"已经到了。"我含笑看着她,温柔作答。

"啊?"七七左顾右盼,"哪儿呢?"

我轻轻拍了拍手,酒吧所有的灯光立即暗了下去,随之悦耳的音乐轻轻响起,环绕在我们的身侧。

七七疑惑地看着我,突然空中传来一声巨响,接着在她的正上方绽放出一朵无比美丽的七色焰火,照亮了整个苍穹。

"太美了。"七七赶紧站了起来,趴在露台栏杆上,很快她的眼前、身后、头顶、脚下、四面八方同时盛开起无数朵烟花,白的、红的、蓝的、紫的……在音乐的伴奏下,呈现出各种争奇斗艳的造型,宛若浩瀚海洋,铺满了天空。

烟花秀整整持续了20分钟,最高潮时万炮齐发,在空中组成了"七七,生日快乐"几个大字,那一瞬间,我心中高悬多日的石头终于平稳落地,一切堪称完美,再看七七,早已泪流满面。

"生日快乐!"我将早已准备好的999朵玫瑰花递给她。

"原来你骗我。"七七受宠若惊地接过玫瑰花说,"你可以提前告诉我的呀,让我白白生了那么多天的气。"

"惊喜,惊喜,提前告诉你就只有喜,没有惊了,还是这样合适。"

"你好幼稚啊!不过我真的很感动。鹿安,谢谢你!我永远不会忘记今天!"

门口突然传来一阵欢呼声,七七连忙转过头,就看到甄帅带着一众兄弟推着大大的蛋糕车走了进来。

"璐七七,生日快乐,耶!"甄帅瞬间自嗨了起来,不由分说地抓起蛋糕上的奶油就往七七脸上抹去。

七七尖叫着让开,然后立即还击,将整整一大块蛋糕完整地拍在了甄帅脸上。

就这样,还没等我反应过来,他们就已经打起了蛋糕仗,气得我直摇头,不过气氛已经被点燃了,大家脸上都洋溢着久违的笑容。

接下去,香槟、音乐、鲜花、酒精、欢呼、打闹、嬉笑、尖叫,统统成了主角,我们一起做着游戏,一起放声高歌,一起纵情舞动,每个人都玩得很疯,特别是甄帅,压抑了多日的心在酒精的刺激下终于得到了尽情释放,他一个劲儿地给我和七七敬酒,不停地说如果他和卢一荻没有分手就好了,大家能够团聚在一起,那才是最快乐的,说着说着,竟然哽咽了起来。

七七也很开心,同时又心疼甄帅,为了安慰他,自己也喝了不少酒,脸通红通红的,一个劲儿地傻笑。

午夜零点,最重要的时刻终于到了,我挥手示意全场安静,然后接过话筒,拉着七七的手,走向天台的正中间。

七七似乎有点儿被吓到了,悄悄问:"你喝多了,你想干吗呀?"

"我想向你表白。"我深情地看着她，眼睛里的柔情快要溢了出来。

"不要啊！"七七竟小声叫了起来。

"为什么？"

"反正你听我的就是了，至少，今天不要，求你了。"

"今天不要？那什么时候要？"

"我也不知道，我现在乱极了。"

如果是平时，我一定会察觉出七七眼神中的异样绝非伪装，可那个时候我已经失去了理智，我喝了太多酒，也等了太久这一刻，最重要的是，那晚的一切都是那么顺利，那么完美，我实在不愿就此放弃。

举起话筒，当着现场所有人的面，我开始对七七大声告白："七七同学，我喜欢你，从第一眼看到你，就喜欢上了你，你的善良、你的活泼、你的勇敢、你的无私，你一切的一切都深深打动了我。虽然你很迷糊，偶尔还刁蛮任性，可是我都很喜欢，只要是你，我就喜欢，七七，做我女朋友吧，我会好好照顾你，保护你，让你快乐，给你幸福，相信我。"

"答应他，答应他……在一起，在一起！"在甄帅的带领下，所有人整齐地喊着口号，目光殷切地看着七七。

七七的眼泪很快流了出来，她边哭边摇头，对我一字一字地说："为什么非要在今天？为什么不早几天？为什么你不听我的话？鹿安，我知道你很喜欢我，我也很喜欢你呀，可是我现在不是自由的，对不起，我真的……不能答应你！"

第十一幕

言不由衷

我做不到答应,更做不到直接拒绝,所以只能沉默。

沉默,令人窒息的沉默。

沉默,丧心病狂的沉默。

1

什么是兄弟？

兄弟就是有福同享，有难同当。

从这个意义上来说，我和甄帅绝对是一对难兄难弟，曾经我俩都以为自己拥有了幸福的爱情，没想到竟又同时失了恋——不对，他和卢一荻至少名义上还做过恋人，我和七七从始至终都只有暧昧，还没开始，便已结束，这听上去真的很可悲。

我喜欢你，可是我不能答应你，因为我不是自由的——几年前草莓拒绝我就是因为她不自由，没想到几年后七七拒绝我的理由还是这个，真是讽刺啊！

她一个简简单单的大学生，有什么不自由的？说来说去，全都是借口罢了。

可是我又实在想不出七七有什么理由不答应我，真的，我绞尽脑汁，也想不出个所以然。这事，实在太蹊跷了。

"哎呀，老大，想不通就不要想了嘛，感情的事又不是数学题，要想得那么明白干啥，你要是还喜欢她，尽管对她好就是了，在不在一起有那么重要吗？你看我不也被抛弃了吗？那又有啥，我照样对小荻好，一点儿毛病都没有。"在失恋这件事上，甄帅表现出了强大的同理心，他怕我想多，总过来安慰我，说得还真挺像那么回事。

"咱俩的情况不一样。"

"嗐，有啥不一样的，都是被抛弃，哈哈，一个人叫丢人，两个人叫同是天涯沦落人。老大，啥也不说了，弟弟我都懂，咱俩啊，现在可真是够沦落的，你想哭就哭吧，我给你递纸巾，直接擦我身上也行，我不嫌弃，总之，有我，你不孤独……老大，你不感动吗？我都快把自己说哭了，还是说你现在难受得已经快崩溃了？不至于吧，好死不如赖活着，我的老大！"

"你想多了，我真没事。"

"拉倒吧，七七都把你伤成那样了，还没事？"

"她不是故意的，肯定有难言之隐。"

"那必须的，人心都是肉长的——什么？都这时候了你还在为她说话！我算知道了，感情上你还没我拿得起放得下呢，哼哼！"

见他说我说上瘾了，我只得赶紧转移话题："对了，最近有余阮的消息没？"

"完全没有，这孙子就是个缩头乌龟，"甄帅果然立即火冒三丈，"老大，你就那么确定他还在这里？"

"确定。"

"那我就不明白了，你说他留在这里有什么意义？除了被我们抓到了抽筋剥皮，还能得到什么？"甄帅翻着白眼，"难道他和我一样，在等小荻回心转意？这个臭不要脸的。"

我摇头："他的目标不可能是卢一荻。"

"那又会是谁？"甄帅用手指着自己，"我？"

我继续摇头："也不能是你。"

"喊，不是我，那难道会是老大你不成？"

"应该就是我，"我点头，"我有很强烈的直觉，错不了。"

"我不相信，你俩压根不认识，他就是个什么也不是的小崽子，凭什么把你当目标？难道他吃了熊心豹胆也想当老大啊！"甄帅说完自己愣了下，"我擦，别说，还真有这个可能哦，这烂货可什么都做得出来。"

"也可能是其他原因。只是我们不知道而已。"

"除了想当老大想疯了，还能有啥原因？"甄帅丝毫不以为然，"好了，不管他是怎么想的，你都没必要担心，就算他一肚子的坏水，也得有这个实力不是？他一个人，再牛又能牛到哪儿去？他什么时候敢露面，我们立即就逮到他，直接搞死，哪有那么多废话。"

"不，你太低估这个人了。看不见的敌人才是最可怕的敌人，我们怎么也找不到他就证明他真的厉害，而他越是没消息就越是危险，"我轻轻摇头，一字一字地说，"现在我虽然不知道他究竟躲在哪里，但我知道他一定在暗中布局，等待合适时机，发起反攻。我们想抓到他，没那么容易，要做好持久战的准备。"

甄帅仍然一脸不屑："老大你说的肯定有道理，可我问你个实在的，他小子真要搞你的话，他能找到你的什么软肋不？如果找不到的话，他怎么搞？光靠意念啊，那我还希望世界和平呢，喊！"

我没再反驳，甄帅的话虽然稍显托大，但说辞倒还在理。这个余阮虽然肯定是个狠角色，但我也确实想不出他会有什么机会对我形成实质性的威胁，我如此严阵以待，也可能是自己太过谨慎了吧。

唉！不想了，这段时间烦心事儿可真不少，眼下我和七七的关系变得越来越微妙，我首先得把这处理好。

2

和几年前草莓拒绝我后的情况如出一辙，我和七七的关系瞬间降至冰点，和几年前不同的是，我没有因为被拒绝而变得极端，甚至我根本就不迁怒七七半分，就像我对甄帅说的那样，我坚信七七是有苦衷的，这不是自我安慰和催眠，而是基于对她的了解和对我们感情的自信。我曾试图和她好好沟通一次，但她却没有给我机会，那天之后她没有再来过奶茶店，不知是因为内疚，还是其他原因，而我也不想穷追不舍，给她太大压力，如果她真的是身不由己，那么我就静静地等她把自己的问题解决好，她自然会"回心转意"，如果是我想多了，那么更没必要说那么多。

总之，我们的亲密关系戛然而止，来到了一个全新的分水岭，从此向左向右，皆由天命。

只是那些日子我虽然没有直接找七七，她却始终没有离开我的视线——是的，我一直在暗中悄悄跟踪她，一是因为思念太过强烈，二来也是有点儿不放心她的安全，上次被迫自残的胡胖子已经出院了，他会不会伺机报复说不好，总之小心为好。

就这样，每天放学前，我都会来到七七学校附近，然后看着她形单影只地出现再离开，表情无比落寞。她不会立即回家，而是先去市中心医院，她的闺密陶梦茹正在那里的心脏科接受着治疗，她们见面后时而谈笑风生，时而相拥而泣，有着说不完的悄悄话，那情景颇为温馨。我通过草莓的主治医师打听到了陶梦茹的病情——先天性心脏病，已经接受过好几次手术却依然无法控制病情，留给她的时间已经所剩无几……不晓得七七是否知道，好几次我都想悄悄转告她，又怕她会太伤心，只好作罢。

就这样，我用一种特殊的方式参与着七七的生活，虽然无法像从前那样酣畅淋漓，但总归聊胜于无，而且换一个角度，其实更加有助于我去了解她，最重要的是，能够让她的身边一直有我，这于她而言不失为一种幸福。

本来我已经做好了一直这样"偷窥"下去的准备，但很快我发现了一件让人不寒而栗的事，彻底改变了我的计划。

那就是，余阮竟然也在跟踪七七。

3

余阮在跟踪七七，这突如其来却千真万确，我相信我的直觉，这让我所有美好的期待，全部推倒重来。

之前我还想余阮究竟靠什么才能打败我，怎么也没料到他这么快就找到了我的命门所在，那就是七七。

毫无疑问，那天在"捉奸现场"的酒店房间里，我和余阮对峙的最关键时刻，尽管七七只出现了寥寥数秒，余阮却已准确捕捉到了有用信息。他显然是想通过伤害七七来要挟我，前些日子七七每天放学后都到我的奶茶店，他毫无机会，这几天七七和我分开了，让他有的是可乘之机，不得不说这一招足够歹毒却绝对有效。

于我而言，绝对无法接受七七因为我而受到伤害，我必须立即做出正确的反应和选择，在余阮阴谋得逞之前全身而退，确保七七的人身安全。

怎么办？我到底该怎么办？

更让我吃惊的是，在我发现余阮跟踪七七的同时，余阮似乎也发现了我的踪迹，再次销声匿迹，这其实更为可怕，七七在明，他在暗，我们想抓却抓不到他，又不知道他何时会伸出魔爪，而对于手无缚鸡之力的七七，他一旦觅得机会出手，几乎没有失败的可能。

怎么办？我到底该怎么办？

那一夜，我头痛欲裂，心乱如麻，从没如此焦虑和无助过，直到东方发白，突然恍然大悟：既然七七成了余阮对我打击报复的工具，那么只要我和七七的亲密关系解除了，她自然也就失去了被利用的价值。

对，这才是保护七七最正确的方式，从这个角度来看，七七拒绝我可谓恰逢其时，现在我只需顺水推舟，便可以假戏真做。

事不宜迟，在余阮行动之前，我必须让他知道，七七对我而言已不再重要，我们，分手了。

4

我很清楚，以余阮狡黠多疑的个性，要想让他知道且相信，就意味着这件事必须让所有人都知道，并且是真实的。

所以我必须高调对那天七七拒绝我的示爱作一个公开回应：我很遗憾，并且恼羞成怒，决定不再纠缠她，从此大道朝天，各走一边。

这无比合情合理，只是就在我行将表态之前，情况很快又发生了180度的转变——当天下午七七竟然主动来找我，表示她已经恢复了自由，可以考虑接受我的表白。

"鹿安，那天你说的话，还有效吗？"七七没有来奶茶店，而是将我约到我向她求爱的那家酒吧，站在熟悉的玻璃天台上。

"我……"我突然不知该如何回答，表情一定难看极了。

"好啦，我知道你肯定在生我的气，可我真的是有苦衷的，你听我慢慢跟你说哈！"还好七七一直沉浸在自己的世界里兴奋不已，丝毫没有在意我的尴尬，"我不是跟你说过，我还有一个最好的闺密叫陶梦茹嘛，她暗恋崇礼好多年了，一直在背后默默为他付出着，我要替她表白她还死活不让。对了，你说崇礼对我有意思，竟然是真的，不过这也没什么，可不知道怎么的，陶梦茹也发现了，她好像知道崇礼所有的心事，然后她当然也知道我是不会喜欢上崇礼的，可她又怕崇礼因为我不会接受他的喜欢而受伤，就要求我绝对不要答应做其他人的女朋友，一定要让崇礼觉得自己还有希望。本来这个要求我是根本不可能答应的，太荒谬了，可是我真的无法拒绝梦茹的，她的病很严重了，是先天性心脏病，已经到了随时都可能离开的地步。梦茹说如果我不答应的话，她即使离开了也是会带着遗憾的，我真的没办法。

"对了，梦茹还不知道我和你的事呢，前阵子她突然消失了，原来是住院看病呢，她不想让同学知道她的痛苦，不想别人觉得她可怜，就想一个人默默承受这一切的折磨，直到悄悄离开。我们也是前些天才突然又联系上的。总之这就是事情的全部经过，本来我是想先应允下来，安抚下梦茹的情绪，等过两天找个机会再向她好好解释清楚，我其实已经有喜欢的人了，结果我前脚刚答应她，你就突然向我表白了，中间连个过渡都没有，我就只能拒绝你了。好像有点儿乱哈，你能听明白吗？"

"鹿安，我知道自己做得不好，可是你也有不对的地方呀，我们之前天天在一起，你什么时候表白不好，偏偏要赶在那个时候，还有，你表白前我都和你急了，让你千万不要说，你就是不听，这下好了，谁都觉得我这个人太狠心，而且无情无义，我也很受伤的好不好？"七七撒着娇说完这些，眼圈很快泛起红来，噘着嘴看着我，"好了，我都说清楚了，你也说句话好不好？"

虽然我已经想到了七七会有苦衷，却没想到原因竟然是这个，真的很狗血，但发生在她身上，又特别真实且合理，她就是这种简单又奇怪的人，也是我喜欢她的原因。只是我现在不能流露出任何感情，只得冷冷地发问："好，就算你说的是真的，那现在怎么又没事了呢？"

"因为这两天我已经和梦茹说清楚了呀，我是不想让梦茹不开心，可也不想让自己不开心，更不想让你不开心。你都不知道当时我有多痛苦，面对自己喜欢的男生的表白，明明想要却不能接受，真的很折磨，你不在我身边的这几天，每天我都过得很失落，天空永远是阴沉的，世界永远是灰色的，就连我听的歌曲也都悲伤了起来。鹿安，你肯定不知道你对我有多重要，没关系，反正我知道就好。"

七七说着哽咽了起来："后来我就把这些一五一十地都告诉了梦茹，她知道后立即让我收回了对她的承诺，让我一定要勇敢争取自己的爱，不要像她那样胆怯，还说会一直祝福我，所以我现在自由了，可以尽情拥抱爱我和我爱的人了。现在我想将那晚的遗憾弥补，一切重新来过。鹿安，请问你那天说的话，还有效吗？"

我仍旧没有回答，沉默，无比尴尬的沉默。

"你肯定是觉得自己特别没面子，这样好了，我不要你再向我表白了，反正我已经听过了，现在我向你表白吧——鹿安，我喜欢你，在你之前我从来就没有喜欢过一个人，对于感情我毫无经验，我对你说的每一句话、做的每一件事，都发自我最真的内心，我享受着你对我的好，也愿意去对你好，只要和你在一起，我就什么都不害怕，只要一分一秒见不到你，我都觉得好孤独，我想这就是爱吧，原来爱是这么美好啊！所以鹿安，我要谢谢你，谢谢你让我明白了爱一个人可以这么幸福，我想一直幸福下去，所以亲爱的鹿安，做我的男朋友好吗？请继续保护我，直到我们老去的那一天，我们再也不要分离，可以吗？"

如果早一天我听到七七的这些告白，我肯定会觉得自己是世上最幸福的那个男人，我会毫不犹豫地答应，可是造化弄人，真的是造化弄人啊，几天前是她身不由己，现在却轮到了我。现在危险就在她的身边，如果我答应了她，就等于亲手害了她，我绝对不可以让七七因为我遭受一丁点的伤害，小不忍则乱大谋，我必须理性，克制，坚持，再坚持。

只是我做不到答应，更做不到直接拒绝，所以只能沉默。

沉默，令人窒息的沉默。

沉默，丧心病狂的沉默。

"鹿安，你不说话就表示答应咯！"七七强作欢颜，"太好咯，从现在开始，你就是我的男朋友啦，我们正式开始谈恋爱咯，哈，想不到我璐宛溪的初恋发生在20岁，不早也不晚，挺好哒。

"鹿安，你的脸色好难看啊，你在想什么呢？可以笑一下吗？不管怎么样，哪怕我们只能做一分钟、一秒钟的恋人，也要好好相爱的啊！"七七说着眼泪大颗大颗掉了下来，她对我伸出双臂，闭上了眼睛，"我真的好想你啊，你可以，抱抱我吗？"

5

我当然不会放纵地去拥抱七七，我怕只要抱了就会彻底沉沦，然后万劫不复。

我咬着牙，说还有事，然后狠心地转身离开，留下她孤零零地站在原处。

开弓没有回头箭，事到如今，只得再想办法，让她"死心塌地"地离开我，趁一切都还来得及。

我叫来甄帅，让他立即去做一件事。交代完后甄帅深吸了一口气：

"老大,你想清楚了,真要这么干吗?七七会很受伤的。"

我点点头,挥挥手:"去吧,越快越好。"

"可为什么非得……"

"没有为什么,你照做就是。"

"行,我会找到最合适的人的。唉,真是作孽!"甄帅长长叹了口气,摇着头走了。

那一夜,我彻夜未眠,看着手机里数以千计的七七的照片,心情无比悲伤,我是那么爱她,现在却要亲手去伤害她,这是多么荒谬啊!还有,我曾想过100种告诉她草莓存在的方法,却怎么也没料到会是以如此戏谑的方式。

亲爱的七七,如果有一天我们都远离了危险,真正拥有了自由,我一定会向你坦陈所有的所有,届时请你一定要相信我,原谅我,好吗?

6

尽管甄帅对我的决定并不赞同,但他执行得还是非常到位,他托人暗中找到上次联合胡胖子一起欺凌七七的那个女孩,并将有关我情感的"绝密信息"泄露了出去,不得不说此人真是绝佳人选,自从上次折戟后她一直对我和七七怀恨在心,现在意外掌握了我的翔实黑料后自然不会错过,一定会用来打击报复。

很显然,她做了,而且做得很好。没两天时间,江湖上便开始广泛流传我鹿安最爱的女人根本不是什么七七,而是一个叫草莓的女人,为了草莓,我宁愿坐牢,而七七对我而言不过是个替代品,随时可以抛弃的那种——以前关于我的感情就有不少传言,只不过大多是捕风捉影,毕竟真正知道我和草莓故事的人寥寥无几，现在有名有姓还有一些细节，听上去自然更为可信，而且随着传播的人越多，我的情史被演绎得越夸张，最后俨然变成了一个重色轻友、忘恩负义之徒——对此效果，我很满意。

我知道，余阮一定听到了这些。

我还知道，余阮一定不会完全相信，不过他至少会心存疑惑，接下去，他会静静等待双方当事人的反应，在此之前，他不会轻举妄动。

对我而言，有这些就足够了，因为我最想告知的对象其实不是他，而是七七本人。

毫无疑问，七七也听到了，因为她很快就来奶茶店找我了。对此，我毫不意外，她或许会包容我很多缺点，但一定不会容忍我对她的"隐瞒和欺骗"，特别是我们都已经"恋爱了"，她的个性从来都不会藏着掖着，所以必然会找我要个说法。

只是让我意外的是，她竟然没有直接对我发难，而是像过去一样，热情，活泼，好像我们之间没有发生过任何不悦。

"我回来啦！"时隔多日，她再次推开奶茶店的门，来到后院，看着满目的狼藉，捂着鼻子，"我才几天没来，怎么就脏得像猪窝一样？"

然后开始不停地收拾起来。

当时我正在疯狂地练拳，浑身大汗淋漓，累到虚脱，非此不能宣泄内心的痛楚，见七七如此，生生愣在原地，呆呆地注视着他，一片恍惚。

"你干吗这样看人家？想我啦！"七七干活儿的间隙走到我面前，伸手在我眼前晃了晃，娇嗔，"好傻的，有空就和我一起干活儿，我都快累死了！"

"七七……"

"先别说话，给我打盆水过来，快！"七七无可奈何地叹气，"真是脏死了，看来以后我是一天都不能不在。"

就这样过了两个多小时，后院焕然一新，七七将围裙摘下，在我面前掸了掸身子，然后长嘘一口气，环顾四周，眼睛亮了起来。

"好啦！现在干净多了，我真是个居家小能手。"

"七七……"

"说吧！"七七直勾勾地凝视着我的眼睛，"你有什么想要对我说的，都告诉我吧。"

我紧咬牙，冷冷说："这几天，有一些关于我的传闻……"

"我知道啊，那又怎样？"七七孩子一样靠近了我，"你答应过我，对我绝对不会隐瞒，我相信你，所以只要不是从你口中说出来的，我都不会听。"

"是真的。"

"就算是，那也都是过去的事了，不是吗？"七七的脸色瞬间变得惨白，她强撑着笑意，仿佛在安慰我，更像在鼓励自己，"谁还没有过去呀，只要你现在不再和那个草莓联系就可以了。"

"不，我们还有联系的！每个星期，我都会去见她。"

"为什么？"七七显然不敢相信自己的耳朵，愣了半天，才憋出这三个字。

"为什么？难道你还想不明白吗？"我冷笑起来，那些早就准备好的话喷薄而出，"我认识她要比你早很多，爱上她也要早你很多。你知道吗？如果说我的妈妈给了我身体，那么是草莓赋予了我灵魂，她对我的意义是独一无二、不可替代的。我们一起经历了那么多的挑战和磨难，好不容易走到今天，我们从来就没有真正分开过。"

七七闭上了眼睛，然后再睁开，眼泪随之滑落，她深呼吸一口气，凝视着我的眼睛，缓缓说："鹿安，请你告诉我，你在骗我，好吗？"

我转过头，一字一字地回："我欺骗过你很多，但这一次，没有骗你，刚才我说的话，句句真实真心，璐宛溪，我不适合你，你也不适合我，我们，分手吧！"

7

我失恋了，亲手摧毁了我最为在乎的爱情，伤害了我深爱的七七。

直至此时，我对草莓当年的举动又多了几分理解——原来放手并不表示不爱，只是因为无奈，而离开，其实也是一种爱。

人生的很多道理只有亲自经历了才会真正明白，可懂了之后又如何？爱人早已不在，时机更加不再，怎么说，都是一种悲哀。

我很难受，却没空去伤春悲秋，和七七分手只是第一步，更重要的是要将这个消息公布于众，这倒一点儿都不难，吃瓜群众本就热衷于传播各种八卦流言，成本低，没风险，还能打发大把无聊的时间，简直是人生最有趣的消遣。在甄帅的散布下，没两天江湖上所有认识不认识的人都知道我鹿安和七七已经不再联系，我玩弄了她，又抛弃了她，我是负心汉，更是刽子手。

我知道这样做无疑是在七七的伤口上又撒了一把盐，但只有将她伤得越深她才能离我越远，离我越远就会越安全，我如此大费周折不就是想要这个结果吗？

我知道肯定会有人觉得我太小题大做了，现在又不是兵荒马乱的乱世，有那么夸张吗？如果是几年前，我也一定抱持这样的观点，但我亲身经历了草莓被活活打成了植物人的悲剧后，无法再做到心存侥幸，那种痛彻心扉的感觉只有永失所爱的人才会明白，所以我不可能再让深爱的七七遭受任何暴力的威胁，哪怕只有1%的危险，也要100%的防范，不管别人怎么误解我，腹诽我，指责我，甚至攻击我，我都根本不在乎。

任何付出都会有收获的，现在主动权又回到了我这边，我必须利用这个窗口期有所作为。既然余阮果真没有离开，他猎杀的终极目标就是我，我就必须在他行动前找到他，然后让他接受法律的制裁，彻底清除这个隐患。

因此，我加派了人手，对市里每一家网吧、夜场、练歌房、台球室等所有他可能出现的地方都严盯死守，力争不错过任何蛛丝马迹。

有些人无冤无仇，却注定会成为生死之敌，这就是他们逃无可逃的宿命。

现在，我和余阮的战争，已经全面打响。我别无选择，只能全力应战，而且，必须要赢。

8

在我全力搜寻余阮的那段日子里，七七曾主动联系过我两次。

第一次是通过微信，只有寥寥数字：你……还好吗？

我很清楚，平淡无奇的背后其实蕴藏着她非常复杂和激烈的情绪，相信在问出这句话前，她不知道写了多少，又删了多少，经历了多少心理建设，又受了多少痛苦的折磨。

我很心疼，想安慰她，却不能回复，一个字都不能。

只是她再无法理性控制自己的行为，就像赌徒，输红了眼，彻底放弃了尊严，心中想的全是翻盘。因此那个晚上她不停地给我发了很多条信息，语气也越来越不好。

"鹿安，你连一句话都不敢说，根本就不算男人。"

"你根本就没有长心，亏我还那么相信你，我真是瞎了眼。"

"知道吗？我现在最后悔的就是认识你，我好想把我们之间的所有事都忘记。"

……

见我始终不回，她最后竟然打来电话，我当然也不可能接，直接按掉，再打，再按，最后干脆关机，世界这才安静。

我觉得自己真的很狠心，也很过分，可我只能这样，现在正是最关键的阶段，我必须绝情到底，不给自己任何机会，否则理性一旦决堤，思念就会如汹涌潮水，将之前所有的努力全都摧毁。

七七，对不起，我知道自己一而再、再而三地伤害了你，可是，我和你一样痛苦，请再给我点儿时间，一切都会好起来的，相信我！

9

第二次发生在午夜，她没再发信息，而是直接打过来电话，我本不想理会，可心中突然一惊，这么晚了她突然联系我，该不会是遇到什么危险了吧？于是赶紧接听，结果就听到她哭着嘶声喊叫："鹿安，你为什么这样对我？我错了还不行吗？求求你了，不要不要我，我好难受……"

隔着话筒，我仿佛都能闻到她身上传来的酒气，她显然喝多了，在酒精的刺激下，再次拥有了联系我的勇气，而且说出如此卑微的话语。我无比心疼，更不敢立即挂断，生怕她受了刺激，做出什么极端的事，只得小心翼翼地陪她说话，基本上都是她在表达，一股脑倾吐出憋了很久的话。

"你为什么要这样对我？为什么要这么过分？为什么要这么绝情？到底为什么呀！"

"你知道这些天我是怎么过来的吗？你知道我有多难受吗？我每天都在哭，哭得眼泪都没有了，我真的好痛苦，你知不知道我有多讨厌这样的自己。"

"我知道错了，我知道我太任性，我知道我很幼稚，我知道我不够理解你，我改还不行吗？你不能一下子就这么绝情的啊！这对我不公平。"

"鹿安，我真的好想你，我不想失去你，你带我去见那个草莓好不好？她一定很漂亮，还特别温柔，特别懂你，比我更欣赏你。我真的好想知道，她到底是怎样的女人，可以让你如此死心塌地？我要你带我去见她，现在就去……"

"他们都说时间是最好的忘情水，可我不要忘了你，我一想到再这样下去我就会真的忘了你，就会不再喜欢你，从此你对我来说就是陌生人，你的一切都和我没有关系了，我就特别特别难受，比你不要我了还难受。"

"……"

那天七七哭诉了好多好多，从头到尾我都认真听着，心里滴着血，直到电话那头慢慢没了声音，我想她应该是睡着了吧，当然，也彻底绝望了，都说痛到极点是放手，七七这次彻底发泄后应该不会再回头了。

这不就是我要的结果吗？我该满意了吧，我真的做对了吗？如果我永远都找不到余阮，是不是永远都不再回头？现在这个局面，就算我回头，还有用吗?

我不知道,我什么都不知道。

事实上,七七后来的确再没有主动联系过我,而我也一门心思投入对余阮的找寻中,我怎么也想不到很快又发生了一个意外,不但彻底打乱了我的心态,更是改变了我的念头,让我此前所有的精心谋划,统统付诸东流。

那就是,七七竟然又恋爱了,男朋友正是那个崇礼。

草莓·终场

第十二幕

执子之手

我终于明白，原来占有欲，才是这世上最可怕的负能量，它呼啸而来，任谁也无法阻挡。

1

如果将我与七七、余阮、甄帅、卢一荻、崇礼、陶梦茹这些人的关系编织成一张错综复杂的网，我们每个人之间都会对应着若干关系和身份，不管发生什么似乎都有可能，但我怎么也想不到七七会和崇礼成为恋人。

七七最好的闺密陶梦茹不是暗恋崇礼吗？七七不是最在乎友情的吗？她不是还想帮陶梦茹表白的吗？不是说过自己不可能对崇礼有感觉的吗？明明有着这么多不可能，为什么最后还是成了真？

为什么？

那个深夜，她声泪俱下地在我耳边的道歉和哀求还余音绕耳，这还没过两天怎么会又投入别人怀抱？

难道他们是联合起来欺骗我的？

不，如果真是这样，那该多好，可无意中，我偏偏亲眼看到了他们约会，手拉着手，打情骂俏，那是100%的恋爱，我的眼睛绝不会说谎，他们的动作更不可能是伪装。

为什么会这样？我可以什么都不要，什么都不在乎，什么都能够承受。

除了眼睁睁看着自己心爱的女生，成了别人的恋人。

几年前这种悲剧就在我身上出现过一次，几年后，竟然再次发生。

这不但远远超出了我的计划范畴，更让我所有的用心良苦都变得毫无意义——就算有一天我战胜了余阮，解除了威胁，那又能怎样呢？她早已成了别人的女朋友，甚至妻子，我依然是个失败者，爱无所爱，一无所得。

怎么办？我究竟该怎么办？

小不忍则乱大谋，小不忍则乱大谋……

去他的小不忍则乱大谋，我还真就不忍了，爱咋咋的。

2

好了，我需要冷静，将事情的具体经过细细梳理一遍。

自从那天深夜找我哭诉完后，七七就彻底从我的生活里消失了，再次听到她的消息还是半个月后甄帅告诉我的，他说七七好像和自己的同学恋爱了，好几个兄弟都看到了，让我关心关心。

一开始我丝毫没有在意，因为我根本就不相信，这事要说她的闺密卢一荻做得出来，但她肯定没戏，感情上她简单且专一，就算我伤透了她的心，也决计没可能这么短的时间就移情别恋。

可能是老天见我太自信，很快就"啪啪"打起我的脸——没过两天，我在外面办完事回奶茶店，远远地就看到他俩在奶茶店门口紧紧拥抱在一起，幸福的表情绝不可能是在演戏，当时我整个人都蒙了，嫉妒、愤怒、疑惑，所有这些莫名其妙的情绪像约好了一样，一起涌上心头。

我真不明白世界那么大，他俩为什么非要到我门口秀恩爱，我只知道这是对我赤裸裸的挑衅，如果是几年前，我肯定会当场爆发，上前将崇礼狠揍一顿，可那天我只是目不斜视地和他俩擦肩而过，冷漠的表情好像我一点儿都不在乎。然而最让人受不了的是我分明听到崇礼发出的一声浅笑，虽然声音很小，但分明透露出无尽的嘲弄，这让我更加血脉偾张，我几乎是惊慌失措地冲进了屋内，然后重重将门关上，多少年来都没如此狼狈过，如果刚才他们的行为是对我的一次突袭，那么他们已经取得了战斗的胜利，而我，败得一塌糊涂。

接下去的日子，七七和崇礼越来越高调，每天出双入对，卿卿我我，在所有人面前狂撒狗粮。流言风向也随之发生了180度的转变，本来大家都在传我是如何薄情寡义，伤害了对我情深意重的女孩，现在倒好，纷纷说真相其实是女孩将我抛弃了，而且还给我戴了顶绿帽子，简直丢人丢到家了。

各种坏情绪扑面而来，我的状态越来越不好，更是放下所有正事，一直躲在暗处悄悄观察七七，像看直播一样看着她和崇礼各种花式秀恩爱。他俩的感情越来越浓烈，所有的课余时间都腻歪在一起，你侬我侬，无比甜蜜。而且他俩从外表上看尤其般配，男才女貌，堪称天造地设的一对，这更加令我崩溃。嫉妒心犹如原子核裂变，很快侵占了我的内心，让我彻底丧失了所有的理性。我突然发现自己之前做的所有心理建设统统坍塌了，什么理性、深明大义、大局为重，全都白扯，最后竟然只剩下一个念头——她是我的，我要把她抢回来。

我终于明白，原来占有欲，才是这世上最可怕的负能量，它呼啸而来，任谁也无法阻挡。

3

我先是给七七发信息，写了很多，又统统删掉，折腾了半天，最后不过装作云淡风轻地问候一句：你还好吗？

就像当初她问我的一样。

当然没有回——也像当初我对她那样。

我足足等了两个小时，如坐针毡，度日如年，最后实在受不了，于是再发，口气变重了些，字数也多了点，只是依然没回复。

就这样，我越来越急躁，态度也越来越不好，可不管我如何"作天作地"，七七那边都波澜不惊。

最后我也打起了电话，她不接，再打，被按掉，还打，直接关机。

整个节奏和结局都与我拒绝她时如出一辙，果真是"以彼之道，还施彼身"，让我觉得又好气又好笑，更是无可奈何。

很显然，现在她连最简单的沟通的机会都不愿给我，已经充分彰显了她绝情的态度。

只是我不会像她那样就此放弃，而是决意采取更为激进的手段，当面对质，问个明白。

很快，我的脑海中便形成一个足够大胆的方案，让我无比紧张，又万分期待。

4

第二天下午，我骑上摩托，早早候在校外。根据前面的观察，每天放学后她和崇礼都会外出逛街，那天同样如此，很快就看到他俩并肩走了出来，我调整呼吸，悄悄跟在他们身后，找准机会，一把抱住七七的腰，不由分说将她"扔"到车后座，然后猛轰油门，留下呆若木鸡的崇礼，绝尘而去。

一路上我将摩托开到最快，以此宣泄着我激烈的情绪，七七在身后已经缓过神来，一边拍打我的后背，一边叫着让我停车，我当然不会理睬，何况她的反抗也没有那么激烈，这毫无疑问给了我更多的信心，我一直将车开到郊区的一处水库边才停下。

那里山清水秀，非常安静，很适合交流，离市区又远，想走也走不了。之前我和七七曾经来过这里好几次，每次我都是优哉游哉地钓鱼，她则一会儿采花一会儿捉蝴蝶，玩得不亦乐乎，每隔几分钟我们都会相视而笑，一切尽在不言中，要多美好就多美好，现在再来，还是我们两个人，还是一样美丽的风景，却已恍如隔世。

我下车，摘掉头盔，扔到草地上，然后不再理她，径直走到水边，瞪大眼睛看着前方——我才不是在生气或者耍酷呢，而是真的不知道该如何面对她。

很快身后传来七七急匆匆的脚步声，然后猛地被她推了一下，接着听到她的厉声怒斥："鹿安，有病吧你？干吗开这么快，刚才吓死我了你知不知道！"

我转身，看着她，没说话——我依然不是生气或耍酷，还是因为不知道该如何面对，只得继续沉默。

"你带我来这里干吗？你要死赶紧的，别拉上我，我活得好着呢。"七七炸了，越骂越气，很快又紧捏粉拳，一拳拳地狠狠砸在我的胸口上，下手毫无保留，"我说你这个人怎么这么讨厌！以前我怎么就没发现？"

我自然不会闪躲，痴痴看着她，眼里的情感愈发浓烈，仿佛就要溢了出来。

就这样，她一边骂，一边打，我则始终一动不动，直到最后她打累了，瘫坐在地上。

"打够了吗？"这是那天我对她说的第一句话。

她拼命摇头，咬着嘴唇，瞪着眼睛，狠狠看着我，表情又恼火又痛苦。

"那就继续打，直到你打够为止。"

"我不，手好疼的，你到底想干吗？"

"你到底想干吗？"我竟然不受控制地大声反问起来，"闹够了没有？"

"没有！"她回答得更大声，"你是我什么人？要你管？"

"七七，我们和好吧！"我情不自禁地抓住她的肩膀，将内心的恳求说出了口。

"我不答应，凭什么？"她不停地蹦，试图挣脱开我，"放手啊！你又弄疼我了。"

"你听我说！"我手上力度轻了些，却依然不松开。

"我不听，我不听，"七七用力捂住耳朵，摇着头，"凭什么你说分开就分开？凭什么我那么求你回头你都不理不睬？凭什么你要和好就和好？你也太自以为是了吧，鹿安？"

"对不起，都是我不好。我一开始想的不是这样，真的，太乱了。"

"乱？"她对我冷笑，"哦，我知道了，肯定是草莓把你给甩了，所以你又想起我了，你这人可真够不要脸的，而且自以为是，简直是个大臭屁。"

"真的不是这样。"

"就是这样，对不起，我不当你备胎，你爱找谁找谁，咱俩没关系。哎！你要干吗啊……"

她剩下的话还没有说完，又被我拦腰抱到了车上，然后飞驰离开。

因为我突然反应过来她的症结所在，我们再这样对话下去根本于事无补，现在只有做一件事或许才能够将我深爱的她挽回。

哪怕真的很冒险，我也必须再尝试一次。

5

很快，我们来到了市中心医院——是的，我要带她去见草莓，让她明白背后发生的一切。

在住院部最里面的一间VIP病房外，隔着窗户，七七终于见到了戴着呼吸机、双眼紧闭的草莓。我没作任何解释，而是像往常那样和医护人员简单打招呼后便换好无菌服走了进去。

七七也换了无菌服，紧紧地跟在我身后，突然反应了过来，小声惊愕地问："草莓？"

"嗯！"我轻轻点头，然后对她微笑，示意她放松。

"她……怎么了？"七七捂住自己的嘴，眼圈竟一下子红了起来。

我没回答，就像每次那样，开始专心地给草莓做起按摩。七七始终安静地待在我身侧，直到我们离开后，才迫不及待地问："到底怎么回事？你快告诉我啊！"

"植物人。"

"天啦！"她倒吸了口凉气，"那……还能醒过来吗？"

"三年多了，医生用尽了所有方法都没有唤醒她，"我摇头，"医生说，这辈子，她很可能在黑暗里度过余生了。"

"所以你才说你不可能放弃和草莓的联系，就是因为这个？"

我苦笑："不然呢？你觉得如果我就这样不理不管的话，合适吗？"

"不合适，你不是那种人。"七七提高了声音，"为什么不早点儿告诉我？为什么要一直瞒着我？你到底是怎么想的？"

"我怎么告诉你？"我也激动了起来，"告诉你我有一个植物人前女友？告诉你不要在意，因为她根本什么都不知道？"

"你可以的啊，我不在乎。"

"我在乎，在我心中，你是你，她是她，我对你俩的感情是独立的，不可以混淆。"

"呵，你还真伟大。"七七脸上又浮现出那种冷峻的笑意，"好了，现在我知道了，可以走了吧？"

"七七，难道到现在你都还不原谅我吗？"

"对，我不原谅你。虽然眼前的一切真的让我很意外，但这依然不能弥补你对我的伤害，"说到这里她的眼泪又掉了下来，"你真的不知道这些天我是怎么过来的。"

"那你又知不知道这些天我是怎么过来的？你光想着自己有多么难受，你知不知道我比你难受一百倍、一千倍。"

"我不知道，也不相信。"

"你必须相信我，你以为我执意和你分手真的是因为草莓吗？"

"当然不是因为她了，而是你这个人太薄情寡义，你根本就没有长心。"

"七七，真想不到你这么……固执。"

"现在发现也不晚啊，我一身臭毛病好了吧，你赶紧放我走，以后永远都不要再联系我，"七七深呼吸了一下，将脸转了过去，"我真是受够了。"

"不，我不会再放你走。"我一把拉住她的手，"七七，你知不知道前些日子你一直身处危险之中？只要我还和你在一起，只要我还像原来那样对你，你随时都会遭遇不测。"

"晕，你电影看多了吧？"七七冷笑起来，"这理由可真够新鲜的，亏你想得出来，谢谢哦！"

"我没骗你，我不想连累你，所以只能主动伤害你，让你离开我，只有这样，你才会真正地安全。"

"好了，别说啦！鹿安，你真的当我是白痴吗？"七七突然怒不可遏，对我大吼起来，"行啊，我相信你，既然你薄情寡义都是为了我好，那现在为什么突然又改变主意了？难道你就不怕我再有危险了？你不觉得自己前后矛盾吗？还是说，你本来就是一个出尔反尔的无耻浑蛋！"

"因为……"

"因为什么？我倒要看你还能编出什么稀奇古怪的理由。"七七叉腰、昂首，不屑地看着我。

"我……"我喘着粗气，内心越来越激动。

"哈！被我戳穿了吧。哑口无言了吧，"七七得意了起来，"还有，你刚才终于承认是故意冷落我伤害我了，所以有今天你就是活该，这就叫报应，啊……"

她突然什么也说不出了，因为嘴巴已经被我的唇舌死死堵住。

我真不知道该如何回应她，更不知道如何证明自己，情急之下，只得通过这样的方式来表达内心的炽热情感。这太霸道，太直接，太危险，却也最有效——如果她还爱我的话。

是的，我已经退无可退，必须冒险，置之死地而后生。

幸好，她还是爱我的，虽然嘴上说着不要，但身体却很诚实，在我强大的攻势下，她先是激烈地反抗着，很快便偃旗息鼓，僵硬的身体渐渐变得柔软，然后踮着脚，胳膊紧紧将我的脖颈环绕，用急促的喘息、温热的舌头、动情的抚摸热烈地回应了起来。就这样，我们紧紧相拥，深情热吻，忘了天地，也忘了自己，忘了曾经，更忘了是非，我们如胶似漆，全情投入，仿佛要把所有遗失的美好统统弥补回来，仿佛要就这样一直吻下去，吻到地老天荒，吻到海枯石烂，吻到山无棱，天地合，乃敢与君绝。

我们也不知道吻了多久，最后是怎么停下来的，我看到她的嘴唇红嘟嘟的，一定是被我咬的，她红着脸，羞涩地低下头，轻骂："你好讨厌啊！"我则再次将她拥入怀中，在她耳边柔声告白："七七，你这个小妖精，我实在受不了你和别的男生好，受不了你和别的男生一起吃饭，受不了你和别的男生约会，你是我的，我受不了没有你的一分一秒，哪怕付出生命我也要和你在一起，从现在开始，我要每时每刻保护着你，再没什么力量可以让我们分开。"

6

从现在开始，我要每时每刻保护着你，再没什么力量可以让我们分开！

多么美好的诺言啊！

我和七七，在冲破了各种误会、矛盾、互相伤害后，终于走到了一起，真正成了恋人。

反反复复，兜兜转转，折腾了那么多，最后不过还是回到原点，好像做了很多无用功，其实不然，如果不经历这些，我就不会真正明了自己的内心，知道什么才是最重要的：在一段恋爱关系中，没什么比两个人在一起更重要，至于生活给予的那些磨难和挑战，一起面对就好，再难再辛苦，也不要分开。

说起来，尽管感情之路上我经历颇多，但正经八百的恋爱，其实这还是头一回，因此备感新鲜，更是无比珍惜。仿佛是为了弥补之前错过的时光，接下去的日子里，我们最大限度地利用起每一分每一秒，紧紧地、甜蜜地黏在一起，宛如连体婴儿，无论做什么都不愿分开。

我很清楚，来自余阮的危险并没有解除，而且他被我们"忽悠"了一下，只会更加恼羞成怒，因此留给我们的平静时光并不多，我们必须在风暴来临之前尽情享受恋爱带给我们的甜蜜和幸福。真的，对我而言，没有什么比全情投入地和七七恋爱更为重要，为此我甚至"抛弃"了弟兄们，不再参加他们的聚会，哪怕他们怨声载道，也在所不惜。

对了，眼见有时候也不一定为实，此前七七当然不可能真和崇礼好上了，一切不过是她的障眼法而已。七七告诉我，那夜她哭着给我打完电话后就真的死心了，不是不爱我了，而是知道挽回无望，所以她要努力将我遗忘，这个过程真的很煎熬，就在此时崇礼主动找到了她，说知道她的所有委屈和痛苦，愿意给她安慰，陪她一起度过这段疼痛时光，七七很感动，没有拒绝，从此两个人便"走到了一起"。

至于那天在奶茶店门口我亲眼所见到的一幕，则是七七有意为之，故意气我的。那天她突然特别想我，不由自主来到了奶茶店，结果我不在，她和崇礼就在奶茶店门口聊了好久，聊我们过往的点点滴滴，越聊越伤心，结果看到我回来时，七七突然脑子一热，鬼使神差地主动抱住了崇礼，就是为了让我看见，结果也正如她所愿，我特别生气，并且很快就主动联系她了，这让她特别开心，于是接下去的几天便更加卖力地和崇礼扮演起了恋人，我越抓狂，她就越满意，直到最后我实在受不了，不顾一切放出大招，生生将一切挽回。

七七说："我那么爱你，怎么可能再喜欢上别人？不要说这么短的时间内不可以，就算一年、两年、十年，我也做不到的啊，你不在我面前，我就丧失了爱的能力。鹿安，你是我的初恋，也只会是我唯一深爱的男人，你真的不知道，你对我有多重要！"

知道真相后的我又感动又担心，就算崇礼只是配合她演戏，但也要给人家一个解释和安慰，我说崇礼喜欢你也没有错，而且还付出了那么多，可不能把人家的真心好意当作炮灰，那对他也很不公平。

七七点头说让我放心，崇礼已经考取了MIT（麻省理工学院）的全额奖学金，很快就要出国深造，他俩已经作了约定，要当一辈子的好朋友，共同守护着陶梦茹的遗愿——是的，七七的好闺密陶梦茹因为心脏病发作，抢救无效，已经永远离开了这个世界。七七说她这段时间真的成长了很多，各种打击让她备受折磨，还好一切噩梦都已醒来，现在她只会更加珍惜眼前的点点滴滴的幸福。

7

就这样，我和七七开始了"半同居"的生活，和过去一样，我们的日常由一起健身、一起做家务、一起看电影、一起打游戏、一起发呆、一起畅想未来构成，反正不管做什么，都要一起。

和过去不一样的是，我对她更温柔、更体贴、更包容，也更有耐心了。

一起散步时，她的鞋带散了，我发现后立即蹲了下去，伸手就要系。

"不要，让你的兄弟们看到了多不好，"她赶紧跳开，嗔怪，"你可是他们的大哥呀！"

"所以我更要以身作则啊！"我毫不在意，一边系一边仰脖对她笑，"疼自己的女人，不丢份。"

"可你这样会把我宠坏的。"

"不会，我对你的宠爱，没有保质期！"

一起逛超市，七七总是任性地让我拿很多零食，我明明不赞成，因为这些对健康不好，可只要她一噘嘴，我就立即照办，一边抱怨一边拿了又拿。

回去后，七七刚吃没两口突然就不想吃了，结果我刚要高兴地处理掉，七七却说不许浪费，然后竟"令人发指"地强迫我全部吃光，我当然不愿意，结果七七噘嘴说那只能她吃咯，就让她变成一个大胖子吧。气得我一顿狼吞虎咽，吃完后赶紧去健身，七七就在旁边露出恶作剧般的笑。

有时候七七为了争取出更多的时间陪我，会把作业带到我这里完成，她做作业时我就深情凝视着她，怎么也看不够的那种，嘴角更是情不自禁地上扬，露出满足的笑容。好几次七七被我看得不好意思起来，嘤咛一声扑进我的怀里，娇羞地问："都看多久了，还没看够吗？"

我低头，在她滚烫的脸颊上亲吻一口："看你永远都看不够的。"

七七又幸福又感伤："不，总有一天，你会看腻的。"

我轻轻摇头："除非我死了，否则绝对不会有那一天。"

七七的眼泪瞬间流出来："不许你瞎说，要死也让我死在你前头。我常想，两个相爱的人，孤零零活着的那个其实最可怜了。"

我轻轻用唇吻干她的泪水："那我们谁都不要先死，我们一起活到最后，幸福到最后，好不好？"

"好！"七七认真地点头，然后再次紧紧将我缠绕，此时此刻，除了身体，再没有什么方式可以表达我们内心的激情。

8

在那段无比短暂却极其幸福的日子里，我们除了抓紧一切时机谈恋爱，做得最多的事就是一起去探望草莓——和七七在一起可以让我放下一切，却依然放不下对草莓的牵挂。和过去一样，每个星期我都会准时去医院，和草莓说话，给她做按摩，和医生探讨她的病情；和过去不一样的是，现在我不再是一个人过去，七七每次都会陪着，开始我还担心她是因为不想和我分开，所以才勉强自己，结果七七很认真地告诉我，她是发自内心地想和我一起去照看草莓，因为在草莓的身上有着我的过去，每次见到草莓，她都仿佛能够更接近曾经的我。七七说爱一个人就要爱他的全部，我的过去已经消失，只有通过这种方式，才可以在她心中，拼凑出一个完整的我。

好几次，草莓安静地睡在我的面前，七七乖巧地坐在我的身边，面对这两位我深爱的女孩，我会产生强烈的眩晕，仿佛一种能量交流，草莓在七七身体里重新活了过来，而我们三个人心意相通，不分你我，无论身体还是灵魂，都达成了完美的融合，这真是一种特别奇妙的体验。

也就是在这个时刻，我突然拥有了足够的勇气，可以将我和草莓的故事，以及我凛冽甚至黑暗的过去，对七七和盘托出，彻底做到毫无保留了。

要想回顾自己的成长并不是一件容易的事，特别是记忆中有太多的痛苦、太多的不甘、太多的委屈、太多的遗憾，如果不是爱情给予的强大力量，我绝对没有胆量将这些过往细细回望。

就这样，我足足分了好几次，才终于将自己从出生到回到家乡前的所有经历断断续续讲完，整个人仿佛被掏空了一样。七七紧紧抱着我，在我耳边温柔地说："知道吗？我现在好想对草莓姐说一声谢谢，谢谢她改变了小安的命运，把这么好的你交给了我。"

毫无疑问，七七有如此感受是对我的回忆作出的最大褒扬，我真的很感动。

"七七，能够拥有你和草莓的爱，是我一辈子最大的财富，将来如果有一天，她能亲眼看到你，也一定会很喜欢的。"

"嗯，我也一定会很喜欢她的，我现在就已经很喜欢她了，"七七重重点头，"可是草莓姐……真的永远都不会再醒来吗？"

"我尊重医学，但我更相信奇迹，"我眼神坚毅地看着她，"你愿意和我一起等吗？"

"我愿意，我们一定会等到草莓姐醒来的那一天，到时候我会大声告诉她，你没爱错这个男孩，他现在变得很优秀，很成熟，也很正义，就是你最期望的模样。"七七不假思索地说着，完了又赶紧补充，"不过，他现在是我的人了，你可不许再和我抢哦。"

"哈哈！我绝对相信你说得出这句话。"我被七七的样子逗乐了，笑完后真心感慨，"要是能够一直这样，那就好了！"

七七察觉到了我的不安，疑惑地问："为什么要这样说呢？难道你还有什么瞒着我吗？"

"没事，都会过去的，相信我。"

"嗯,我当然相信你!"七七重重点头,看着我的眼睛一字一字地说着,"不过你也要记得,不管将来发生什么事,我永远都在你身边,支持你,你永远都不再是一个人,好吗?"

9

现在想想,如果当时没有余阮这个潜在的致命威胁,该多好!

只可惜,幸福和痛苦永远是一对孪生兄弟,你不可能独占其一,更无法偏居一隅。

而往往幸福感最强烈的时刻,就是痛苦降临的前夕。

余阮,这个我的强劲之敌,在黑暗里潜伏了那么久,机关算尽,终于等来了绝佳的时机,出手了。

而我恬静的生活,也就此戛然而止,万劫不复。

第十三幕

互换人生

经此一役,一切都已改变,迎接我的将是漫漫长夜,长夜的尽头,正是我一心向往的光明。

1

余阮终于出手了，以我们所有人都没有想到的方式，不但出人意料，而且还收到了奇效——由此更加证明，此前无论我对他有多高估，都毫不为过。

那是一个淫雨霏霏的下午，我像往常一样准备去接七七放学，临出门前突然发现手机上有十几个甄帅的未接来电。这段时间我为了不让别人打扰我和七七的二人世界，总是将手机调为静音，而甄帅也很识相地很少和我联系，因此看到这么多的未接来电时，我的心莫名一紧，知道肯定出事了，赶紧回拨过去。

"大哥你在干吗呢？快急死我了！"电话被秒接，透过话筒都能感受到甄帅的急躁，"我们发现余阮啦！"

"在哪儿？"我的第一反应并非兴奋，而是觉得有点儿吊诡，这来得太突然，而且毫无征兆。

"就街头，哈哈，这家伙肯定是以为我们已经放弃了，就大摇大摆出来了。不过他跑得倒是真快，一溜烟儿就没了，"甄帅显然没想太多，言语很是轻松，"放心吧，我已经调动所有弟兄去追了，这次他插翅也难逃，等抓到了，我一定要活活干死他。"

"你把所有弟兄都叫上了？"

"当然咯，今天必须抓到他的，否则下一次还不知道要等到啥时候呢。"

"好，你们小心点。"

"没事，我就是先告诉你声，你在家等着好消息就成，等我们逮到那浑蛋后你再过来，到时候究竟怎么处置还得听你发落。"

甄帅说完匆匆挂断电话，而我心头的疑云愈发强烈，更是心情全无。我给七七发了个消息，说不过去接了，让她自己打车过来，然后坐在沙发上，闭着眼睛，细细琢磨起来。

我的担忧当然不会是杞人忧天，要知道我们花了那么多的精力和时间都没得到余阮的半点行踪，现在他又怎么会因为自己的麻痹疏忽而突然现身街头？绝对不可能的，以他谨慎狡黠的性格，这样做就只有一种解释，那就是故意露出马脚，好等着我们去抓——这点并不难推测，可他"自投罗网"背后的动机又会是什么呢？他为什么会如此有恃无恐？难道这段时间他秘密纠结了一帮亡命之徒，准备和我们正面决斗？感觉也不太可能，一来他并没有这个条件，二来也不符合他的个性。还是说他已经厌倦了躲藏，认尿了？那他也可以直接逃离，而不至于将自己置于如此危险的境地。如果这些都不是，那又会是因为什么？

我绞尽脑汁，却怎么也想不出个所以然，余阮走的这一步要么是昏着，要么就极其高明，高到连我都无法预料，现在的情况很可能是后者，这真让人感到沮丧。

2

就在我心烦不已之际，脑部突然感到一阵舒缓，睁开眼，七七竟然已经来了，而我却浑然不觉，由此可见刚才有多专注。我赶紧调整状态，挤出笑容，装作若无其事的样子。

"来啦！"

"你刚才睡着了吗，还是有什么心事？"七七边给我按摩边关心地询问，"怎么看上去好累的？"

"没事，可能昨夜没休息好。"我下意识地摇头，这些男人间的争斗，我当然不想告诉她，让她也烦忧。

只是七七如果会就此打住的话那就不是她了，只见她蹲下，捧起我的脸，注视着我的眼睛："你有没有事，我还能不知道吗？你答应过我的，不管遇到什么事，都不要一个人硬扛的，怎么才过几天，就说话不算数了呢？"

七七说得无比真诚，让我无法回避，就在我想着到底要不要告诉她我的心事时，甄帅的电话又来了。

我赶紧接通，甄帅扯着嗓子说他们再次发现了余阮的行踪，已经跑到了市郊，他们正结队前往，不出意外的话，很快就能够将人抓到。

我静静听着，然后郑重交代，让他们千万不要把人打坏了，同时务必多加注意，绝不可以掉以轻心。一有风吹草动，立即通知我。

挂完电话，七七看着我，小心翼翼地问："你们是不是要去和别人打架呀？"

"没有，"我轻轻抚摸着她的头发，"放心吧，真没事的。"

"那就好，不过你要答应我，以后都不要再打架了好不好？"七七将脸埋在我的双膝间，小声说，"上次真把我吓坏了，我好担心受伤的人会是你。"

"行，我答应你。其实就算你不说，我也不会再轻易动手，除非……"

"除非为了保护我，是不是？"

"嗯，"我很认真地点头，"我经历了这么多事，自信可以做到坦然接受别人对我的任何中伤，但我绝不能允许有人戕害你，为了你，我可以做任何事，哪怕违背自己的原则，也在所不惜。"

七七的手在我脸上游走，心疼地说："你好傻的，干吗要让别人伤害你呢，这样活着多累啊？"

"呵，确实挺累，可有什么办法呢，现在又有几个人活着觉得不累的？"如若是从前，我定会全力回避这个略显沉重的话题，可那天我却尽情对七七袒露着心声。

"别叹气了，我好心疼的。"七七凝视着我，认真地问，"那你告诉我，现在让你觉得累的原因究竟是什么？"

"快说啊！"见我一时语塞，七七故意调侃了起来，"该不会是我吧？"

"怎么可能！"我赶紧抱住她，"如果不是因为有你，我现在不知道要少掉多少幸福，从某种意义上来讲，说你是我的救世主，也毫不为过。"

"好吧，既然不是我，那又会是谁呢？"七七沉吟着，眼睛突然亮了起来，"难道，是你那帮兄弟？"

我心一沉："为什么这么说？"

"你先回答我，是，或不是？"

"是，也不是！"

"那就是了。"七七得意地笑了笑，"其实我就是瞎猜的，因为现在除了我和草莓，你就剩那帮兄弟了不是吗？草莓当然不可能了，既然也不是我，那就是他们咯。"

"好吧。"我情不自禁又轻叹了口气，这个七七真是鬼灵精怪，竟然把一切都看在了眼里。

"可他们对你很好啊，而且特别信任你，为什么还会让你觉得很累呢？"七七自言自语着，不等我回答又抢着说，"我知道了，有时候爱和恨一样，都是一种负担，对不对！"

我点点头："不怪他们，是我没有做到位而已。"

"你到底想干吗？我看你对他们也特别好啊，好到都会让我嫉妒呢！有时候我会想，对你而言，兄弟永远都比女朋友更重要吧，"七七说完狡黠一笑，"当然了，你肯定不会承认的。"

"我想干吗？是啊，我究竟想干吗？"我喃喃道，"自从结识了这帮弟兄，我就想带着他们过上好日子，不辜负他们对我的信任。早些年我们总打打杀杀，后来我终于明白，暴力不但解决不了任何问题，还会戕害我们的人生，所以我希望能给大家伙提供安稳的谋生手段，过上安定的生活，然而这些天努力下来我发现还真挺难的，好几次我都觉得自己根本就做不到，所以会累。"

"嗯，我能理解的，毕竟有那么多人，可哪有那么多的正经活儿给他们做啊！"七七跟着叹气，"你奶茶店才多大点儿，我一个人就忙得过来了。要不，你再开两家？"

"呵，这和奶茶店没关系，和人多人少也没关系，如果真想踏踏实实工作，机会还是很多的。"

"那和什么有关系？"

我轻轻拍了拍自己的左胸："这里！"

"心脏？"

"人心！"

七七有点儿不好意思地伸了伸舌头："你是说他们不想好好干活儿吗？"

"主要是觉得没必要，有的时候，人的观念比行动更难改变。"

"不是有时候，是任何时候。"七七点点头，"我有点儿明白了，你看我能不能这么理解哈，就是你不想看到你的兄弟们再通过拳头讨生活，就希望他们能够正经上班，努力工作，但是呢，他们不愿听、不相信、不理解，更不接受，因为他们根本就不认为现在这样混江湖有什么不好，反而觉得你说的那种生活太无聊。你试图改变他们的观点，结果发现自己无能为力，就会心生自责，怨恨自己能力不够，对不对？"

"差不多吧。"我欣慰地看着七七，"其实他们现在不理解我也正常，毕竟我和他们的成长经历有很大的不同，看到的问题自然也不一样。很多观点的统一需要时间的加持，不是一蹴而就的，不能急，急了也没用。"

"你看，这不想得挺明白的嘛，那还给自己那么大压力干吗？"七七用手指在我衣服上轻轻掸了掸，"我说几句你别不开心啊，我觉得首先你也承认自己和他们根本就不是一个世界的人，既然现在他们都成了你的负担了，为什么你还非得死扛呢？对你来说，就非得改变他们的人生呀？就因为他们叫你一声大哥？有这个必要吗？"

"当然有必要了！"我情不自禁提高了声调，"不只是因为我是他们的大哥，要对他们负责，更因为我很确定自己要做的事是正确的，对自己、对他人、对社会，都是有益的。他们迟早会明白，要想人生充满希望，就必须走正道，这是我们唯一的出路。

"四年前，仇恨侵占了我的灵魂，当我不顾一切地将匕首扎进那个人的小腹后，我的人生就已告一段落，过去那个充满戾气、暴力的危险分子留在了原地，重新出发的我则宛若新生，那些草莓对我说过的话、讲过的道理，仿佛突然生了根，全都活了过来。我终于明白仇恨其实于事无补，暴力只会引火烧身，所以我从里面出来后就决定退出江湖，回到这个我出生的地方，从此安心做个小人物，哪怕我的兄弟们会失望，甚至迁怒于我，也在所不惜。

"可后来我悲哀地发现，自己并不能够独善其身，而逃避更不是解决问题的办法，因为我不在江湖，江湖却始终在那里，所有的是非、恩怨、戕害、尔虞我诈、钩心斗角也都还在。我放下了屠刀，但杀戮并没有减少，这个城市变得越来越糟糕，这个城市的年轻人也变得越来越糟糕，他们其中有很多是我曾经同呼吸共命运的弟兄，看着他们为了所谓的名利成天打打杀杀，最后其实什么都得不到，白白浪费了自己的青春甚至人生，我会有很强烈的负罪感，会觉得是我耽误了他们，我真的做不到无动于衷。

"我很想拯救他们，就像当初别人拯救我一样，可是我又没有勇气再回去，就这样进退不得，特别难受，这种矛盾煎熬的生活直到你来到我身边才算彻底终结，如果没有你，我就不会重新拥有爱和幸福，如果不是你，我可能到现在都还在忍、还在躲，根本走不出那关键的一步。

"你的出现让我再次强烈产生了想去保护一个人的欲望，我是那么心疼你，希望你永远都能快乐幸福地成长，永远都不受伤。所以当你被人暴力伤害后我特别愤怒，我绝不能原谅如此不作为的自己，那是对爱最大的亵渎，我必须有所行动，哪怕以暴制暴，只要心存正义即可，所以我决定回归，重出江湖。

"我回来，不是为了继续原来打打杀杀的那一套，正所谓不破不立，我要改变现有混乱落后的局面，用勇气和正义去建立新的规则，为弟兄们谋求安稳的道路。这就是当下最需要我做的事，也是最让我感到无力和沉重的事。"

"唉，说来说去又绕回来了。你是好心，说的也都对，可你根本就说不服他们，还不是于事无补？"七七突然叫了起来，"不对，我明白了。"

"明白什么了？"

"你用错方法了，"七七看着我的眼睛，一字一字地说着，"你一直在试图让他们相信你是对的，这样其实是不对的。哎呀，好拗口，你听明白了吗？"

"我能听明白你说的话，但不明白你什么意思。"

"哎呀，这有什么不明白的呢？因为这本就不是靠说就能说明白的啊，我都明白了你怎么还不明白？完了，越来越拗口了！"

"那靠什么？"

"靠经历啊，经历过了自然就会懂得是非对错。既然现在你发现根本无法说服他们，那就应往后退退，放手让他们去经历，对，就是这样！"

"做事怎么能够往后退？"

"怎么不能？不是有个成语叫以退为进吗？"

我没急于再反驳，而是静静听七七把后面的话说完："我不知道你有没有想过，既然他们那么信任你，为什么还不相信你？原因很简单，他们其实是不相信自己能过上你说的那种生活，这离他们的认知太遥远了。加上每个人都有自己的舒适区，想走出舒适区其实是最难的事。我虽然不太了解你的兄弟都是些什么人，但我觉得他们之所以出来混社会，靠拳头讨生活，并不是真的走投无路吧，更多还是好逸恶劳，觉得这样来钱快，省事，别人还害怕，挺有面儿的，他们并不觉得这样有什么问题。所以现在你突然要让他们换一种方式，靠辛苦和努力去生活，他们既不相信也不向往，第一反应只会是恐惧和拒绝，你当然推进不下去。"

我点点头："所以呢？"

"所以你才要退一退，放放手，给彼此多一点儿空间，让他们自己去经历啊！"七七越说眼睛越亮，"既然你现在无法向他们证明你是对的，那就让时间告诉他们正确答案，让他们自己发现自己是错的，就像你当年一样，你敢保证自己要是没犯事也一定能想得这么透彻吗？"

"的确不能。"

"那不结了？到时候很多现在看来特别麻烦的问题自然迎刃而解，你再出面帮助他们也不迟，而且会事半功倍。"

"你说的虽然不无道理，但还是不可行。"我轻轻摇头，"既然我已经知道他们这样下去不会有好结果，就不能眼睁睁看着他们在错误的路上狂奔，万一真发生了不好的事，就来不及了。"

"人生从来没有来不及这回事，不是吗？你曾经犯下那么大的错误，不也迷途知返了吗？没有人可以不付出代价就能够得到成长的，有时候走走弯路反而可以更好地到达目的地——这些都是你告诉我的啊！"

"可这个过程太痛苦了，我不想他们再经历一次。"

"这就是你的问题了。是，你是大哥，要对大家负责，总想着自己扛着所有包袱，恨不得替他们把未来人生路上的所有事儿都安排妥当，这怎么可能嘛！每个人的人生第一负责人难道不应该是自己吗？别人总会长大的，会明白的。你凭什么剥夺他们的人生体验——就算那些不好的经历，也是体验啊，何况又不是他们每个人都一定会走到极端的那步，大家都会自我反思和调整的，就算真到那一步，用你的话说，那也是宿命的必然，面对、接受，然后重新来过就是。"

见我依然不言语，七七提高了声气，继续说："鹿安，你很担当，也很有主见，这是好事，但并不表示你的想法都是对的，如果不对还一味坚持，那就是固执，固执是没有好结果的，就像前面你固执地认为只要离开我，我就不会有危险，结果反而将我伤害得更深，你自己也很不好受，我们更白白浪费了那么多的眼泪和时间，你难道还想在你兄弟们身上再来一次吗？"

我压抑的心情终于轻松了不少，看着七七的眼神更加情深。

"你干吗这么看着我，是不是我哪里说错了？"七七被我看得有点儿不自然，"那你可以反驳啊！"

"不，我觉得你说得特别对。有的时候我确实会走极端，要么就是完全逃避，要么就是用力过猛，这两种方式看来都不可取。"

"对嘛，你就应该中庸一点，给自己，给别人，都多留点儿空间，"七七开心极了，"那你打算什么时候放手呢？"

"等有合适的时机再说吧！"我又陷入了沉思，"说不定远在天边，说不定近在眼前。"

七七刚想再说话，我的电话又响了起来，刚接通就传来甄帅急切却难掩兴奋之意的声音："大哥，我们抓到余阮啦，你快过来啊！"

3

半小时后，我和七七赶到了甄帅提供的地点：一处位于江边的废弃广场。这里曾因被选为新区政府办公所在地而备受关注，周边房价连翻数倍,后又因区政府移址别处导致一落千丈,除了大片烂尾楼,再无其他特色,现在更是荒草丛生,人迹罕至,宛如坟场。

广场中央,甄帅带领着众多弟兄围成了一个圈,每个人都神情紧张,如临大敌,正中间站着一位极瘦的男人,应该就是余阮了。

我终于亲眼目睹了余阮的尊容,比我想象中更普通,从长相到穿着都和路人没有区别,不过他的精神状态很是放松,明明置身险境,却没一丝狼狈和惧意,就特别自如地站在众人的包围圈里,仿佛他面对的根本不是四伏的杀机,而是一桌丰盛的美味佳肴。

我更加断定了自己的猜测,余阮一定是主动现身,至于他究竟意欲何为,我静观其变就是。

见我来了后,众人自发地让出一条通道,甄帅额头青筋暴露,喘着粗气对我说:"老大,你让我悠着点,我就先没动他,现在总可以了吧。"

我用手势示意他少安勿躁,然后缓缓走向余阮,和他四目相对。

现在,这个被我视为最强劲可怕之敌的人,终于站到了我的面前。喧嚣的人群瞬间变得鸦雀无声,就连时空也仿佛凝滞了。

"你好啊,鹿安,"余阮突然热情地笑了起来,仿佛看到了一个久未谋面的老朋友,"咱俩终于见面啦,最近还好吧!"

"原来你就是余阮,"我若有所思地缓缓说,"幸会!"

"没错,我就是余阮,余阮就是我。鹿安,你肯定是第一次见到我,而我见过你至少上百次了,信不信?"

"信。"我回答得很真诚。

"哈,看我对你多好,一直悄悄关心着你,以后你也得对我好一些,好不好?"

"好。"

"哇塞,太棒了!"余阮突然向我胸前伸出手,手掌如刀,迅疾生风。

"大哥,小心!"众人顿时一阵骚动,肯定以为余阮搞突然袭击,甄帅更是惊呼了起来。

我却纹丝未动,眼睁睁看着他的手指在离我胸口数寸的地方停了下来。

"拉钩,上吊,一百年不许变,谁反悔就是王八蛋。"他手势变换,伸出小拇指,然后瞅着我,不得不承认,他的心态太好了,而演技比心态更好。

我笑了,然后也伸出小拇指,和他轻轻拉了拉。

人群又是一阵哗然,估计都看傻了。

"耶,太好了,拉完钩我们就是好朋友啦!真想不到我余阮这辈子竟然也会有朋友,而且还是大名鼎鼎的鹿安哦。"余阮拍着手欢呼了起来,表情越来越邪性,像极了《蝙蝠侠:黑暗骑士》里的那个小丑,看上去特别滑稽,却又让人心生恐惧,而且前一秒钟他明明还在笑,后一秒突然阴沉下脸,冷冷说,"你们说我是应该高兴呢还是悲哀?"

"哎呀妈啊,你们怎么还聊上天了,急死我了。"甄帅气得冲上前来,捏紧拳头,"大哥,快别和他磨叽了,他跑不掉了,干死他!"

我依然没理会,而是很认真地问余阮:"你为什么要突然主动现身?"

此言一出,大家面面相觑,显然对我的话深觉意外。

"哟,这话说的,你怎么知道是我故意的呢?"余阮皮笑肉不笑地抬了抬眉,"你让你那么多兄弟没日没夜地抓我,为什么不是你们终于得逞了呢?"

我轻轻摇头:"不,你不出来,我们抓不到你。"

"行啊鹿安,说的是人话,我喜欢,"余阮皮笑肉不笑地看向一边的甄帅,开始冷嘲热讽起来,"哪像这傻大个儿,成天牛烘烘的,其实没什么用,你还真以为是你们找到的我?可笑,如果老子不主动给你那么多提示,你这辈子都别想见到我。就你这智商,难怪只能当个小弟,一辈子没出息。"

"余阮,我干死你。"甄帅犹如被点燃的炮仗,再也无法自持,咆哮着挥舞起手中的匕首扑上前去。

他的速度很快,又是如此出其不意,眼见锋利的匕首就要割开余阮的头颅,酿成血案。余阮却始终没有动,甚至连脸上那种轻浮的表情都没有任何改变,就好像迎面而来的不是可怕的利刃,而是迷人的赞美。

时间仿佛凝滞,就在所有人都认为余阮肯定无法避让之际,他这才轻轻往后一仰,姿势轻盈,然后匕首便从他的头顶划过,空中飘落几缕头发,仅此而已。

现场所有人都被余阮的身手震慑了,虽然他的动作极其简单,简单到像什么也没发生一样,但每个人都心知肚明这到底意味着什么,余阮的身手、胆识、经验、心态,以及反应速度,都在轻描淡写间彰显无遗,令人生畏。

一击落空,甄帅当然不会善罢甘休,他调整重心后试图二次进攻,却被我及时制止:"甄帅,冷静点。"

甄帅已经出离愤怒:"大哥,这浑蛋三番五次羞辱我,我必须干死他。"

我没再说话，只是狠狠瞪了他一眼，不怒自威。

"可恶！"甄帅愤愤骂了一句，无奈地扭头退到一边。

"哟，怎么尿啦？鹿安啊鹿安，我说你这个大哥怎么当的？我睡你兄弟的女朋友你还不让人家和我算账，这就是你的不对了。既然咱俩现在是好朋友了，你跟我说实话，你是不是压根就不关心他们，你从来就只想自个儿爽是不是？"余阮突然将火力对准我，各种冷嘲热讽起来，"我说你这人可真够自私的，关键还特虚伪，你敢不敢承认，所有对你真心真意的兄弟在你眼中不过都是棋子，是用来满足你私欲的炮灰？"

此言一出，全场震惊。

而我的心却释然起来，因为余阮终于露出他的马脚，让我明白他唱的究竟是哪一出戏了。回想来之前和七七的对话，我突然意识到这一切其实早已注定，既然他想杀人诛心，那我就顺水推舟，将计就计。

所以我什么都没反驳，只是静静等着他对我继续发难，我很清楚他刚才的话只不过是试探，他从大家眼神里的疑惑已经得到了肯定答案，为了这一刻他机关算尽，现在的一切都如他所愿，他是决计不会放过千载难逢的良机，接下来的言论才是他的重头戏。

4

只见余阮瞬间收起所有的嬉皮笑脸，神情庄严，开始了激情澎湃的讲演。

"兄弟们，你们没听错，这次的确是我主动出来的，我为什么要冒着生命危险这样做？为什么宁可被你们活活打死也要站到你们面前？因为我有心里话想对你们说，我想当着道上所有兄弟的面说一句：他，鹿安，根本不配做我们的朋友，更不配当我们的大哥，因为他心里压根就没有大家。你们可能会觉得我在诬陷他，不，我没有，你们想想当初为什么要拜他当大哥？为什么要跟着他闯江湖？不就是希望可以大口喝酒，大口吃肉，快意人生吗？可结果呢？你们可以好好算一算，自从跟了他后到底有没有赚到更多的钱，得到更多的名，未来变得更有奔头？没有，这些本该属于你们的结果统统没发生，甚至，你们变得越来越拘谨，越来越窝囊，越来越被道上的其他弟兄瞧不起，而所有的这一切都是拜你们的好大哥鹿安所赐，是他，故意操纵了这一切。

"他为什么要这样做？原因其实很简单，因为本质上他和我们就不是一个世界的人。弟兄们，我们都来自社会的最底层，打小都受过很多的苦难。被人欺负，被人看扁，没有尊严，成天像只老鼠一样穿行在这个社会的罅隙间，人人喊打，这就是我们的生活。而他呢？他是富二代，从小到大什么都不缺，他家有的是钱，他的人生什么都不用操心。可他这些钱是从哪里来的？是上天给他的吗，是地上长出来的吗？不，其实就是从我们身上掠夺的。他们这些有钱人才是造成我们贫穷的罪魁祸首。因此，他不但和我们不是同一个阶层的人，而且还是我们的对立面，是我们的敌人。你说我们的敌人可能真心对我们好吗？当然不可能！不但不可能，他反而会想尽办法阻止我们得到幸福，得到财富，过上我们想要的生活。因为只有阻止了我们，才能维护他的财富和地位，这就是真相，你们都想过没有？"

尽管我已经做好了足够准备承受余阮对我的抹黑，但听完这些后还是感慨此人用心之歹毒和口才之极好，现场的煽动力更是绝无仅有。而如果说一开始绝大多数人还只是好奇余阮究竟会说些什么，等听到这里时却已经多少被蛊惑，这点从大家看他的眼神可以明显体现。

"弟兄们，人人生而平等，没人天生就该活得卑贱，就像没人天生就应该坐享荣华富贵。只要我们不认命，只要我们敢于反抗，我们的人生就充满希望。"他竟然还没完，还有更耸人听闻的言论，"我们可以出身不好，可以没有钱没有地位，但绝不能没骨气、没血性，别人把我们的东西抢走，我们就要抢回来，而不是被圈养，浑浑噩噩，度过余生。这，才应该是我们人生的正确打开方式。"

余阮说着突然伸手指向我，咬牙切齿："可这个人他不许我们这样做，他每天都用各种大道理给我们洗脑，还给我们定了那么多不公平的规矩，他让我们不要打不要闹不要用暴力解决问题，不让我们通过拳头和热血去改变我们贫贱卑微的人生，他让我们忍还让我们等，开什么玩笑？这些都是谎言，是歪理邪说，他把我们当成什么了？我们本来就是脑袋别在裤带上的主，拳头才是我们的语言，热血才是我们的人生，我们天生就是反抗者。

"兄弟们，今天我冒着生命危险站在这里，就是要揭开他虚伪的面目，告诉你们真相。你们值得拥有更好的人生，从现在开始，你们不要再被这个人蒙骗，你们要觉醒，要反抗，要靠自己的拳头和热血去打倒一切，推翻一切，改变这一切。"

随着余阮近乎宣言般的呐喊，人群再次骚动起来，此刻大家的眼神又变了，少了些犹疑，多了些焦灼，彼此间更是开始窃窃私语，频频点头。

毫无疑问，他们中的大多数人已经被余阮打动，而我的沉默，似乎也成了余阮对我攻击的背书。

"怎么，你一点都不想反驳吗？"余阮厉声质问我，充满戾气的眼神中闪过不安。

"不想。"我淡淡地，却很坚决地回答，从我的语气中，读不出任何情绪，好像他刚才的慷慨陈词和我根本没有任何关系。

现场顿时发出一阵嘘声，随着我的这句话，那些依然选择支持我的兄弟的眼神瞬间变得黯然。

"哼哼！你不是不想，是不敢，因为我说的都是真的，在我们面前，你是一个坏人，更是一个罪人，人人得而诛之。"余阮冷笑起来，抬高了音调，"鹿安啊鹿安，你现在一定很害怕吧？因为我撕开了你伪善的画皮。你一定还特别生气，因为从来没有人敢挑战你的权威。没关系，你可以打我，最好把我活活打死，这样就不会再有人像我一样反抗你，你就可以继续高枕无忧做你的大哥，玩弄所有人对你的真心真意。不要再伪装了，快动手吧。我不入地狱谁入地狱，我是不会还手的。"

"不行，我受不了了，"甄帅突然咆哮着挥舞拳头扑向余阮，"让你再胡说八道，我干死你。"

这一次，余阮果然没有闪躲，脸上结结实实挨了一记重拳。

甄帅乘胜追击，冲上去用脚狠狠踹着余阮。余阮节节败退，最后踉跄倒地，满脸是血，从始至终他都没有丝毫抵抗，生生承受着甄帅的连环暴击，仿佛一心求死，以此证明他的真心真情。

现场再次哗然，几乎所有人为之动容，就连我明明知道他在演戏，却也不得不承认他这招苦肉计用得恰到好处，于他整个计划，有画龙点睛之妙。只是此情此景，他将如何收场？总不见得真的要被甄帅活活打死吧？就在此时，人群中突然冲出一个红色身影，不要命地撞向甄帅。甄帅被撞得一个趔趄，刚想还击，却愣住了。

"卢一荻。"甄帅和七七同时叫了起来。

原来这个红衣女孩就是七七曾经最好的朋友，甄帅痴爱而不得的卢一荻，只是她突然出现所为何事？难道也是余阮计划中的一环？

答案显然如此，她出现了，甄帅再想动余阮就不可能了，也就是说，余阮安全了，而且一点儿也没有损害自己悲情英雄的形象。

只见卢一荻跪在地上，抱着余阮，哭着问："你为什么不还手？你怎么这么傻？"

余阮轻轻拭去卢一荻的泪水，笑着说："你来干吗？这里很危险，快走吧！"

卢一荻拼命摇头："要走一起走，我不会再让别人伤害到你。"

"小荻，这事跟你没关系，你让开。"甄帅边喊边伸手去拉卢一荻。

"别碰我，丑八怪！"卢一荻突然像只母兽护犊子般对甄帅嘶吼，"你再碰他一下，我就和你拼命。"

"你……"甄帅高举起拳头，脸色惨白，喃喃道，"小荻，你怎么可以对我这样，怎么可以？"

"我当然可以，我和你有半毛钱关系吗？别自作多情了！"卢一荻毫无惧色，"有种你就打死我，打呀！"

所有的目光都集中在甄帅脸上，对将面子看得比命还重要的他而言，毫无疑问这将是他此生最为煎熬的时刻之一，只可惜他天不怕地不怕，却怎么也没办法对自己深爱的女孩打出这一拳，尊严和爱之间，他依然选择了后者——只见他高举的拳头重重砸向卢一荻身侧坚硬的地面，顿时皮开肉绽。

余阮搭着卢一荻，慢慢爬了起来，然后满不在乎地抹了一把嘴角的血，蹒跚地走到我面前，大声说："鹿安，现在我给你最后一个选择，只要你答应从今往后带着我们去打、去抢，让我们用热血和拳头在最短的时间赚到最多的钱，那么过去你犯下的错我们就既往不咎，否则你就不配再做我们大哥。"

好了，余阮终于说出了他今天所言所行的最终目的。不得不说，无论时机还是节奏，他都把握得无比到位，现在他的这个要求显得是那么合情合理，让我没有办法再回避。

现场的百余位兄弟也仿佛在做着内心最后的挣扎，他们突然集体爆发出一致的呼喊："老大，答应他……"

我轻轻闭上眼，虽然这一切都在我的预料之中，可真要面对抉择时还是感到无比艰难，但我必须更坚强，也必须更睿智，就像七七分析的那样，坚持自我，同时顺其自然，以退为进。

拿定主意，我缓缓睁开双眼，手在空中轻轻挥了挥，现场顿时鸦雀无声。

我气运丹田，大声说："余阮，我曾经说过，不会再滥用暴力，因为暴力解决不了任何问题，所以今天我既不会和你动手，更不会答应你的要求，你走吧。"

随着这句话尘埃落定，我分明看到所有人眼神里闪烁的期待之光彻底湮灭了，在他们心中，我分明已经作出了最后的选择——再次放弃了兄弟，还亲手将他们推给了自己的敌人。

"哈哈哈！鹿安果然是个孬种，我不会走的，真正要走的人是你。"余阮狞笑了起来，"兄弟们，你们都听好了，从今天开始，鹿安就再也不是你们的大哥了。不用担心，你们可以跟着我混，我很能打，我还不要命，什么也约束不了我，我只想着通过拳头去改变一切。跟着我你们每个人都会很自由，很开心，都会有钱花，有酒喝，更有未来，让我们一起联手把所有失去的地盘和财富抢回来，让所有瞧不起我们的人闻风丧胆。"

"老大！你为什么要这样，为什么啊？"甄帅冲到我面前，他的眼中除了愤怒，更多的是悲哀，或许此时此刻他不知道自己应该怎么办才能阻止这一切，只能红着眼不停质问我为什么。

眼见大局已定，此时的余阮已经有恃无恐，他现在需要做的是要给自己立威，用甄帅的血给自己祭旗。只见他往自己腰部一探，手中便多出了一把精致的蝴蝶刀，然后指着甄帅挑衅地说："我说傻大个儿，有什么好哭的？要不你替你的孬种大哥出头，我们好好打一架怎么样？"

"好，鹿安尿了，我可不怕你。"甄帅也拔出匕首，额头青筋暴露，看了眼卢一荻，"你不要再插手，今天我和他新仇旧恨一起了结。"

"放心，她才不会拦着你送死。不管怎样，你至少比鹿安更像个男人，"只见余阮手轻轻一抖，那蝴蝶刀竟然仿佛活了过来一样在他手指间自由游走起来，幻化出一只蝴蝶的模样，"我今天就陪你玩玩，让你们开开眼界，知道什么叫玩儿刀。"

所有人都看傻了，这种听说过没见过的手法竟然活灵活现地出现在了眼前。

甄帅也愣住了，似乎正犹豫要不要继续进攻。

"怎么了？怕啦！"余阮狞笑起来，"跪下来给我磕头叫声爷爷，以后跟着我混，我就饶了你。"

"怕你大爷，我和你拼了。"甄帅在余阮的挑逗下出离愤怒，再次咆哮着扑向余阮。

"甄帅，快住手。"我看他气急攻心，早已阵脚大乱，绝不可能是余阮的对手，不过这一次甄帅对我根本不予理会，他犹如一头发了疯的野兽，只想着将余阮撕碎吞噬，手起刀落，招招致命。

只是甄帅虽然动作很快，可根本挨不着余阮，余阮游刃有余地避让着，神色无比轻松，甄帅很快便体力不支，速度变慢，余阮这才轻舞手中匕首还击，只不过片刻，甄帅身上便有十几处染红，虽然没有一刀是致命的，但每一刀都见血见肉，分寸之间拿捏得恰到好处，更显余阮刀法之娴熟老到。

所有人都明白，两人的实力相差甚远，随着余阮最后一刀划过甄帅的胸膛，他终于无法再抵抗，轰然倒地。

"我输了。"甄帅面如土色，显然无法接受这个事实。

我赶紧冲了过去，试图将他搀扶起来，却被狠狠推开。

"起开！"甄帅对我怒吼，"鹿安，既然你选择了放弃我们，就不要再假惺惺地管我是死是活。"

"甄帅！"我咬着牙，问，"连你也不相信我吗？"

"你让我还怎么相信你？"甄帅突然号啕大哭了起来，"我们能走到今天是多么不容易？想不到你一点都没走心，说放就能放，说忘就能忘。是我太天真了，鹿安，你救过我，也伤了我，从今往后，大道朝天，我们各走一边，不再相欠，也不必再相见。"

说完，甄帅强忍着疼痛站了起来，独自一瘸一拐地离开了。

"太好了，今天终于让你也尝到什么叫众叛亲离的滋味了。"余阮拍着掌走到我面前，戏谑地说，"鹿安啊鹿安，我一直以为你真的是传奇，今天看来，也不过如此，太让我失望了。"

说完，他搂着卢一荻，在那些决意追随他的人的簇拥下，潇洒离去。而那些还没有做好决定的弟兄也大多叹着气纷纷离开，再无一人上前和我道别。

现场很快只剩下我和七七两个人。

"你……还好吗？"七七走到我身边，关切地询问，"他们都误解你了。"

"没事，"我深呼吸一口气，幽幽地说，"他们以后会明白的。"

"真没想到这一切来得这么快，太突然了。"

"该来的总归会来，来得越快，去得也越快。"

"嗯，不早了，我们也走吧。"七七拉起我的手，掌心立即传来一阵温暖。

天，已经全黑了，雨越来越大。我知道经此一役，一切都已改变，迎接我的将是漫漫长夜，而长夜的尽头，正是我一心向往的光明。

第十四幕

至暗时刻

"她那时候还太年轻,不知道命运赠送的礼物,早已暗中标好了价格!"
——茨威格《断头皇后》

1

江湖从不缺传奇，没有传奇的江湖是何等寂寞。

余阮一战成名，从此独当一面。他没有底线，在他眼中，一切皆为利益，什么来钱快就做什么，短短时间内便聚敛了大笔财富。同时他还非常善于自我包装，在他的运作下，大量赞美他的故事甚嚣尘上，很快便洗白了自己卑微的过往。

而与之形成显著对比的则是我的落魄，同样是一夜之间，我不但失去了令人艳羡的地位，而且还失去了最好的兄弟，更为糟心的是，我还被大量流言抹黑，各种倾轧和中伤、诋毁和嘲讽，纷至沓来，从此我成了窝囊废的代名词，哪怕是刚混社会的马仔都可以通过诋毁我获得巨大的快感……

"鹿安就是个纸老虎，我一只小拇指都能将他打趴下，不信你让他来找我，敢吗他？哈哈哈哈！"

"他敢个屁，白瞎我还跟着他混了好几年，没挣到一分钱，脸都给丢尽了！"

在很多人的眼中，我的人生显然来到了最低潮。然而在我心中，那段时光却过得无比恬静，因为我还有七七，我们相亲相爱，尽情享受着甜美的爱情，我们憧憬着美好的未来，制定了一个足够浪漫也足够疯狂的计划——等七七毕业了，便骑着摩托自驾去荷兰，一路往西，用至少三个月的时间，途经11个国家，跨越2万公里的古丝绸之路，最终到达鹿特丹。

那里是我曾经生活的地方，也是我和草莓相识相爱的地方。

在那里，我会向七七求婚，许下守护她一生一世的诺言。

不一样的人，一样的爱，那些我和草莓没能做到的事，由我和她完成。

这便是关于爱、关于我们的未来，所能够想到和做到的最浪漫的事。

世间所有烦恼事和这个相比，都变得不再重要了，不是吗？

答案是肯定的，只可惜，连这个，余阮都没让我们如愿。

他就如同鬼魅一般，阴魂不散，我们之间很快再起纷争和恩怨。

2

余阮已经成了大哥，自然没必要直接向我发难，他的手段很无聊也很低端，就是每天都派一些小混混上门，各种无赖耍泼，目的也很简单：激怒我，让我动手。

似乎对他而言，只有逼到我出手打架了才能让他心满意足，才算赢得他和我之间的终极胜利。

他不让我安生，我也不会让他如愿，不管那些混混如何令人厌烦，我都毫不在意，反正他们也不敢直接打砸店铺，否则我就报警，自然有人来收拾他们。因此每天最常见的情景就是我的奶茶店刚开门，立即会拥入好几个泼皮无赖，也不点单，就东倒西歪地坐在座位上，打牌或者吹牛，各种埋汰我，要是有客人来买奶茶，他们就直接把人吓走。就这样，没两天奶茶店基本上就没什么生意了，我想还好我不缺钱，否则还真是件头疼的事呢。

对此，七七很是气愤，好几次要出面和这些混混理论，都被我按了下来。我劝她再忍忍，那么大的风浪我们都经历了，还有什么是不能面对的？小不忍则乱大谋，很快都会过去的，我倒要看看余阮还能够猖獗几天。

事实上，我知道余阮风光的表面下其实过得并不如意。多行不义必自毙，他是很能赚钱，但也太自私，因为分配不均，没少让跟着他拼命的弟兄怨声载道，只是迫于他的淫威，没爆发而已，但只要嫌隙产生，迟早会分裂，时间长短而已。天下熙熙皆为利来，天下攘攘皆为利往，有钱没钱都一样。他用来对付我的那一套奇葩理论，在他身上同样适用，等到那一天，大家终会明白我曾经对他们说过的话，回来和我共唱同一首歌，我的忍辱负重才会最终变得有意义。

只可惜，我们都没有等到那一天，因为没过多久，余阮便触及了我的底线，于是我再次违背了原则，狠狠和他打了一架，也将我们之间的冲突，正式推向了最高潮。

3

事情发生的那天，奶茶店开门后迟迟没有混混们进来"打卡上班"，搞得我都有点儿不适应了，好不容易等到下午，总算走进来几个陌生的面孔，估计都是外地新来的。他们显然不认识我，但肯定没少听过诋毁我的话，因此气焰相当嚣张，眼神中的不屑更是我前所未见，倒是让我增加了几分兴趣。

和之前的混混们不同的是，这群家伙进来后并没有立即滋事，而是诗朗诵一样地开始赞美起他们的老大余阮是如何英明神武，你一句我一句的，接得还挺顺畅，词儿也押韵，一看就没少排练。对此我只得无奈苦笑，嘴长在他们身上，随便怎么说吧，他们开心就好，只是一边的七七却听得受不了，加上这么多天积怨成怒，终于爆发了，还没等我反应过来，便冲到了混混们面前，对他们大声吼叫了起来。

"别唱啦，烦死个人了，还有完没完啦！"

混混们应声而停，面面相觑，估计他们排练时没这环节，一时间竟不知如何是好。

过了好一会儿，正中间那一头红发的大高个儿才小声嘀咕："不对，我们也没唱歌啊！"

旁边一头绿发的矮个儿补充："老大，我们这叫说唱，嘻哈，RAP，哟哟哟，切克闹，人家小姑娘说的没毛病。"

"是嘛，阿毛，还是你懂得多，棒棒哒。"

"必须的，老大。"阿毛受到了表扬，很是开心，声音都变得娇羞起来。

"都给我住口，"七七用手指着他们，再次发飙，"你们要调情就出去，不要在这里丢人现眼！"

"七七……"我瞬间高度紧张，刚想说话，却也被她呵斥，"你也别说话，待在那里不要动。"

我好久没见七七如此气势汹汹了，一时间竟愣在原地，眼睁睁地看着她冲到"红头发"面前，踮着脚，一把抓住他的衣襟，厉声怒骂："赶紧给我消失，有多远滚多远，否则别怪我不客气。"

说完，更是用力一推，结果对方纹丝不动。

七七不服气，再推，还是没推动，这下才开始慌了，无助地看向我。

"红头发"缓过神，先是对着七七露出恶狠狠的笑容，然后也看着我，冷冷地说："嘿嘿，鹿安当起了缩头乌龟，倒是要靠女人来出头了，可真行。"

"就是，这女人好凶的，刚才还推你，臭不要脸。"阿毛不停在一边帮衬，关切地问："哥，疼吗？"

"红头发"不屑地吹了吹自己的红头发："她已经使出洪荒之力，而我却毫无感觉。"

"厉害，我的哥。"阿毛满脸崇拜，连连点头。

"你们……到底说完了没有？"七七显然已经冷静了下来，语气远没有刚才硬气，"说完了的话就可以走了，我们还要做生意呢，客人都给你们吓跑了。"

"喂！吵架归吵架，请你不要诽谤！""红头发"一下急了，"从我们进来到现在，压根儿就没一个客人。"

"就是，赚不到钱可别赖我们，"阿毛阴阳怪气地补充，"这个锅我们可不背。"

"再说了，你打完我就让我走，我成什么啦？"

"狗！"阿毛的话接得天衣无缝。

"红头发"气急败坏："对，你把我当狗了，这能忍吗？"

"绝对不能！"阿毛对着七七龇牙咧嘴，特像吉娃娃。

"那你……想怎么办嘛。"感觉七七都快哭了。

"很简单，刚才你打了我100下，现在我要还回去，""红头发"一脸嘚瑟，"放心，我从来不欺负女人，我只会踢你一脚，怎么样，够意思吧？"

"哥，讲究！"阿毛伸出大拇指，"纯爷们儿！"

"是不是你踢完我一脚真的就会走？"七七竟然信了他，唉，真是个傻丫头。

"先踢了再说，我数一二三，你准备好啦，一……""红头发"不紧不慢地说着，突然双目圆瞪，出其不意地对着七七的肚子猛踹了过去。

"我踢死你，让你臭嘚瑟！"

"啊！"七七吓得以手掩面，尖叫起来。

这孙子，真够无耻的！早已暗中准备好的我没有丝毫犹豫，猛冲了过去，抬腿扫向"红头发"，并且后发先至，脚背狠狠砸在他的胸前。

"红头发"惨叫一声，整个人犹如断线的风筝，斜斜地往后飞了出去，摔在地上后直翻白眼，接着头一歪，晕了过去。

"哥，你没事吧？快醒醒，你别吓我啊！"阿毛扑到"红头发"身上，哀号了起来。

我走到七七身边，轻轻搂住她的腰，柔声安慰："别怕，我在呢。"

其他混混立即将我们围了起来，却不知道应该怎么办，显然他们都以为我绝不会还手，现在彻底蒙了。

"兄弟们，和他拼啦！"阿毛突然尖叫一声，"我们一起上，干死鹿安，替哥报仇！"

然后四五个人一起咆哮着扑向我和七七。

"小心啊！"七七吓得浑身颤抖着躲到了我身后。

我轻叹了口气，在我眼中，这些家伙的攻击就像慢动作一样，要想击退他们，简直不费吹灰之力。随着我的连环踢，他们纷纷以各种匪夷所思的姿势摔倒在房间的各个角落。

阿毛竟然疼得哭了起来，他坐在地上抽泣着控诉："鹿安，你不是说过再也不打架的吗？你骗人！"

我指着这些混混，厉声说："你们都听好了，你们随时都可以来找我的麻烦，但绝对不可以碰我的女人。否则我一定会让你们生不如死！"

七七紧紧拉住我的手："这样就对了，答应我，不要再被他们欺负了。"

"哈哈哈哈,我太牛啦!欧耶!"墙角突然发出一声爆笑,原来是"红头发"醒了。

什么情况?我和七七对视了一眼,七七撇嘴说:"完了,你把人踢成神经病了!"

只见神情癫狂的"红头发"一屁股爬起来后便向门外冲了出去,边跑边喊:"鹿安被我逼得出手啦,别人做不到的事老子做到啦,老子太牛了……啊……"

只见"红头发"突然又惨号一声,然后人直挺挺地飞了进来,再次重重摔落在地上,又昏了过去。

这一次没有人再关注他,大家的目光都聚焦在门口。

门外先是传来一阵稀稀拉拉的掌声,接着,余阮笑嘻嘻地走了进来。

4

相比上次在郊外广场时的落魄,再次出现在我面前的余阮外表发生了天翻地覆的变化。不变的是表情依然很浮夸,只见他摇头晃脑,脸部肌肉不停地抽搐,扬了扬胳膊,露出手腕上那售价十多万元的劳力士"绿水鬼",眯着眼睛边看边说:"七个人,不到13秒,厉害哦。"

"还行吧,手脚有点儿生疏了,不过应该比你厉害。"我毫不犹豫地怼了回去。今时不同往日,我早没了负担,自然无须再对他忍让,而且虽然他看上去很强势,但在我眼中还是跳梁小丑,和过去并无二致,甚至,更为可怜。

"漂亮!"七七在我耳边小声说,"就应该这样,咱可不惯着他。"

"是吗？那我可不服气。"余阮说完突然抬脚，目露凶光，"我也想试试。"

我以为他要突袭我呢，结果他却狠狠踢向了自己身边那群刚爬起来的混混，第一脚正中"红头发"，于是他成功实现了当天的第三次"飞翔"。

其他几个人吓傻了，还是阿毛反应最快，拔腿就跑——结果他成了第二个被余阮踢飞的人。

"1、2、3……"余阮边踢边数数计时，他攻势凌厉，拳脚生风，只是踢飞第六个人时便已经数到了15，已然输了。

"耶！"七七高兴极了，欢呼了出来。

余阮显然特别生气，他发出一声沉闷的吼声，双脚腾空后抬腿劈向我身边的最后一个混混，可就在最高点时突然扭腰，然后对准我的脖颈用尽全力踢了过来。

原来他前面所有的攻击全是障眼法，都是为了这最后对我的致命一击。

不得不承认，余阮这招太快也太狠，非常符合他的个性。也正是因为我对他足够了解，所以这出其不意的偷袭并没有奏效，我非常冷静地凝视着他越来越近的飞腿，没有半点退却，然后在他重心完全失去之际才轻轻一晃，让出一线空间，这时他已经无法收力，更无法卸力，整个人就如同偏离轨道的流星，从我面前飞了过去，狠狠摔到了桌上，无比狼狈。

余阮当然不会罢休，左手在地上重重一拍，人便翻坐了起来，然后右手往身后一探，手中又多了把蝴蝶刀，轻轻一抖，蝴蝶刀立即在指间游走，仿佛有了生命一般。

余阮挥着刀，咬牙切齿，再次咆哮着扑向我——上次在广场，所有人都见识到了余阮刀技之高超，手持匕首的甄帅根本毫无还手之力，现在赤手空拳的我，又如何能够对抗这凌厉的攻击？

七七已经吓得闭上了眼睛，就连余阮那几个小弟也都一个个目瞪口呆合不拢嘴，在他们眼中，或许我已经和死人无异。

这次我没有躲闪，而是挥拳迎向刀刃。

我很清楚，在这种情况下要想克敌制胜，只有一个办法——比他更快，然后以快打快。

就这样，电光石火间我和他交错而过，在他的刀刃即将划过我肌肤之前，我已经狠狠将拳头砸在了他的鼻梁上。

这一拳我使出了全力，鲜血顿时从他眼角、鼻孔和嘴里同时飙出，看上去很是瘆人。

高下立判，胜负已分。

余阮的小弟们已经看疯了，在他们心中余阮简直就是无敌般的存在，却怎么也没想到在我面前压根儿没有招架之力，他们愣在原地，突然想起了什么，一起跑过来将余阮搀扶了起来，关心地询问要不要立即送他去医院，结果又被恼羞成怒的余阮狠狠抽了一顿耳光。

"说，你们刚才看到什么了？"

"老大……我看到你和鹿安……干仗了……""红头发"吓得结结巴巴地说，"鹿安他……出阴招打了老大你一下。"

"啪！"脸上又是一耳光。

"到底看到了什么？"

"我看到……我看到……""红头发"吓得快哭了，"我也不知道看到啥了……我害怕！"

"哥，别怕！"阿毛一把抱住他，大喊，"老大，我们什么都没看到，我们今儿个压根儿就没来过。"

"对对对，我们什么都没看到。咦，发生什么了？我们这是在哪儿？"其他几个人也反应了过来，一个个扮脑残，翻着白眼抱头鼠窜而去。

5

"爽……哎哟，好疼……鹿安啊鹿安，你下手可真够重的。"只见余阮掏出纸巾将脸上的血胡乱擦了一顿，然后蹒跚着走到吧台边的一张高脚椅边，斜坐了下来，又露出那浮夸的表情，嬉皮笑脸地对我说，"其实我今天来根本就不是找你打架的，我想和你合作做笔生意，很大很大的生意。"

"还愣着干吗？快过来呀！"余阮边说边对我招手，热情得好像他才是这里的主人。

人至贱则无敌，我想余阮就是有一种臭不要脸的本领，也不知道是天生如此，还是后天养成的。

没等我回应，七七赶紧捅我，小声嘀咕："甭搭理他，他肯定又要耍诈。"

"没事，他不敢了。"我轻轻拍了拍她后背，然后面不改色地坐到了余阮对面。

"七七是吧，你也别愣着，给我做杯奶茶呗，"余阮继续对七七招手，一脸的热情，"卢一荻说你做的奶茶是全世界最好喝的奶茶，害得我一直惦记着呢。"

"不会做。"七七没好气地回了过去。

"哟，那看来卢一荻骗我了，她最近总骗我，看我回去怎么收拾她。"余阮说这话的时候眼神里又闪着凶光，一点儿不像开玩笑的样子。

"乖，去做一杯吧，"我对七七点头示意，"我也想喝。"

"那等会儿，东西都被他砸坏了，我得先收拾下。"七七虽然一万个不情愿，但还是照做了。

"好的，不急，谢谢七七啊！七七可真听话，要是卢一荻也像你这么乖就好咯，"余阮竟然对七七抛了个媚眼，"对了，少糖少冰，不过可以多放点儿珍珠哦，嘻嘻。"

余阮的贱样让我着实不爽，我冷冷说："你到底有没有事？没事赶紧走。"

"别啊，鹿安，咱这架也打过了，有的是时间聊天，急啥？先歇会儿再说。"余阮掏出包烟，自己点燃一根，然后递给我，见我拒绝了，立马表情不屑地说，"放心，这烟没毛病，我不也抽着嘛！你该不会是觉得这烟太便宜吧？九五至尊，三百多一包，还限量，有钱也不一定买得到，这可是我一个做烟草生意的小兄弟特地孝敬我的，就算再有钱的人，这烟都配得上他的身份吧。"

"这和多少钱没关系，我早戒了。"

"烟还能戒掉？不可能吧。"

"很多不可能的事都发生了。"

"也对，还有什么比我们坐在一起聊天更不可能的吗？"余阮嘴角多了一抹自嘲，"看，我们现在聊得多和谐！"

"但有些不可能的事永远都不会成真。"

"这话我不爱听，只要我想，越是不可能的事，我越要得到。"

"不，你得不到的，有一天即使你以为你拥有的，你也会发现那根本不是你想要的。"

"是吗？那我倒要试试。"

"我奉陪到底。"

"好极了，咱俩不愧是好朋友。"

我冷笑："你错了，我没你这样的朋友，以前不是，以后也不会是。"

"为什么？"余阮的笑容还停留在脸上，但眼神却已经变冷变狠。

"因为——你不配。"我丝毫没有回避他的眼神，声音虽然不大，却非常坚定，这的确就是我最想对他说的。

"哈哈，看你说的……呵呵……跟真的一样。"我看到余阮瞬间变换了好几种表情，最后还是发出了无比尴尬的笑声，听上去却比哭还要痛苦万分。

七七过来先是对我做了一个"你真棒"的手势，然后将做好的奶茶重重放到余阮面前，结果正好给了他台阶下，余阮先是低头深深闻了闻，然后用浮夸的声音说："哇哦，真香啊，一定特别好喝。对了，七七呀，你有空去看看卢一荻呗，最近她总念叨你，估计是想你啦！"

结果没等七七回答，他又喋喋不休了起来："不对，我应该让她来看你才是，你对她真心真意，她对你却从来都是虚情假意，依我看哪，这种腹黑的女人压根儿就不配当你的闺密，你这辈子都不应该再搭理她。哈哈，我怎么什么真话都说，我太坏了！"

七七愤怒地回应："你确实够坏，卢一荻喜欢你真是瞎了眼了。"

"很好，现在还敢这样说我的人也就是你了，难怪鹿安这么喜欢你，我看你俩真挺配的。"

"余阮，你走吧，这里不欢迎你。"我断定他压根儿是没事找事，站了起来，做出送客的手势。

"哎呀，你看我怎么总是不注意，又让你不开心了哈。不过不是弟弟说你，你这样可不行啊，女人可不能太宠了，否则她们很容易变心的。"余阮挤眉弄眼，语调阴阳怪气，见我就要发火，赶紧打住，"好了，好了，不和你们扯犊子了，说正经的，我想想怎么说哈，嗯，是这样的，现在这个城市的大哥不再是你鹿安，而是我余阮，我不费吹灰之力便从你手中抢来这一切，虽然很开心，却怎么也想不明白，为什么那天我那么羞辱你，你都能忍气吞声？直到我取代了你才渐渐反应过来，原来你早就不想干了，因为当这个老大实在太累了，正好借机把这么麻烦的包袱甩给我，好自己落得一身轻松，逍遥自在。鹿安啊鹿安，你实在太坏了，比我还要坏，哈哈哈哈，我懂你吧！

"那，刚才你也看到了，现在跟着我的人都是一群什么样的笨蛋，这帮小崽子一个个没什么本事还想过好日子，奶奶的，真累死我了。可我也不能像你那样不讲究呀，说过的话要负责的呀，所以我还得想方设法赚钱给大家花。说了你别不服气，论打架看来我不是你的对手，可论当大哥带队伍，我比你不知道要高到哪里去。只不过我这么辛苦，付出这么多，发现赚的不过都是些小钱，真的很没意思。还有啊，你别看现在大家都服我，但个个心怀鬼胎，说不定哪天我就中冷箭嗝屁了呢。所以我决定赶紧换个营生，趁现在有条件狠狠捞一把。对，就是这么个意思。"

余阮说完眯着眼紧盯着我，见我不语，赶紧又施展出他那套攻心之术。

"鹿安，别说弟弟没提醒你，现在最赚钱的事除了抢银行，就是房地产了。抢银行咱是没这本事，想来想去就剩房地产还能搞搞了，说起来咱虽然没做过这行，但我觉得一点儿都不难，为什么？因为房地产开发最关键的因素就是两个字：地段。只要有了好地段的地，银行会主动上门来求你贷款；只要有了好地段的地，你一砖一瓦都不用盖就能先卖楼快速回款，最多投点儿广告费，可以说是一本万利，试问天下哪还有比这赚钱更快的合法行当？真没了，我的好哥哥，你听明白了吗？

"可说到如何才能拿到好地段的地，这里水就太深了。本来好地段就少，加上前些年的疯狂开发，能卖上价的差不多都转让了，现在还能拿得出手的地已经所剩无几，就算有一些还在公开拍卖，要么贵得要死，要么早就内部指派，没钱没关系根本轮不着，所以说谁都靠不住，还得自己找。我找啊找，找啊找，找来找去，哎，还真给我找着了，你猜怎么着？原来这大片的好地呀，它远在天边，近在眼前——没错，我看中你家工厂那块宝地啦！"

余阮说到这里猛地一拍桌子，站了起来，用一种极其亢奋的声调滔滔不绝地说了下去："我知道你在想什么，你先别表态，你让我把话说完。是，你家很有钱，但那些钱不是你挣的，你还是得证明自己对不？现在绝佳的机会来了，放眼全市，像你家工厂那样面积足够大、位置足够好的可开发用地，可以说绝无仅有。现在光地皮就比其他地儿的房价贵，你还用来做厂房简直太浪费了。正确的打开方式应该是立即把工厂拆了搬走，然后统统用来开发成住宅。我算过了，那块地可以分三期开发。每一期的利润至少有两个多亿，三期就是六个亿。六个亿啊，几辈子都花不完的。我说咱兄弟也别打打杀杀了，有没有搞错？本来也没什么恩怨，小孩子才和钱过不去呢，神经病啊！咱就联手开发那块地，用不了两年，每个人身家都是好几个亿，从此几辈子都财务自由，走向人生巅峰。哈哈哈，天赐良机，千载难逢，鹿安，我的好哥哥，你没理由拒绝我的。"

6

不得不承认，这个余阮脑筋确实好使得很，就这样的生财之道，竟然被他想到，听上去，还真挺像那么一回事。

只是我原本对赚钱就不感兴趣，现在对他更是充满厌恶，更别提和他合作了。

所以，毫无疑问，我想也没想，就拒绝了。

"为什么？"余阮脸上的笑容还在，但声音已变得冰冷。

"因为……"我凝视着他的眼睛，一个字一个字地说，"你不配。"

余阮眼神中仅剩的色彩随之湮灭，脸色变得特别阴森，声音里更是透露出绝望的味道："鹿安，这段时间我本以为变得更懂你，你也更理解我，我们可以换一种模式相处，甚至可以联手做很多事让别人羡慕，现在看来，我天真了，这是我的错，我活该。不过你要记住，我余阮想做的事一定会做成，所以你会答应我的，而且，是你求我。"

说完，他转身离开。

7

余阮走后，七七情难自禁地扑到我怀里，哽咽起来。

我赶紧轻抚她后背，在她耳边柔声安慰："乖，不要怕，我在呢。"

"我不怕,只是好想哭,"七七眼泪越来越多,慢慢地哭出声来,"我其实挺高兴的,你做得很对,特解气,要是早点儿这样就好了,也不至于受那么多委屈。"

"七七,对不起!到底还是把你卷入了这场无妄之灾,"我长长叹息,缓缓说,"这些日子我一直拼命退避、忍让,就是怕连累到你,现在看来好像怎样都无法避免。"

"你好傻,其实从那天下午你决定放下这一切时,就已经注定了。"七七抹干眼泪,眼神变得坚毅起来,"我知道你宝贝我,但我也想让你明白,既然这一切无法避免,我们就一起面对好了,不管未来有什么挑战,我都不会让你一个人孤单承受,如果这一切真的都是命,就让我们同进同退,好吗?"

"好,该来的挡不住,该躲的也躲不了,我们一起面对。"我认真地点头,"今天我拒绝了他,以他的性格一定会疯狂报复,从现在开始,你除了在学校和家里,其他时间千万不要单独外出,如果要去别的地方,必须提前告诉我,我会一直守护在你身边。万一遇到什么意外,第一时间联系我,或者报警,听到没?"

"放心吧,我又不是三岁小孩子了。"七七强行挤出一丝笑容,"反正余阮想通过伤害我来要挟你,门儿都没有,和他拼了,哼!"

8

接下去的日子里,我对七七进行了360度无死角的严密保护,只要她不在学校或家里,我必定在她身侧,确保不给余阮任何下手的机会。令人蹊跷的是,我这边如临大敌,余阮那边却迟迟不见动静,不但没直接为难七七，甚至不再派人过来寻衅滋事，就像完全消失了一样。

开始我认为这不过是余阮欲擒故纵的把戏，可又觉得这非常不符合他睚眦必报的个性，而且我安排在他身边的线人告诉我，他自从上次被我打败后便判若两人，情绪萎靡，而且不再像以往那样事无巨细地管着大家，每天都深居简出，就算是他的弟兄们想见他一面都不容易，没人知道他葫芦里到底卖的是什么药。即便如此，我也没敢放松警惕，七七更是从不参加任何校外活动，除了我和她的老师、同学，根本不见其他人，我实在想不出来余阮有什么神通能够从我身边将她掳走。

正所谓：福兮祸之所伏，说起来还真要感谢余阮，正因为有他的威胁，那段时间我和七七的感情得到了进一步的升华，除了恋人之间的甜蜜，更多了份患难与共的感情，这是此前我和草莓一起时从未体验过的，我的心中更加认定了七七就是我要厮守一生的那个人。

就这样，风平浪静地过去了两个多月，虽然我们在行动上没有改变，但心理上多少还是放松了警惕，而那致命的伤害，便在此时悄然降临。

第十五幕

江湖再见

很开心你终于找到了真正属于自己的幸福，
现在我也要再次上路，如果你愿意，就请为我祝福！

1

那天下午我正在健身，突然接到七七电话，她支支吾吾地说自己下午想翘课去见一个人。

"见谁？"这相当不同寻常，我立即警惕地问，"怎么之前我一点都不知道。"

"嗯，是卢一荻，她刚约的我。"七七生怕我不同意，赶紧补充，"如果是其他任何人，我肯定都不会答应的，可卢一荻曾经是我最好的朋友，我们都好久没联系了，她的个性我是知道的，她从来都没有对我主动过，现在突然找我，肯定有重要的事情。"

"她现在应该还和余阮在一起吧？"我迟疑地问道，心中暗自猜测，会不会是余阮授意她来约七七的呢？好给自己创造下手的条件，这种可能性不小，唯一说不通的是如果他真想这么干，没必要拖到现在。可如果不是他在捣鬼，卢一荻突然约七七又能为了什么？

"我也不知道，等会儿我可以问问她，"七七竟然开始撒娇了，"我真的很想见她的，求求你了。"

我没言语，脑子里飞速琢磨着，我其实很理解七七想见卢一荻的心情，毕竟她们是交往了整整十年的闺密，拥有一起长大的经历，七七为这份友情付出了很多，却一直是被动的那一方，半年前卢一荻突然冷落她，给她带来了非常大的打击，现在主动约她，她想拒绝真的很难。

"好不好嘛？你快说话，她还在等我答复呢！"感觉七七都快哭了，"你不要担心嘛，我等会儿就把我们见面的地址发给你，大不了你就在外面守着，不会有什么问题的啦！"

"行……吧！"我迟疑地答应了下来。

"就知道你会答应，你真好，"七七开心极了，声音都变得明亮起来，"那我过去啦！"

"要不你还是先在学校等会儿我，我这就去接你，然后送你过去。"

"不要了，我想直接过去，这样就能早点儿见到卢一荻啦，嘻嘻！"七七的声音充满了焦急和期待，"放心吧，我打车，不会出事的，你现在也过去，等会儿我们在那里见就是了。"说完，竟直接把电话挂断了。

我无奈地叹了口气，这家伙，估计已经急得不行了，经历了这么多，她对友情还是这么在乎和投入，也不知道是好还是坏。

手机上很快收到了七七发来的地址，是老城区里的一处旧宅，离得不算近，过去差不多得半小时车程，真不晓得她俩为什么要约在那里，我嘀咕着，简单收拾了下，赶紧出门。

一路畅通，就在快到时，突然收到了一个陌生手机号发来的彩信，里面只有一张照片。照片上的人竟是躺在病床上的草莓。

那一瞬间，我脑子嗡地炸开了，赶紧靠边停车，给那个陌生号打了过去。

"Hello，鹿安，别来无恙啊！"电话很快接通，果然传来了余阮那阴森森的声音，"你应该知道我现在在哪里吧？"

"余阮，你听好了，你要是敢动她一下，我一定会杀了你。"我竭力控制着情绪，狠狠威胁，心中却充满了懊悔，是我太大意了，竟然让他发现了我的这个致命软肋。

"是嘛，那我倒真想试试了，能够死在你鹿安的手上，不丢人。"余阮乐了起来，"哈哈，人家都是金屋藏娇，没想到你却藏着一个植物人，可真行啊！"

掉转车头，开足马力，我向医院疾驶而去，耳边断断续续传来余阮的话。

"你现在肯定想立即赶过来制止我对不对？太晚咯。话说这些天你把璐宛溪看得可真够死的，你肯定以为我的目标就只有璐宛溪，哈哈，你也太小看我余阮了，活人还能给尿憋死？不过说来说去还得怪你自己，你要是不这么滥情，我也不会有这么多机会，所以你可怪不得我。不过我就纳闷了，你说一个植物人你这么在乎干吗？反正也和死人没什么两样，你要是不在乎的话不就对我没什么用了吗？唉，不知道你是怎么想的，真把自己当情圣了，我看你脑子进水了吧，要不这样，干脆我替你把她了结了，算是给你减负，说不定你还要感谢我呢，哈哈哈……"

我不想再听他废话，挂断电话，加速赶往医院，虽然草莓现在身处险境，但他要想在光天化日下将草莓从医院带走绝非易事，不管还来不来得及，我都必须全力争取。

不到一刻钟我便赶到医院，停车后更是一路疯跑，等冲到草莓住院的病房时，惊讶地发现那里一切如常，草莓正安静地躺在病床上。

我赶紧问护士刚才有没有陌生人过来，护士摇摇头，说："没有啊。"过了会儿又补充："上午倒来了个人，说是你朋友，过来探望病人的，还带了很多鲜花和水果，不过只待了一会儿就走了。"

我愣在原地，浑身如同掉进了冰窟一样寒冷，情不自禁叫了出来："完了，完了！"

2

来不及多想,我赶紧给七七打电话,同时心中不停祈祷起来。

七七的电话始终没人接,我冲下楼,骑上摩托往回赶,一路上不停打她电话。也不知道打了多久,电话终于被接通,可话筒里传来的却不是七七的声音。

"鹿安,看来你还是要比我想象的笨一些,这么容易就上当了,早知道我就不费那么多心思了。"

"余阮,你现在在哪儿?你把七七怎么样了?"

"哈,你觉得我可能告诉你吗?你可真够天真的,"余阮的声音里透着无比的满足,"我这是在哪儿呢?嗯,在一个你永远都找不到的地方,和你最爱的女人在一起,她睡得好香啊,我都舍不得叫醒她,哈哈。"

我嘶吼:"余阮,你快把七七放了,有种来找我!"

"你轻点儿,这么激动干吗?吓死宝宝了。"余阮的声音越来越阴阳怪气,"放心,我肯定会找你的,不然我折腾个啥呢?不过我现在改主意了,上次我提的那要求就当我没说过,你也甭惦记,就算你现在答应,我也不在乎了。"

我心一沉:"你现在到底要什么?"

"别急嘛,游戏这才刚刚开始,我要什么,你很快就会知道的。记得手机保持畅通哦。还有,千万不要报警,更不要有其他想法;否则,你这辈子都见不到你的七七了,拜拜!"

说完余阮便挂了电话,我停车在街头,举目茫然,大脑突然一片空白,我不知道现在应该去哪里、做些什么,只知道从此刻开始,我已经变成了提线木偶,一切都在他的掌控之中。

3

天，突然下起暴雨，电闪雷鸣，狂风大作，恰逢下班高峰，整个城市很快瘫痪了，到处是车，到处是人，到处是水，到处是抱怨，到处是不满，到处是手足无措，到处是举目茫然，到处是后悔，到处是痛苦，黑夜更是提前来临，将光明生生吞噬，不时有红色闪电划过苍穹，犹如恶魔狂舞，万分恐怖。

我独自回到了奶茶店，没报警，也没告诉任何人，余阮的狡猾和狠毒我已经充分领教，现在七七在他手上，我绝不敢冒险，我能做的就是等，等他的指令，我宁愿这个过程可以长一点再长一点，因为在他提出具体要求之前，七七一定是安全的，而一旦他的条件我不能满足，那才是最危险的时刻。

雨越下越大，感觉整个城市都要被淹没了一样。到了晚上八点，余阮那边依然没有动静。他到底会提什么要求？现在究竟藏匿在哪里？除了等待我还能做点什么？我绞尽脑汁，苦思冥想，却始终毫无头绪，再一次感受到了自己的渺小和无能为力。

九点整，余阮终于发来信息，亮出了他的新条件：5000万元赎金，一小时内转到指定的卡上。

我回信息：现在银行已下班，我没办理过网上银行业务，无法转账，能否等到明天上午银行营业后立即打款？

余阮很快答复：一小时，不见款，就收尸。

我打电话过去，关机。

我跌坐在椅子上，天旋地转，欲哭无泪。就算现在能打款，我又到哪儿去找这5000万？

老鹿，对，谢天谢地，我还有老鹿，现在除了他，我还能求谁？

跨上摩托，我再次冲进漫天风雨里。

4

20分钟后，我敲开家门，老鹿已经入睡了，被我从床上生生拉了起来。

"小安，你这是怎么了？"老鹿最多迷糊了一分钟便完全恢复了清醒，很冷静地对我说，"发生什么事了？儿子别怕，有我呢。"

我眼眶一热，心中却是无尽的委屈，这么多年，无论对谁，我都是说这句话的人，为了这句话，我不知道承受了多大的压力，可现在天上地下愿意对我说这句话的人，只剩下我的亲生父亲。

可是我怎样才能向他解释清楚我的目的，我又该如何张口问他要这5000万？如果他不答应怎么办？如果他也没有怎么办？太多的如果我都无法面对，以致面对老鹿的询问，我竟一时气血攻心，除了双膝跪地，再也不知道还能做什么。

"爸，求求你，借我5000万，快！"

"5000万！"老鹿倒吸了口凉气，没再说话。

我竭力调整着情绪，试图用最短的时间将事情原委告知老鹿，以争取获得他的理解，老鹿却突然转身离开。

"爸，你去哪里？"我快崩溃了，怎么也没想到他竟然会这样。

"去书房打电话通知相关人员，好安排给你打款，"老鹿很沉稳地回答，"5000万不是小数目，现在时间也不太好，给我半小时可以吗？"

"可以，可以！"我连连点头，"爸……谢谢你，可你真的不想知道我为了什么吗？"

"想知道，但不是现在，等事情过了后，你再慢慢告诉我不迟。"老鹿回头对我温厚一笑，"你只要记得，不管你说什么我都相信，不管你做什么我都会支持，因为你是我唯一的儿子。"

5

半小时后，5000万元成功汇入了余阮提供的账号。

我立即发信息提醒他查账，过了五分钟，他打来电话，很开心地告诉我收到了。

我心急如焚："余阮，钱你也拿到了，现在可以放人了吧。"

他还是那副阴阳怪气的嘴脸："没问题，不过得你自己来领，我还想当面感谢你呢。"

"你……"

"怎么了？怕啦，没关系，怕就别来了呗，不过我就不能确保你的七七安然无恙咯，万一缺胳膊少腿了可别怪我哦。"

"你不守信用。"

"对呀，我就是无耻，就是出尔反尔，那又怎么着？不可以吗？我不像你，一天到晚自我标榜，反正你的女人还在我手上，你就必须听我的，否则我就让你后悔一辈子。"

我紧咬牙关，对着话筒嘶吼："快说，到哪儿找你？"

"哈哈，这才像个男人的样子，我喜欢。等会儿我会告诉你地址，还是那句话，千万别报警，就你一个人过来，不许带家伙，记住了，你越乖，你的七七就越安全，听话哦，拜拜！"

说完，电话又直接挂断。

十分钟后，发来新信息：12点整，西郊公墓正门前见。

午夜，公墓，怎么也没想到，余阮竟然藏身于此。我看着越下越大的暴雨，顾不得多想，现在就算是刀山火海，也照去不误。

6

暴雨如注，一个多小时后，我准时来到西郊公墓。那里漆黑一片，闪电不时照亮一排排的墓碑，让本就阴森无比的现场更显恐怖。

我浑身湿透地站在风雨中，四处张望，时间早就到了，可余阮始终没有出现，就在我担心有诈之际，手机又响了，还是余阮，我赶紧接听。

"你到啦？现在可真够听话的。"

"你在哪里？"

"我就在我这里呀，我才没去那倒霉地方呢，哈哈哈。"

"余阮，你到底想要干吗？"

"我没想干吗，就是想耍耍你，看你生气，可好玩了，感觉你现在特别滑稽，像个小丑，任我摆布，哈哈哈！"余阮笑了好一会儿后才继续说，"好了，不逗你啦，现在你照着我说的做，打完这个电话，你就把手机扔了，然后在公墓的后门有辆车，车没熄火，导航我已经设好了，你跟着导航开，半小时后如果还见不到我，你就不用来了，好了，扔手机吧，我开始计时了，拜拜。"

电话被挂断后，我最多挣扎了十秒钟，心一横，将手机远远抛出，然后发了疯似的往后门跑，远远便看到那里果然停了一辆亮着灯的小车，打开车门，导航显示的终点在距离这里五十多公里的地方，油表亮着红灯，指针显示汽油已经触底，时间更是所剩无几，我必须在这最恶劣天气的深夜里，用最少的油，以最快的速度赶到，和时间来一场赛跑，而且，一定要赢。

我忘了这个过程是怎样的惊心动魄，总之，最后是压着时间冲到了目的地——一座废弃已久的生猪屠宰场车间，那里遍布血迹，破败不堪，更是无比肮脏，简直比公墓还要恐怖。

我不知道这次余阮会不会又在耍我，可是手机已经没了，我只能下车，缓缓向前走着，就在我走到尽头之际，身后突然传来声响，紧接着天空劈开一道红色闪电，我终于看到了对面屋檐下站着的面色诡异的余阮，以及躺在他脚下的七七。

7

就像上次在奶茶店门外一样，余阮又拍起了掌。

"啧啧啧，真厉害，这都能按时赶到。你知道吗？我试验了好几次，天气都没这么糟，可每次都差好几分钟，你快告诉我你是怎么做到的，难道是爱情给了你神奇的力量？"

我没心情听他废话，盯着地上一动不动的七七问："你究竟把她怎么了？"

"放心，只是打了针麻醉剂而已，差不多就快醒了。"余阮停止鼓掌，掏出一根烟，点燃，美美地吸了一口，"可怪不得我，谁让她不停骂我的，好烦啊，简直比卢一荻还烦，我就纳闷了，她这么烦，你怎么吃得消？要不要我把麻醉针借给你？可好使了，一针下去，世界立马安静了，绝对靠谱！"

我厉声说："余阮，你提的要求我都做到了，现在可以放人了吧！"

"没问题，不过我对你的要求呢，还剩最后一个，你得再听话，乖乖地做一下。"

"好，你说！"

"你知道吗？我对自己的刀法一直很自信，自打我开始流浪那年，就从来没有输给过别人，可上次却被你揍得很惨，我差点儿得了抑郁症，真的，我从来没这么怀疑过自己，好痛苦的，夜夜做噩梦的那种。所以，今天我必须得还回来。"

"我可以再和你打一架，你先放了七七。"

"No！No！No！"余阮不停摇头，"你误会啦，我才不想和你打架呢，我根本就打不过你的好吧？我是想让你被我打，不能还手的那种哦，等我打痛快了，就放了你们一起离开，怎么样，我爽快吧？"

我慢慢上前，缓缓说："要是我不答应呢？"

"你别动，千万别想偷袭我，我跟你说，我可知道你在想什么。是，你动作确实很快，不过你离我这么远，再快也快不过我。"余阮说完用脚猛踩七七的手背，"你相不相信，你人还没过来，我就可以把她搞死，让你所有的努力都白费，后悔一辈子。"

我应声而停，我知道他已经丧心病狂，什么事都做得出来，我好不容易才走到这里，绝不能功亏一篑。

七七突然发出一阵呻吟，然后挣扎着要爬起来，却很快又被余阮踩在了脚下。

"哟，这就醒啦，太好了，正好你可以亲眼看着我怎么蹂躏你家鹿安啦！"

"七七！"我心疼地呼唤着她的名字，"别怕，我来了，我们这就回家。"

七七看到了我，却发了疯地对我嘶喊："你快走啊，他就是个魔鬼，不会放过你的，走啊！"

"哎呀，你俩这么为对方着想，可真让人感动，我都有点儿相信爱情了，"余阮突然目露寒光，"只可惜，一切都太晚了。"

余阮突然从身后掏出一把匕首，扔到了我面前，狠狠说："扎到自己的大腿上，快！"

"你不就是要揍我吗？我可以不还手。"

"那我也信不着你，我现在谁都信不着，"余阮凶相毕露，"你只有自残了我才放心，哼哼，你废了条腿再厉害也不是我对手了，哈哈哈……你不是很喜欢看别人扎自己大腿吗？现在轮到你了，快扎啊！"

七七继续高喊："鹿安，不要听他的，你快走。"

余阮欠下身子抓住七七的头发，一把将她整个人拎了起来，然后手中又多了把蝴蝶刀，在七七的脸上划开一道血痕。

"臭婊子，让你多话，我弄死你！"

"我的脸……我的脸……！"

"七七……王八蛋……"

"鹿安，你看到了，你要是再不听话，我就划花她的脸，让她生不如死！"闪电的照耀下，余阮突然歇斯底里地号叫了起来，他眼珠外凸，仿佛就要尸变了一样可怕，"快点动手，这是我最后一个要求，你答应了我就放人。告诉你，我快没耐心了，我就要崩溃了，我崩溃了你们都得死，快……快……快……"

"好，我答应你！"我高举起匕首，狠狠扎进自己右大腿的肌肉里，然后转动刀把，剧烈的疼痛立即传遍全身，几乎让我晕厥，只得死咬牙关，单膝跪地。

"放人！"

"太好了，太好了，现在我可不怕你了。"余阮一把甩开七七，然后冲到我面前，抬腿照着我的脑袋就是狠狠一脚。

我下意识地避开了。

"你耍赖，你说不还手的，你是个骗子。"余阮转身对着我的脸又是一耳光。

这一回，我没再闪躲，一声清脆的响声后，脸上传来火辣辣的疼痛，比疼痛更无法接受的是强烈的羞辱感。

"太好了，太好了，就是这样，爽爽爽！"余阮一边狠狠地抽着我耳光，一边咬牙切齿地骂着。

"鹿安，你知不知道我有多恨你？我恨你好久好久了。其实我根本就不认识你，你和我生下来就是两个世界的人，可是我恨你，就因为我们是两个世界的人！凭什么你一出生就什么都有？凭什么有那么多人喜欢你？凭什么你活得那么开心那么自由？就凭你有钱？那我就把你的钱抢过来，把你的兄弟也抢过来，我要打败你，把你狠狠踩在脚下。你不要怪我，怪只怪你不该是你，如果你不是你，我一样去搞别人，但既然你是你了，我现在就要搞死你，只有这样我才觉得自己的人生是有意义的，只有这样我才能够获得终极快感，只有这样我才能真正成为你。"

电闪雷鸣中，余阮终于说出了他内心最大的欲念，多么荒谬的欲念，多么可怕的欲念！

接着他的拳脚暴风骤雨般落在我的脑袋、胸前、小腹上，全身的疼痛让我再无半点抵抗能力，我唯一能说的就是："快放人……快放人！"

"鹿安啊鹿安，你都死到临头了还这么痴情，你真以为我做了这么多还会放你走？你还不如你女朋友明白呢，你就是个可怜的白痴。"余阮突然掏出一支针管，不由分说地扎进了我的体内，"再过一会儿天就亮了，我很快就会带着你的钱，还有我的家人，登上飞往国外的航班，等他们找到你的时候，我早就在享受帝王般的生活了，至于你俩，就到阴间做对苦命鸳鸯吧。"

"你看我对你俩多好啊，到死也没将你们分开。"余阮晃晃悠悠地走到七七身边，又给她也扎了一针，"对了，璐宛溪，我告诉你一个秘密，等会儿和我一起远走高飞的家人可不是你的好闺密卢一荻哦，我其实一直都有老婆孩子的，她也被我骗啦，她和你一样，从头到尾就是一个棋子，你们全都是我的棋子，全是白痴，哈哈哈。"

"余阮！！！"我有气无力地喊叫着，身体感觉越来越冷，眼前更是一片模糊，我想站起来却根本做不到，只能眼睁睁看着余阮狞笑着离开。

就在他快从我眼前消失时，黑暗中突然蹿出一条身影将他扑倒，然后两个人死死扭打在一起。

"大哥，我来救你了，你挺住啊！"

是甄帅。

自从上次广场一别后，我们再没联系过，我知道他一定对我很失望，却没想到在这最危急的关头，又是他挺身来救。

只是，他怎么知道我在这里的？

来不及多想，我强撑着意志看他们拼命搏斗着，余阮尽管已经折腾了一夜，但甄帅依然没有办法将他拿下，甚至慢慢落于下风。而余阮跑路心切，只想速战速决，手中的蝴蝶刀刀刀致命，在甄帅身上划开了好几道伤口，照此形势，不出三五分钟，甄帅必然落败。

我无助地闭上了眼睛，也罢，看来今天难逃一死，和自己最爱的女孩、最好的兄弟死在一起，或许也算是一种幸福。

就在我要放弃全部求生的信念之际，突然四周亮起强光，接着尖锐的警笛声充满了整个屠宰场。我用尽最后一丝力量睁开眼，映入我眼帘的是警察模糊的身影，他们正向我奔跑过来……

天，终于亮了！

8

昏迷了整整一周后，我醒了。

医生说，我被注入了如此大剂量的镇定剂还能够脱险，怎么说也算奇迹，除了腿上的刀伤需要一段时间好好休养，身体其他指标都很正常。

七七的伤势要比我小很多，只在医院待了两天便出院了，后面一直精心照顾着我，听护士说这段日子她每天以泪洗面，以为我也会成为植物人，再也醒不过来了呢。

七七哭着说："我都想好了，如果你真那样，我就照顾你一辈子，就像你照顾草莓姐那样。"

我在她鼻子上轻轻刮了一下，说："你真是个傻瓜。"

"你才是傻瓜呢！"七七竟然生气了，"那天夜里我都说成那样了，你就不听，还任凭他摆布，如果不是卢一荻，我们都没命了。"

"卢一荻？"

"对啊，卢一荻救了我们，是她通知的甄帅，也是她报的警。余阮欺骗了她，更低估了她，说到底，还是不懂她。"

"卢一荻不爱他了？"

"不，就是因为太爱，所以才会出卖。"

"不明白！"

"卢一荻很清楚如果余阮真的杀害了我们，他一定只有死路一条，她不想他死，所以要在他得逞前阻止这一切，这样至少他还有活着的希望。"七七轻叹了口气，"只可惜，这么复杂的情感，余阮怎么会明白，他现在恨死卢一荻了，还扬言出来后，第一个要报复的人就是卢一荻。"

"余阮被抓了？"

"当然了，那么多警察他还能跑掉？不过听说他还是负隅顽抗了好久，最后还是在离案发现场几十公里的山里被抓获的。他其实早就做了相关防备，差点儿就又逃了。这个人永远都给自己留着后路，真的太狡猾、太可怕了。"

"对了，那天你肯定受了不少苦吧？"

"我就不停骂他，反正他也骂不过我，而且我知道他的bug（缺陷）是什么，后来还和他聊了会儿天，所以还好吧。"

"哦？那他的bug是什么？"

"就是你呀！他总问我你的问题，好像非得证明他比你更强，我当然不会让他得逞，就把话说得很难听，他简直要气死了，可越生气就越想证明，我就越不让他满意，就这样扯来扯去，挺无聊的。"七七叹了口气，"其实余阮再狠再疯狂，也是个可怜虫，永远活在你的阴影里。"

"他不是活在我的阴影里，"我轻轻摇头，"他的内心太卑微，欲望又太强，难免会走上极端。"

"这倒是，打败他的只能是他自己，可惜这个道理他永远都不会明白，因为他谁也不相信，包括自己。"

"你不觉得我们身边其实有很多个余阮吗？"

"啊！"七七大惊失色，"在哪儿呢？"

我轻轻抱住七七："虽然他们不叫余阮，也没有那么极端和凶残，但他们的卑微和欲望是一脉相承的，在如今这个充满物欲的现实环境中，如果得不到好的引导和疗愈，早晚有一天会成为危害社会、伤害他人的邪恶力量。"

"所以……"

"所以我更觉得自己有这个责任去告诉那些身处迷途的人，我们究竟应该做些什么。经过这一次折腾，相信很多兄弟都能回过神来，等我出院了，我会找到他们，如果他们愿意，可以到我爸的工厂上班，余阮虽然心术不正，但他的一些话也不无道理，时代变了，工厂也需要改革，在那儿有他们的用武之地。"

"很好啊，既然你有这个条件，为什么不早点儿安排，还把自己为难成那样？"

"因为，我真的不想靠我爸，不过现在也无所谓了，我已经决定要过去帮他忙了。"

"啊……你不开奶茶店啦？"

"我和我爸有过约定，现在虽然时间还未到，但我知道我已经输了，所以我不打算再逃避，那些本该我承担的责任，我统统接受，而且一定会做得很好。"

"嗯，我相信你，也支持你。等我毕业了，我就过去帮你好不好？"

"好啊！一言为定！"

"一言为定！"七七又噘起了嘴，"可是不都说好了要给我一个间隔年，我们一起自驾旅行的嘛！"

见我面露为难之色，她又自说自话："逗你的啦，间隔年一直都可以有，路也永远在那里，只要和你在一起，哪里都是风景，我已经很满足了。"

我轻轻抚着七七的头发，突然想起了什么："对了，甄帅呢？他没事吧？"

"我也不知道他现在人在哪儿，那天他受了不轻的伤，也被送来了医院，结果第二天半夜却突然离开了，就再也联系不上了。我觉得他身体上没什么大碍，但心理上的坎儿还没过。"

"都怪我太让他失望了。"

"跟你没关系啦，还是因为卢一荻。听医生说白天卢一荻过来看过他，他很激动，又表白了，结果又被拒绝了，估计受了刺激，就不想再面对这一切了吧。"七七边说边摇头，"唉，他俩真是孽缘，不知道最后会是什么样呢。"

"放心，我一定会把他找回来的。"我坚定地说着，"那卢一荻现在在哪儿呢？"

七七眼里闪烁着泪光："她已经走了，前天走的，说要去流浪，不再回来了。刚才好多话都是她临走前告诉我的，她说希望我能够把我们的故事写下来，我说会的。

"十年，我们一起长大，曾经相约永不分离，现在一个去了天堂，一个去了远方，留下我，负责记录，记录我们的爱，记录我们的恨，记录我们的痛，记录我们的梦，我不知道我们何时才能再相见，或许今生都不会再遇见，但我只知道她们都在我的心底，永远不会忘记。"

我紧紧拥抱着七七，柔声安慰："不要哭，一切都过去了，从现在开始，真的再没有什么力量可以将我们分开。"

9

呵呵，我还是高兴得太早了，生活的戏剧性要比我们以为的复杂得多得多。

说起来，那时候我确实不认为还有什么人比余阮更可怕，可以威胁到我和七七的情感。

于是当有一天我突然面对一个喜讯时，我突然觉得这是老天跟我开了个大大的笑话——

草莓，竟然苏醒了。

这才是真的奇迹，连医生也说不清究竟是什么原因。

只是草莓虽然醒了，可记忆却停留在她受伤的一年前，那时候她还在荷兰，住在我家里，我们的感情正处于最浓烈的时刻，我们是彼此在世上最亲密的那个人……医生说这是她大脑的主动选择，那段时光应该是她最幸福的日子。

所以，当她醒来后见到我的第一面时，无比自然地像过去那样抚摸着我的脸，眯着眼睛，笑意盈盈地说："小安又不乖咯，这些天去哪儿淘气了？我都想你啦！"

吓了我一跳。

至于我身后的七七，直接疯了，转身就跑。

我找了个机会让草莓先好好休息，然后赶紧追了出去，不停解释。

七七满脸是泪，倍儿委屈："你别说了，我都懂。"

"那你还哭？还跑？"

"我只是没想到，原来她和你说话那么腻味，在她面前，你就像只小狼狗，我受不了。"

"这……唉……"我突然发现自己没法解释，七七说得挺客观的。

"现在你打算怎么办？"七七红着眼问我。

"什么怎么办？"

"选我还是选她？"

"我的天哪！"我惊呼，"说什么呢你？"

"你们认识得比我早，爱得比我深，还一起经历了那么多，现在她醒了，就是天意，你不要为难，更不要骗自己，"七七咬咬牙，"没关系的，我做好准备了。"

"准备你个大头鬼啊！"我一把抱住七七，"你是我的，我也是你的，相信我，会处理好的。"

七七在我怀里这才露出笑容："算你还有良心。"

10

七七相信我，我也相信自己，可草莓会相信我吗？

她显然不愿意相信，只是不得不信——时间改变了，环境改变了，甚至，我们的容颜都变了。

我当然不会一股脑将所有的变化都告诉她，我怕她受不了这些刺激，所以在她慢慢康复的半年内,我每天陪伴她,和她说话,帮她回忆,告诉她在她昏迷的一千多个日日夜夜里发生的那些故事。

最难讲述的当然是我情感的转变,我必须明白无误地让草莓清楚现在的我心之所属,同时还不认为是我主观上的移情别恋,并且能够平稳接受——唉,这确实很有难度,挑战是相当之大,甚至大过了当初余阮给我的那些压力。

所幸,再难面对我都没有想过逃避,最后我真的做到了,还有意外收获——草莓不但接受了这个事实,甚至还接受了七七,两个人成了相当不错的"朋友",经常背着我聊天,特私密的那种。

我问她们在聊什么,结果谁也不说,还让我别打听,自觉点儿一边待着。

有时候七七会佯怒地对我说:"鹿安,你完蛋了,看我回头怎么收拾你。"

我看看她,再看看草莓,草莓对我一摊手,那感觉就是:和我没关系。

好吧,早知道就不介绍她俩认识啦,这两个家伙差不多知道我所有的事,指不定会聊出什么来呢。

可更多的时候,看着她俩亲密无间地有说有笑,心中会有种强烈的温暖感,觉得生活对我到底不薄,能有此情此景,我真的满足了。

多希望这种温暖感可以持续得久一点更久一点啊,尽管我也知道,这真的很难!

11

草莓完全康复后,向我提出了告别。

我真挚挽留,希望她能留下来生活。

"真是个傻瓜!"草莓像过去那样亲切地拍拍我的头,笑着问,"怎么生活?三个人一起吗?"

"我可以的,我觉得我们能够一起做很多事。"

"我知道你可以,可就算你受得了,我也受得了,七七也会受不了的。"

"她应该也没问题,她和我说过好多次,真的很喜欢你,觉得你像姐姐一样亲切。"

"不,她做不到的。小安啊,看来你还是不懂女孩哦。"草莓轻轻摇着头,"就算她真的可以,你也不可以这样做,她是个很简单的女孩,对你也很依赖,你不要给她压力,让她受一点点委屈。"

我没再坚持,只是问:"你要去哪里?"

"荷兰,那里有我未完成的梦,我要回去了。"草莓看向天空,闭着眼睛,深呼吸了一口气,"活着,真好!"

"亲爱的小安,既然活着真好,我们就都要好好地活着。"阳光冲破云层,光芒洒在人间,草莓迎着太阳走去,身后传来她深情的话语,"生命是一场辽阔的旅途,我们都是奔波的旅人。今年是我们认识的第七年,你曾说过七年就是一辈子,那么我们在一起度过了一生,我已经很满足。很开心你终于找到了真正属于自己的幸福,现在我也要再次上路,继续前行,寻找我的专属幸福,如果你愿意,就请为我祝福,祝福会有另一个人,替你好好爱我!"

愿有人替我去爱你

爱情,也许在我的心灵里

还没有完全消亡

但愿它不会再去打扰你

我也不想再让你难过悲伤

我曾经默默无语地

毫无指望地爱过你

我既忍受着羞怯

又忍受着嫉妒的折磨

我曾经那样真诚

那样温柔地爱过你

但愿上帝保佑你

另一个人也会像我一样地

爱你

——普希金《我曾爱过你》

Postscript

STRAWBERRY
草莓 · 终场

后记

内心荒原

人至中年，压力四起，没什么比获得成就感更为重要。
它是氧气，是指南针，是茫茫大海里的岛屿，是内心荒原上的摆渡人。

1

工作迄今，共有两次较长的失业经历。

一次发生在13年前，彼时刚从上海漂到北京，心比天高，命比纸薄，举目四望，茫然一片。这种状态下找不到工作实属正常，只是不上班就没薪水，加上本来就没余粮，所以日子一度过得举步维艰。所幸女友对我慷慨救助，不但管吃管喝，还借钱给我租房——为此后来被她取笑了十多年，而且一起争执，她立马就是"当年你一无所有，啥也不是，我对你有多好，难道都忘了吗？"我保准立马认怂，人当年对咱确实够意思，滴水之恩，涌泉相报，这辈子在家里，我都只能夹着尾巴做人，不寒碜！

那段失业期最终以我找到了一份编剧枪手的活计而告终，关在宾馆里没日没夜写了好几个月，生生捯饬出一部青春偶像剧，赚了几万块的辛苦钱。从宾馆出来后女友都快认不出我了，不知道的话还以为我被哪个黑煤窑逮过去当苦力了呢，我把现金塞到女友手中，激动万分："房租钱，还你。剩下的，攒着，留着咱结婚用。"

第二次失业便是此刻正在经历的。从去年七月到现在，已经延续了一年多，且照此形势，还将继续下去，何时结束不知道，直至此生终了也说不定。

当然了，今时不同往日，所谓失业不再是纯粹的没工作，而是一种状态和心态，所以尽管现在有好几家我入股的公司在运营,且收入相当可观,但因为不再朝九晚五上下班,导致依然有种失落的、无助的、惶惶不可终日的孤寂感,这在《草莓2》的后记中有着详细记录,在此就不赘述——总之,在自我感受及定义中,现在的我,是个如假包换的失业者。

2

基本上,我喜欢自省更热衷于自黑,这很有意思,有时候你先于他人和生活对自己展开无情嘲讽,面对困难挫折时反而觉得容易得多——我深知自己尚未脱离低级趣味,身上没几样堪称优秀的品质,简称:庸俗之人。但若论上进勤奋,我定当仁不让。事实上,也正是凭着这点,才得以一路蹒跚,行至今日。而人生虽颇多失意,但尚有一二成绩,不足以挂齿,却也聊以慰藉平生。

回望过去大半年的失业时光,同样一刻没闲着,且收获巨大——迎来了女儿,没错过她的每一天成长;用了很多时间陪伴妻儿,承担起照顾家庭的重任;还有就是创作完成了你现在看到的这本《草莓·终场》。

从某个角度而言,《草莓·终场》的出现多少有点儿意外。在2016年动笔写《草莓》时,压根没想到会写这么长,又不是为了凑字数,故事也没什么好多讲的,可"怀才"和"怀孕"一样,有了你就藏不住,就要起波澜,就要拼命地出来,这不,花了三年时间写好两部《草莓》后,仍然意犹未尽,更如有神助,半年时间不到便完成了本书。至此,《草莓》三部曲,完美收官。

写作这件事,写多了写久了,心态就平和了,能不能写出好作品,有时候就是老天爷赏饭的事,和你想不想、努不努力关系并不大。所以说到《草莓·终场》的写作过程,真是要对"老天爷"说声谢谢,几乎是第一次写得这么顺利,这么开心,更重要的,自己很满意,对读者的阅读反应,更是充满了信心。

是的,现在我和很多《草莓》的读者一样,迫不及待地盼着《草莓·终场》的早日出版,不出意外的话,这个秋天,我们将能够一起为鹿安、草莓、七七三人的爱恨纠缠和成长命运而动容。

3

《草莓·终场》于我而言,还有一层重要意义——接下去相当长的一段时间内,我将不会再创作少女成长小说,何时再写,还会不会写,要看心情,更看造化缘分。

当然,我不会就此辍笔,事实上,现在正处于我创作状态的最佳时期,无论经验还是技巧,无论心态还是认知,都到了一个比较成熟的阶段——写作的左手是感性,右手是理性,只有左右手有机协调配合,才能在理性和感性之间游走——对此我自然无比珍惜,更不会错过这等待了二十年的绝佳机会，所以我会继续写小说，写身为中年人的"我"此刻正在经历的生活，感受的人生，悟出的道理，面临的困境。坦白说，这难度真的很大，我一直心存畏惧，因为太近太真实，所以忌惮，怕写不好，辜负了生活，更怕写太好，为难了自己。

此外，我还计划创作一部偏心理学和人生成长方向的随笔短文集。这和我另一块重点发力的"个人成长培训"领域的知识相吻合。这些年来我看过很多书，到过很多地方，听过很多道理，有过很多感悟，现在我要把这些融合起来，告诉别人，特别是年轻人，什么是他们现在就应该去做的，什么是需要放弃的，他们的未来将遇到怎样的境遇，学校外的真实世界又是怎样。如果这些可以让他们的人生少走一些弯路，就是一件很有意义的事，更重要的是，我能从中获取成就感。

人至中年，压力四起，没什么比这种成就感更为重要。它是氧气，是指南针；是长夜里的孤灯，是风沙下的古城；是茫茫大海中的岛屿，是内心荒原上的摆渡人。

嗯，内心荒原——这个词儿真不错。我们的内心是如此广袤无垠，却又是如此孤独无依，本质上谁也不可能将它真正温暖，对此我深信不疑，这和年龄无关，和看世界的眼睛有关，它无须被改造，只求被尊重，然后与自己以及这个世界和解，便是一生的答案。

4

时至今日,已经出版了整整二十本书,之前的每本书后记都很长,这次写短一点,突然觉得要说的,其实都在小说里了,所以,这次也不例行"致谢"啦。要谢,就谢谢自己,哈哈,想想写了这么多年,也没写出啥名堂,却依然能够坚持,真挺不容易的。

写作,真的是我做过的最固执的事呢!

也是最美好的事,所以我不会停止。

我是一草,你们的草叔,让我们下本书,再见!

一草

2019年8月4日

关注草叔微信,遇见更多同类!

图书在版编目（CIP）数据

草莓·终场：愿有人替我去爱你 / 一草著 .—杭州：浙江文艺出版社, 2019.12
ISBN 978-7-5339-5916-6

Ⅰ.①草… Ⅱ.①一… Ⅲ.①长篇小说—中国—当代 Ⅳ.① I247.5

中国版本图书馆 CIP 数据核字 (2019) 第 255880 号

CAOMEI · ZHONGCHANG: YUAN YOUREN TIWO QU AINI
草莓·终场：愿有人替我去爱你
一草 著

出版发行 浙江文艺出版社
地　　址 杭州市体育场路 347 号（邮编 310006）
网　　址 www.zjwycbs.cn

责任编辑 瞿昌林
责任印制 张丽敏
封面设计 果　丹
内文版式 谢　彬
封面插画 袁雅婧

印　　刷 北京盛通印刷股份有限公司
经　　销 浙江省新华书店集团有限公司
开　　本 700 毫米 ×1000 毫米　1/16
字　　数 250 千字
印　　张 20.5
插　　页 8
版　　次 2019 年 12 月第 1 版
印　　次 2019 年 12 月第 1 次印刷
书　　号 ISBN 978-7-5339-5916-6
定　　价 45.00 元

版权所有　违者必究
（如有印刷质量问题，请寄承印单位调换）